Petra Klocke

Doro, Endometriose heißt dein Schicksal

–

Eine wahre Geschichte die das Leben schrieb

Mit einem Vorwort von:
Prof. Dr. Dr. h. c. Hans- Rudolf Tinneberg
(Direktor der Frauenklinik
Universitätsklinikum Gießen) und einem
Anhang für betroffene Frauen.
(Adressenliste von Spezialisten)

Roman

Die Autorin

Petra Klocke, geboren am 19.3.1977 in Flensburg, besuchte die Haupt- und Berufsschule in Schleswig, wo sie ihre mittlere Reife abschloss. Aufgrund der Erkrankung an Endometriose war es ihr nicht möglich, eine Berufsausbildung zu machen. Sie arbeitete in Aushilfsjobs auf 400 Euro-Basis und bekommt Arbeitslosengeld II (Harz IV). Frau Klocke ist Mutter einer sechsjährigen Tochter und zeichnet in ihrer Freizeit Karikaturen und Comics. Dies ist ihr erstes schriftstellerisches Debüt.

Widmungen

Dieses Buch ist für meine Familie, Gitti, Margot (verstorben 1996 im 53. Lebensjahr), Monika (verstorben 1999 im 24. Lebensjahr), Conny, Werner, Dieter, Janina und Professor Dr. Dr. Hans-Rudolf Tinneberg und die Endometriose Vereinigung Deutschland e. V., sowie alle die, die aus den Fehlern anderer lernen wollen.

Prof. Dr. Dr. h. c. Hans-Rudolf Tinneberg
Direktor der Frauenklinik
Universitätsklinikum Giessen
Klinikstr. 28
D-35385 Giessen
Tel.: 0641-99-45100
Fax: 0641-99-45109
E-Mail: hans-rudolf.tinneberg@gyn.med.uni-giessen.de

Petra Klocke
Doro, Endometriose heißt dein
Schicksal
Eine wahre Geschichte die das Leben
schrieb

Bibliografische Information Der Deutschen Bibliothek: Die
Deutsche Bibliothek verzeichnet diese Publikation in der
Deutschen Nationalbibliografie; detaillierte bibliografische
Daten sind im Internet über http://dnb.ddb.de abrufbar.

© 2006 Petra Klocke
Herstellung und Verlag: Books on Demand
GmbH, Norderstedt
ISBN 978-3-8334-6931-2

Inhalt

Leute wie du und ich – Personen die Doros Leben veränderten:

Endometriose : Die Krankheit, die Doro immer wieder in Schwierigkeiten bringt

Dorothea Feldmann: Ihr Leben zeichnet sich hier ab

Elke Becker : Bettnachbarin, die Doros schriftstellerisches Talent erkennt

Ihre Eltern, Volker & Heike Feldmann: Waren hilflos, mussten zusehen wie sie ins Unglück stürzte; wollten helfen und konnten es nicht...

Silke: Arbeitskollegin, die erkannte das Doro Hilfe brauchte

Dalmatiner: Name unbekannt, half aber in größter Not

Traudel: Selbst Krebskrank, gab Doro aber den Lebensmut zurück; gestorben 1996

Birgit: Allerbeste Freundin (heimliche große Schwester) für fast 6 Jahre

Arzt: Name unbekannt, steckte Doro ohne Grund in die Psychiatrie

Corinna & Tobias: Denen hätte Doro nie begegnen dürfen

Herr Krause: Heimleiter streng aber fair
Frau Berger: Erzieherin, unfreiwillige Ersatzmutter im Heim

Heimbewohner: Hielten immer zu Dorothea

Tina: Teilte 2 Jahre lang mit Doro Zimmer und Leben; gestorben 1999 mit nur 24 Jahren

Britta: Verdankte Doro ihren Spitznamen (Doro)

Chef : Grenzenloser Egoist, der das Heim und damit auch Dorothea hasste

Manfred : Doros gescheiterte große Liebe, Vater von Nina

Nina : Doros Tochter, Sonnenschein im sonst so dunklen Leben

Pieter: Holte Doro aus der Einsamkeit und hat das Herz am richtigen Fleck

Vorwort

In beeindruckender Weise wird uns die Lebensgeschichte einer jungen Frau geschildert, welche immer wieder an die Grenzen ihrer Möglichkeiten dadurch geführt wird, dass sie durch regelabhängige Schmerzen im gesamten Unterbauch beeinträchtigt wird. Dabei sind diese zum Teil chronischen Unterbauchschmerzen so ausgeprägt, dass sie in ihrem Handeln und Denken nur dadurch bestimmt ist.

Das vorliegende Buch ist ein bewegendes Zeugnis für die Tücke einer Erkrankung mit dem Namen Endometriose, welche oftmals eng an den normalen Prozess der Menstruationsblutung geknüpft ist und von daher vielfach auf Unverständnis in der Bevölkerung stößt. Schmerzen bei der Regelblutung werden allgemein als völlig normal angesehen und stellen somit keine Erkrankung dar, die es rechtfertigt, unter Umständen mehrere Tage arbeitsunfähig zu sein. In einer internetbasierten Untersuchung konnte gezeigt werden, dass relativ viele Frauen in der Bundesrepublik, regelschmerzbedingt arbeitsunfähig sind und über Schmerzen beim Geschlechtsverkehr klagen. Aus der Sprechstunde ist bekannt, dass den an Endometriose Erkrankten großes Unverständnis von Arbeitskollegen und oftmals auch von Familienangehörigen entgegenschlägt.

Endometriose, also die Versprengung von Gebärmutterschleimhaut in Bereiche außerhalb der Gebärmutter (meistens den Unterbauch), wurde vor einiger Zeit als "Krankheit ohne

Lobby" bezeichnet. In diesem Sinne ist das vorliegende Werk ein anschauliches Beispiel dafür, wie es Frauen im alltäglichen Leben mit einer solchen Erkrankung geht und dient hoffentlich als Instrument, Laien diese häufige Erkrankung vertraut zu machen.

Prof. Dr. Dr. h.c. H.-R. Tinneberg

Dies ist die Lebensgeschichte von Dorothea (Doro) Feldmann, die sich als Außenseiterin „durchs Leben schummeln musste" und trotz aller Widrigkeiten lebt, weil sie eine Familie hat, die sie liebt.... Bis eine Krankheit mit dem Namen ENDOMETRIOSE in ihr Leben tritt und alles verändert. Im Stich gelassen, als sie Hilfe brauchte, kommt es zu einem sozialen Abstieg, der seinesgleichen sucht. Falsche Freunde und angebliche Helfer bringen sie auf die Straße – in die Obdachlosigkeit. Durch neue Freunde und Menschen, die ihr beistehen lernt Doro wieder leben.

Action, Spannung und Dramatik aus dem realen Leben, geschrieben von einer ehrlichen Autorin, die sie zum Nachdenken bringt.

Prolog – Das Treffen mit Anja
Darf ich mich vorstellen? Mein Name ist Dorothea Feldmann, 29 Jahre, einsdreiundsechzig groß, vollschlank und Mutter einer sechsjährigen Tochter. Eine ganz normale Frau …. Normal?
Was heißt normal eigentlich? Darüber sollten Sie nachdenken, denn Doro hat ein Leben führen müssen, das nicht normal war. Dorothea Feldmann ist einfach anders, als alle anderen: im Denken, im Handeln … und in ihrem Körper steckt eine Krankheit, die Endometriose heißt. Damit zu leben ist eine Strafe, empfand Doro und schwor sich, irgendwann als alles am schlimmsten war, ihre ganzen Erlebnisse niederzuschreiben. Der Gedanke daran schlummerte schon lange Jahre in ihrem Kopf, bis zu diesem entscheidenden Erlebnis, das alles veränderte:
Es war ein trüber regnerischer Herbsttag, ein Freitagabend. Dorothea Feldmann war mit ihrem besten Kumpel im größten Supermarkt der Stadt einkaufen, in der Doro wohnte. Sie hatten ihren Einkauf gerade beendet und pausierten auf einer Bank vor dem Markt, um zu überlegen, wie sie mit den vielen Einkaufstüten nach Hause kommen sollten,

denn sie hatten sehr viel eingekauft. Da entdeckte der Kumpel von Dorothea eine sehr dicke junge Frau, die verwirrt umherirrte und sehr traurig aussah. Die beiden beschlossen ein Taxi zu rufen, worauf Dorotheas Kumpel losging, um eine Telefonzelle zu suchen. Die Einkaufstüten blieben mit Frau Feldmann auf der Bank zurück. Als Dorothea dort wartete, kam die vorher bemerkte junge Frau zu ihr und setzte sich neben Doro die so erschrak, dass ihr die Zigarette aus der Hand fiel. Nun sprach sie Dorothea auch noch an, als würde sie sie schon ewig kennen... ′Diese Ähnlichkeit′, dachte sich Frau Feldmann, ′das könnte ich vor Jahren gewesen sein. Alles war gleich und dann das Aussehen′...Ein unheimliches Gefühl beschlich Dorothea, als die Erinnerungen an die schlimmsten Zeiten ihres Lebens vor ihrem inneren Auge erschienen.. Die fremde Frau erzählte ihr, das der Supermarkt ihr Lieblingsplatz sei und das sie in einem Heim für psychisch Kranke lebt und eigentlich Supermarktverbot hat. Ihr Betreuer würde das nicht mögen, wenn sie dort sei. Dann entdeckte die fremde Frau einen der Betreuer auf dem Supermarktparkplatz und bekam Angst vor Ärger. Dorothea hatte große Mühe sie zu beruhigen, bis sie erwähnte, dass ihr das alles nicht fremd sei. Dann würde Doro, sie ja verstehen, sagte die Frau und wollte wissen, ob Dorothea auch in so einem Heim leben würde? Die Antwort blieb Dorothea fast im Hals stecken, denn diese Frage traf einen sehr wunden Punkt in ihrer Seele. „Vor acht Jahren habe ich es getan, genauso wie du. Ich bin eine Ehemalige", würgte sie hervor. Die junge Frau sah sie verwundert an. Das hätte sie Dorothea nicht zugetraut, meinte sie und stellte sich vor: „Ich heiße Anja. Du musst mich unbedingt mal im Heim besuchen. Du siehst überhaupt nicht so aus, wie eine… ". Anja wollte noch etwas sagen, aber der Kumpel von Dorothea war zurückgekommen und sammelte die Einkaufstüten zusammen. An der Bushaltestelle, nahe der Bank, würde das Taxi halten, meinte er und sagte, sie solle endlich mitkommen. Dorothea war froh, sich von dem beängstigenden

Gespräch lösen zu können und folgte - beinahe wie auf der Flucht - ihrem Kumpel zur Bushaltestelle. Sie war froh nicht mehr antworten zu müssen. „Was war das denn für eine? Kennst du die etwa?" „Nein," stammelte Dorothea „das war ich vor acht Jahren..." begann sie, aber ihr Kumpel verstand gar nichts.

Dieses Erlebnis verfolgte Frau Feldmann noch Stunden, Tage und Wochen später. Diese Ähnlichkeit mit der fremden Frau, Anja, war einfach zu erschreckend. Es tauchten so viele schlimme Erinnerungen auf... Und so beschloss Dorothea Feldmann ihre Geschichte aufzuschreiben.... Es war die Endometriose, die sie in die Psychiatrie brachte und ihr Leben zerstörte, bevor es beginnen konnte. Gerade deshalb wollte Dorothea alles niederschreiben um als warnendes Beispiel voranzugehen und zu zeigen, wie es ist, wenn man mit einer Krankheit konfrontiert wird, die Dinge nicht so laufen lässt, wie sie sollen, wie das Schicksal Streiche spielt und sich die Welt für einen Menschen schlagartig verändern kann.

Alles hier Geschriebene entspricht der Wahrheit, bis auf Personen und Orte, damit niemand Rückschlüsse ziehen kann, zu Ungunsten hier beschriebener Menschen. Hiermit gebe ich, Dorothea Feldmann, Einblicke in Welten und Begebenheiten, die den „Normalen" unter uns sonst verschlossen bleiben würden. Nehmen Sie die Chance wahr, an echten Schicksalen Anteil zu haben, die das Leben geschrieben hat. Ich, als Autorin dieses Werkes, habe alles selbst erleben müssen und bin davon überzeugt, dass mein Buch gelungen ist, um die Leser zum Nachdenken anzuregen und aufzuklären über Endometriose. Keiner versteht das so sehr wie ich, die alles am eigenen Leib erfahren musste und daraus gelernt hat. Ich wünsche Ihnen, liebe Leserinnen und Lesern, viel Spaß beim Lesen und Nachdenken!

Ihre Autorin Petra Klocke

Elke 1

07:00 – Uhr ´klick´ „99 Jahre Krieg ließen
keinen Platz für Sieger, Kriegsminister gibt es
nicht mehr, und auch keine Düsenflieger.
Heute dreh ich meine Runden, sehe die Welt in
Trümmern liegen, hab einen Luftballon
gefunden, denk an Dich und lass ihn fliegen...“
tönt der Radiowecker durch den Raum. ´Mist!´
denkt Doro und macht das Gerät aus. Das war
Nena mit 99 Luftballons, ihre Lieblingsplatte.
´Hätte das Teil nicht drei Minuten eher
angehen können?´ Sie steht auf und trottet in
das Badezimmer. Als sie am Spiegel
vorbeikommt, schaut sie sich selbst in das
noch müde Spiegelbild. Diese Fratze mit den
zerzausten Haaren war es nicht wert
gewaschen zu werden. Dennoch tat sie es,
obwohl sie keinen Bock auf diesen Tag hatte.
Am liebsten wäre sie im Bett geblieben.
Danach zog Doro sich an und schminkte sich
um anschließend in die Küche zu gehen um zu
frühstücken. Am Kühlschrank schrie ihr der
Zettel entgegen der mit einem Magneten dort
befestigt war. 08:00 Uhr Aufnahme
Krankenhaus!!! Oh Gott, das hatte sie völlig
vergessen und sah auf die Uhr an der
Küchenwand. Frühstücken brauchte sie nicht
mehr, das konnte sie vergessen, jetzt hatte sie
es plötzlich sehr eilig.07:49 Uhr! ´Schneller
daran, schneller davon´, dachte sie, als sie
nochmals alles kontrollierte um die Tasche und
die Jacke zu greifen und aus dem Haus flitzte.
Den Bus um drei Minuten vor acht könnte sie
noch kriegen. Zu früh gefreut, die Ampel vor
der Bushaltestelle war rot und der Bus fuhr mit
grinsenden Rücklichtern an ihr vorbei. „Blöder
Bus, musste das unbedingt heute sein?“ ärgert
sich Doro und lief zu Fuß weiter, zu spät kam

sie eh schon, aber das machte nichts, sie hatte Zeit schließlich konnte sie nichts für den Bus... Irgendwann erreichte sie die Klinik am anderen Ende der Stadt, ließ die Tasche fallen, um sich auf die Bank vor der Klinik zu setzen und um eine Zigarette zu rauchen. Anschließend lief sie durch die Klinik zur Aufnahme auf dem direkten Weg - den kannte sie ja, es war nicht das erste Mal, das sie ihn ging. Eine nette Sekretärin nahm ihr die Papiere ab und erledigte die Formalitäten. „ Waren Sie schon mal bei uns?" fragte sie lächelnd und Doro grinste zurück und meinte keck: „ Ja, ich gehöre schon fast zum Inventar hier.", die andere lachte: „Unterschreiben Sie bitte hier, Station acht, wie immer.", und schob Doro die Papiere rüber, die unterschrieb und dann ihre Akte entgegennahm, um dann das Zimmer zu verlassen. „Alles Gute.", verabschiedete sich die Sekretärin und Doro verließ lächelnd das Zimmer. „Danke." Nun war sie auch eine Kranke von Vielen. Der Lift brachte sie nach oben in den vierten Stock, Station acht, Gynäkologie, "Wie immer, immer dasselbe und das schon seit Jahren...", dachte Doro, die den Weg bestimmt schon im Schlaf kannte. Als sie absatzklappernd durch den langen Flur lief, fiel ihr auf, dass keiner auf dem Flur war; sonst war da mehr los. Sogar das Stationszimmer der Schwestern war leer, Doro lehnte sich mit dem Rücken an die Wand und wartete. „Frau Feldmann?", eine Schwester kam den Flur runter und begrüßte sie, die hatte Doro sofort wieder erkannt. „Immer noch die Endometriose?", wurde Doro gefragt und ihr wurden die Papiere abgenommen, die sie aus der Aufnahme mitgebracht hatte. „Die unfreiwillige Stammkundschaft kommt immer wieder bei so netter Pflege hier, so etwas wird

Frau ja nie richtig los und nun bin ich hier.",
scherzte Doro. „Alles klar Sie können in der
Sitzecke da hinten warten, bis wir ein Zimmer
für sie haben.", erklärte die Schwester und
wies auf den hinteren teil des Flures, der mit
Tisch und Stühlen bestückt war. Die Schwester
lief geschäftig den Flur runter und Doro ging
zur Sitzecke um sich zu setzen. Sie setzte sich
so, dass sie einen guten Überblick auf den
gesamten Flur hatte. Vor ihr auf dem Tisch
lagen ein paar alte Zeitungen und Prospekte.
Während Doro so tat als würde sie lesen,
beobachtete sie den Flur auf dem sich
inzwischen mehr regte. Einige Frauen liefen auf
und ab, die Schwestern eilten durch die
Zimmer und sogar einen Arzt sah sie im
Stechschritt den Flur herunterlaufen. „Sie
können mitkommen Frau Feldmann, ich zeige
Ihnen ihr neues Reich." Neben ihr stand
plötzlich ein junger Pfleger, der nach ihrer
Tasche griff. „Mein Name ist Lars. Ich bin hier
Pflegeschüler, kommen Sie?", fragte er
freundlich, ging voraus und Doro folgte ihm wie
ein geprügelter Hund. Er klopfte an eine Tür
und ging rein mit den Worten: „Hier bringe ich
die gewünschte Gesellschaft Frau Becker, jetzt
sind Sie nicht mehr allein!" Doro schlich
hinterher, was das wohl für eine war? „Ich
komme gleich noch einmal, und Sie können
sich inzwischen schon mal bekannt machen."
Mit diesen Worten war Lars auch schon wieder
zur Tür raus. „Servus!" meinte Doro unsicher,
und ging zu ihrer Tasche, die Lars auf einen
der Stühle am Tisch gestellt hatte. „Also, ich
bin Elke Becker und fresse dich nicht auf!",
kam es aus dem rechten Bett das neben dem
Schrank stand. Etwas verlegen drehte sich
Doro um und sah sie direkt an. „Feldmann
Dorothea, aber alle nennen mich Doro.",

erklärte sie und machte sich daran, ihre Tasche auszupacken. „Aha," meinte die andere und las weiter in ihrer Bild – Zeitung, Doro ging mit einem Stapel Nachthemden an ihr vorbei zum Schrank neben ihrem Bett. Während Doro tat als sortiere sie die Hemden in den Schrank, warf sie einen heimlichen Blick auf Elke die weiter in ihrer Zeitung las. Die war irgendwas in den dreißiger Jahren mit leicht vollschlanker Statur und hatte altmodisch aufgesteckte Haare über einem lieben Gesicht, das einzige das diesen netten Anblick störte war das Elke ein weißes Op-Hemd trug und das zeigte deutlich wo Doro war. „Ich vergaß, für dich bin ich Elke.", sagte sie und reichte Doro die Hand, da Doro direkt neben ihrem Bett stand. „Wir werden uns bestimmt gut verstehen.", meinte Doro und ging zurück zu ihrer Tasche, die sie weiter auspackte. „Das denke ich auch.", erklärte Elke und sah Doro wieder beim Auspacken zu. Das Bett von Doro war links neben dem Fenster und Doro räumte ihre persönlichen Dinge in den Nachttisch. Als sie ihr Manuskript auspackte um die Zeichensachen auf dem Tisch zu verteilen, sowie die dazugehörigen Karikaturen wurde Elke lebendig. „Was machst du denn da?" „Ach, ich versuche mich nur an einem Buch, das zwar schon fertig ist, aber die Bilder fehlen noch.", antwortete Doro ganz in Gedanken. „Super, ich bin eine richtige Leseratte, worum geht das denn?" Damit hatte Doro unbewusst Elkes Neugierde geweckt die gleich putzmunter war. „Das ist so schwer zu erklären..." lenkte Doro ein. „Wir haben Zeit.", stellte Elke fest. „Na gut, hast du schon mal was von Endometriose gehört oder gelesen?" fragte Doro die wusste das Elke das nicht weiß. „Was ist das denn?" Auf diese Frage hatte Doro

- 17 -

gewartet. „ Dann erkläre ich es halt: das ist eine gynäkologische Erkrankung, die fast jede zehnte Frau trifft und doch leider sehr unbekannt ist. Kurz gesagt, Gebärmutterschleimhaut auf Wanderschaft. Normalerweise ist die in der Gebärmutter und wird bei der Mensis ausgestoßen, doch bei Endometriose kommt sie auch außerhalb der Gebärmutter vor und da gehört sie nicht hin. Am Darm, der Blase oder der Eierstöcken, da stört sie den Organismus weil sie dort genauso arbeitet wie in der Gebärmutter auch. Sie wächst und Blutet ab, hormongesteuert, verursacht dadurch Entzündungen, Verwachsungen und Zysten. Eine Schmerzhafte Geschichte für die betroffene Frau", versuchte Doro zu erklären. Elke sah Doro an: „Zwingt dich dieses hierher?", rutschte es Elke raus, die nicht wusste, wie recht sie damit hatte. Mit diesem Buch beschreibt Doro ihr Leben mit der Erkrankung. „Ja, der Kandidat erhält 100 Punkte! Volltreffer. Seit über 14 Jahren bin ich schon betroffen und mir müssen mal wieder solche Herde wegoperiert werden, damit ich eine Schmerzerleichterung bekomme.", erklärte Doro brav, der das Thema unangenehm war und Elke wurde rot; das hatte sie nicht gewollt. Ja, ihre Neugierde brach ihr des Öfteren das Genick, Das war ihr peinlich und verlegen stand Elke auf. „Stopp!" Das war Doro die sie zurückhielt. „Nimm dein Medizinisches Gepäck mit, sonst tut es weh." Das wäre fast schiefgegangen, das hatte Elke schon wieder vergessen. Also nahm Elke die Schläuche mit den dazugehörigen Flaschen in die Hand und ging zu Doro an den Tisch. Dort bewunderte sie Doros Bilder und das Buch hatte ihr Interesse geweckt, welches sie sich vornahm zu lesen. Doch als Elke Doro fragen wollte kehrte Lars zurück, der Dorotheas Blutdruck maß und sie allerlei fragte wegen der Operation am nächsten Tag. Elke legte sich wieder hin, dann war sie wieder allein mit Doro, das musste sie ausnutzen. Ihr kam sehr gelegen, das Doro ihre Zigaretten holte und herausging. „Die Neugierde ist der Tod der Katze...", dachte Elke noch, doch die Neugierde siegte über den Verstand, sie setzte sich mühsam an den Tisch und schlug das Manuskript auf, um darin zu lesen - das war zu interessant...

Kapitel 1: Doros Kindheit – Geprägt von Neid

Der Umgang mit dem Kind Doro war nicht leicht, da sie schon als Baby im Stich gelassen wurde. Ihre leibliche Familie verschmähte sie und überließ sie ihrem Schicksal. Ein niedliches kleines Mädchen, von den Menschen verlassen, die es am meisten gebraucht hätte, ihren Eltern. Diese schoben sie ab in das Kinderheim, wollten sie nicht haben und das bekam Doro schon als Baby zu spüren. Im Heim vegetierte Doro vor sich hin, vernachlässigt und krank. Ihr verdammtes Glück bestand in dem Umstand, das einem Ehepaar, Beamte, ein eigenes Kind versagt blieb. Diese kamen in dieses Heim, sahen Dorothea in ihrem Elend und verliebten sich sofort in sie. Daraufhin adoptierten sie Dorothea und nahmen sie zu sich, gaben ihr ein Zuhause und retteten ihr damit das Leben. Ab sofort war sie Dorothea Feldmann und Mitglied einer glücklichen Familie. Doch das Glück war relativ, da die Vorgeschichte nicht ohne Spuren an Doro vorbeigegangen war. Dadurch erlitt sie Kontaktschwierigkeiten, ihr soziales Gefühl zu anderen war gestört, so etwas wie Liebe kannte Doro nicht, obwohl ihre Eltern mit viel Mühe und Liebe versuchten es ihr beizubringen. Lieben zu lernen blieb ihr versagt. Das Kind lebte jahrelang in dem Irrglauben, alle haben sie lieb, wenn sie im Mittelpunkt steht. Im Guten und im Schlechten, Hauptsache Aufmerksamkeit, das war für Doro der Glaube. Alle lieben mich, wenn ich im Mittelpunkt stehe. Damit ging sie allen fürchterlich auf die Nerven. Diese Störung steckte in ihr und war auch nicht wegzubekommen. Sie fiel dadurch überall nur negativ auf und freute sich auch noch darüber, sehr zum Leidwesen ihrer Eltern. Der Knacks saß tief in ihrer Seele, doch daran hatte Dorothea keine Schuld, sondern ihre leiblichen Eltern. Sogar ihren Bruder hasste Doro dafür, dass die Eltern ihn liebten, sie wurde genauso geliebt doch das kam nicht bei ihr an. Ein tief in ihrer Seele verstecktes Gefühl ließ Dorothea immer glauben, dass sie zu kurz kommt, obwohl das nie der Fall war. Familie

Feldmann tat wirklich alles für sie, trotzdem bereitete Doro ihnen unbewusst nur Ärger und Probleme, bis sie es hinnahmen. Doro war halt so. Auch als Doro zur Schule kam, änderte sich nichts und sie machte sich durch ihr Verhalten selbst zum Außenseiter ohne es zu wollen. Das machte sie anders als Andere und diese verstanden es nicht, weil sie einfach zu klein dazu waren und sonderten sich von ihr ab, Doro litt sehr darunter, was sie dazu brachte, ein Einzelgänger zu werden, der in seiner eigenen Welt lebte. So vereinsamte sie obwohl sie unter Menschen war und die fehlenden Freunde gab es auch in ihrer Phantasie. Ihre Imaginären Freunde waren immer für Dorothea da, wenn die anderen mal wieder nichts von ihr wissen wollten. Anschluss fand Doro nur an Erwachsene da die sie besser verstanden, sie gingen auf Doro ein und waren froh wenn sie wieder weg war. Nur ein älterer Herr aus dem Nachbarhaus machte sich dieses Problem zunutze. Er nahm sich ihrer an, nutzte regelrecht aus das Doro so war. Sie durfte ihn „Opa" nennen und ihn besuchen wann sie wollte. Er war der „Freund" den sie nie fand, weil Doro es nicht besser wusste. Der war Pädophiel und verging sich an ihr, sie musste seinen „kleinen Freund" anfassen und ihn auf das Klo begleiten, auch schmuste er mit ihr und für Doro war das normal unter Freunden. Ansonsten beschäftigte sich kein Außenstehender so intensiv mit ihr wie er. Immer wieder ging sie zu ihm hin, weil sie es nicht besser wusste mit ihren unschuldigen neun Jahren. Das dieses etwas Verbotenes war, was er mit Doro tat, das war ihr egal weil sie es nicht besser wusste. Ansonsten wollte keiner außer ihrer Familie mit ihr etwas zu tun haben oder waren froh, wenn sie wieder weg war. Auch klaute Doro nicht für sich sondern für andere, die vorgaben ihre Freunde zu sein, wenn sie ihnen Dinge beschaffte, die sie wollten. Sie versuchte sich Freunde zu kaufen, was ihr nicht gelang. Sie wurde nur ausgenutzt und Doro freute sich auch noch darüber. In der Schule machte sie sich doch ganz gut, notenmäßig jedenfalls, doch auch hier stand sie sich selbst im Weg durch ihr Verhalten. Es gab deswegen jedes Jahr wieder Ärger im Hause Feldmann, da man doch nur das Beste für sie wollte. Irgendwie schaffte sie die Grundschule mit Noten, die für die Realschule gereicht hätten, doch Doro galt als Verhaltensauffällig und landete deswegen auf der Hauptschule, weil das andere ihr keiner zutraute. Familie Feldmann war sehr enttäuscht darüber, unterstützten Doro aber trotzdem, wo sie nur konnten. Den Lehrern war sie egal, ihrem Bruder auch, da er unter ihrer Art litt und deswegen Probleme mit den anderen bekam. Er verleugnete sie als seine Schwester und hasste sie dafür dass sie es war, weil er sich für sie schämte. Im Nachhinein kann Doro sich mit den Lorbeeren schmücken seine Kindheit und Jugend zerstört zu haben. Auch heute will er nichts mit ihr zu tun haben, außer er muss dieses, damit kein Streit in der Familie entsteht. So etwas hat Dorothea nie gewollt und sie versteht das, und es tut ihr leid. Leider kann sie an dem Vergangenen nichts ändern, auch wenn sie es noch so sehr wollte, es geht nicht. Auch ihren Eltern hat sie das leben immer schwer gemacht, wollte es nie, aber es ist passiert. Irgendwie gab es immer nur wegen ihr oder ihrer Art Ärger. Nach einem Streit der eigentlich belanglos war, sah Doro sich als Belastung für ihre Familie und auch ihr Bruder wäre besser dran ohne sie. Sie plante über Wochen hinweg, dass sie weglaufen würde und ihre Familie endlich ein normales Leben führen könnte. Doch leider ging es schief, da sie der Zeitungsfrau, des Nachts als sie weglaufen wollte, in die Arme lief und verraten wurde. Sie scheiterte wieder an sich selbst, und so blieb sie bei ihrer Familie. Je älter Doro wurde, umso besser verstand sie, was für einen Mist sie in den vergangenen Jahren gebaut hatte und wollte sich endlich ändern. Leider gelang ihr das nicht, weil ihr da die Pubertät einen Strich durch die Rechnung machte und sie mit sich selbst überhaupt nicht mehr klarkam. Sie veränderte sich zuerst nur im Wesen, wurde aufmüpfig, frech und pickelig wie jeder Teenager halt so ist. Auch tat sie immer nur das Gegenteil von dem was Vater und Mutter sagten, nur ihre körperliche Entwicklung blieb beim Alten. Während Doros Mitschülerinnen heranreiften und Brüste, Schamhaare und ihre Mensis schon mit 12 – 13 Jahren bekamen. Dagegen sah Doro noch mit 14 Jahren aus wie ein Kind. Warum Doro super neidisch auf die anderen war, weiß sie nicht mehr, vielleicht lag es auch daran, das diese damit furchtbar angaben zu Frauen zu werden. Es artete in einen richtigen Wettstreit aus, wer zuerst erwachsen werden würde. Doro wurde richtig erfinderisch um mitzuhalten - wollte sie nicht auch in dieser Beziehung als Außenseiter gelten. Den ersten BH stopfte sie mit gebündelten Socken aus da sie noch keinen Busen hatte, Doro war flach wie ein „ Brett mit Warzen", wie die anderen schon rumlästerten. Auch mopste sie ihrer Mutter Binden um diese in die Schultasche zu stecken, damit die anderen dachten, sie hätte ihre Mensis schon, obwohl das nicht der Fall war. Auch schminkte sich Doro wie die anderen und sah dadurch eher aus wie Lolita und wurde ausgelacht. Sie versuchte wirklich alles um mitzuhalten, dann war sie eben eine der ersten die sich einen Freund suchte um nicht mehr die eiserne „Jungfrau" zu sein und das gelang ihr auch nicht. Mit einem anderen Jungen aus der Unterstufe, der auch Außenseiter war, wurde heimlich geübt für das erste Mal mit Petting und so, gegenseitig befriedigen, ohne Geschlechtsakt im eigentlichen Sinne. Irgendwie hatten sie etwas davon, sie gingen nicht unvorbereitet in das erste Mal und auch die „Bravo" war ein guter Lehrer. An ihrem 15. Geburtstag war es dann endlich soweit. Doro bekam in der Schule beim Sport ihre erste Mensis und feierte zwei Feste, jetzt gehörte sie endlich dazu und musste nicht mehr Lügen. Auch die Sache mit dem ersten Freund klärte sich auf dem Schützenfest des Ortes, in dem Doro wohnte. Sie fand ihn auf der Bühne mit Gitarre und Lederjacke. Da er eh solo und Doro sein Typ war, flachbrüstig und schlank, stieg er ein auf ihre Flirtversuche. Der hatte sogar eine Mofa mit der er Doro herumfuhr und sie verstanden sich auf Anhieb da er auch etwas seltsam war, wie Doro. Beide unternahmen viel miteinander und von ihm lernte Doro auch das Saufen und das Disco gehen, sehr zum Leidwesen ihrer Eltern, die meinten Doro sei noch zu jung. An ihn verlor sie auch ihre Jungfräulichkeit in einem schmerzhaften Akt von nur kurzer Dauer, von dem Doro nicht viel mitbekam, da sie betrunken war, und er diese Situation ausnutzte. Doro war das recht, weil sie nicht mehr die eiserne „Jungfrau" war und damit punktete sie bei den Mitschülerinnen die sie für „In" erklärten und Doro das Rauchen beibrachten. Sie hatte es geschafft, endlich gehörte sie dazu und war kein Außenseiter mehr und da drauf war Doro richtig stolz. Mit ihrer Mutter geriet sie deswegen auch aneinander, doch Doro ging darüber hinweg. Jetzt war sie endlich da wo sie sein wollte - eine junge Frau mit vielen Freunden, die ihr Früher so gefehlt hatten, und sie war kein Außenseiter mehr. Was das für Doro bedeutete, kann man nicht mit Worten beschreiben, nennen wir es so: Doro war endlich Glücklich weil sie ihren Weg gefunden hatte...

Elke 2

Elke hatte gerade ihre heimliche Lesestunde beendet und wollte gerade in ihr Bett zurückkehren; sie stand mitten im Zimmer, als Doro zurückkam. „Na?", fragte Elke, die einen Schreck bekam, weil Doro so früh war, doch die antwortete nicht, da sie den Kopf voll hatte, und den Fragebogen für die Narkose in der Hand, um sich daran zu machen den auszufüllen. „Dann eben nicht...", dachte Elke, die sich ins Bett legte, während Doro am Tisch saß und schrieb. Stille herrschte im Raum; beide waren beschäftigt: Elke mit ihrer Zeitung und Doro mit dem Fragebogen. „Was wollen die noch alles wissen?", das war Doro und Elke sah von ihrer Zeitung auf. „Doro kann ich dein Buch lesen? Meine Zeitung von Vorgestern kenne ich schon auswendig, sonst langweile ich mich.", wollte sie nun wissen. Doro hielt das Manuskript genervt in Elkes Richtung, die sich beeilte es zu holen. „Mach doch, das hier dauert länger, da ich die Hälfte nicht mehr weiß.", stellte Doro fest, die mit dem Fragebogen kämpfte. Kaum war Elke mit dem Buch bei ihrem Bett angelangt, da registrierte Doro was sie getan hatte. „Ich finde es nicht gut, dass du das Buch liest. Das ist nichts für schwache Gemüter", meinte Doro, die nicht wusste, das Elke schon heimlich darin gelesen hatte. „Bitte, du hast mir so interessante Sachen darüber erzählt, jetzt bin ich neugierig geworden, da kannst du es mir nicht vorenthalten.", legte Elke los, die nicht bereit war, das Buch zurückzugeben und trotzig wurde. „Mach was du willst! Doch wenn dir das Buch zu krass ist, beschwer dich nicht!", wehrte Doro ab, die keinen Bock auf Streit hatte. Dann war es wieder ruhig im Zimmer,

Doro zeichnete und Elke las. Eine ganze Weile saß Doro am Tisch über ihren Karikaturen und war ganz in ihre Gedanken versunken, als wäre sie allein im Zimmer. Sie hielt es nicht mehr aus auf ihrem Stuhl, da im Zimmer im Krankenhaus, die ganze Situation machte Doro verrückt und sie lief im Zimmer auf und ab. Jeden hätte Doros Nervosität genervt, nur Elke, die durch das Buch geknebelt war, störte das nicht. Irgendwann hatte sie genug vom rumlaufen und setzte sich wieder an den Tisch um zu Zeichnen. Das würde sie ablenken von ihrer Angst vor der Operation am folgenden Tag. So geschah es dann auch. Doro zeichnete und wurde ruhiger, dann war sie in der Welt ihres Buches verschwunden, mit den Gedanken und ihrer Aufmerksamkeit, da die Bilder schön werden sollten. Es wurmte Elke doch ganz schön, dass sie so fies gewesen und heimlich in dem Buch gelesen hatte, das schlechte Gewissen machte sich breit, sie hätte gleich fragen sollen, doch zum Beichten war sie zu feige. Damit Doro ihr das Buch nicht wegnahm, sagte sie nichts und schielte über die obere Kante zum Tisch, an dem Doro saß zu zeichnen. In dem Moment als sie Doro fragen wollte kam eine der Krankenschwestern rein. „Frau Feldmann, könnten sie das noch ausfüllen bevor sie zur Untersuchung sollen?", und legte den Aufklärungsbogen zur Operation vor Doros Nase, auf ihre Karikaturen und ging raus, ohne eine Antwort abzuwarten. Doro sah ihr nach, als begreife sie nicht, wo sie war und Elke fragte: „Das ist schon scheiße wenn einen die eigenen Eltern nicht haben wollen?", um Doro abzulenken. „Ich möchte nicht wissen, was aus mir geworden wäre, wenn ich meine Adoptivfamilie nicht gehabt hätte, ihnen verdanke ich so vieles..." Eine nachdenkliche

Pause entstand und Doro zeichnete weiter. Den Zettel konnte sie immer noch ausfüllen. Dann tat sie es doch, da das Ding ihr die Kreativität raubte, und das war keine Minute zu spät, gerade hatte Doro den Zettel beendet, kam auch schon Lars rein. Er nahm ihr das Teil weg und den Narkosebogen auch. „Sie sollen jetzt zur Untersuchung Frau Feldmann, ich nehme sie jetzt mit.", meinte er und ging zur Tür. Doro folgte ihm, dann war die Tür zu und Elke wieder allein im Zimmer, die sich endlich daran machte zu lesen im Kapitel 2. Jetzt hatte sie wieder Ruhe, legte sich im Bett zurecht um zu lesen wie es mit der Buch-Doro weiterging......

Kapitel 2: Stilles Leid – Die Qual der Ungewissheit

Mit 15 Jahren hat Doro also ihre Mensis bekommen. Die Qual damit begann etwa ein halbes Jahr später. Jedes mal wenn sie die Mensis bekam, kamen auch die Schmerzen, die sehr heftig waren. Alle Mädchen die Doro kannte, waren stolz darauf, die Mensis zu haben. Das es schmerzhaft war, darüber wurde kein Wort verloren. Ihre Mutter, der Doro sich anvertraute, meinte nur, es ist normal und gehört dazu, das hätte sie auch und verginge wenn die Mensis vorbei ist. Oft erging es Doro so schlecht damit, dass sie vor Schmerzen krank war und ihrer Mutter von den Tabletten mopste, die sie gegen Migräne nahm, nachdem Doro irgendwo gelesen hatte, Aspirin helfe auch gegen Regelschmerzen. Dieses bewahrheitete sich dann auch und Doro kam damit einigermaßen klar. Es war auch die Zeit in der sie Sexualkunde in der Schule hatten. Dort erfuhr Doro alles über den Zyklus, Krankheiten, Schwangerschaft und Geburt. Die Jungs nahmen diese Themen zur allgemeinen Belustigung, in dem sie aufgeblasene Kondome durch die Klasse jagten, was mit schlechter Benotung belohnt wurde. Diejenigen, die den richtigen Umgang mit den Dingern erlernen wollten, bekamen es richtig gezeigt. Mit der Hilfe von Bananen, und es waren leider nur die Mädchen, die das wissen wollten. Als es dem männlichen Geschlecht zuging, war das den Jungs besonders peinlich und sie gaben Ruhe. Irgendwann wurde es so schlimm mit Doros Schmerzen bei der Mensis, dass sie an besagten Tagen nur mit Mühe zur Schule ging. Die Einzige, die dafür Verständnis zeigte war die Sportlehrerin, dann brauchte Doro nicht mitzumachen beim Bodenturnen und der Akrobatik. Das gefiel den anderen Mädchen und diese eiferten das nach was Doro unfreiwillig vorgab, so konnte sich Frau gut vor der Sportstunde drücken. Hätte Doro die Chance gehabt die Schmerzen gegen Sportstunden zu tauschen, sie täte es sofort. Genau diese Lehrerin war es auch, die Doro zum Gynäkologen (Frauenarzt) schickte, um sich durchchecken zu lassen. Erst wollte Doros Mutter mit, doch Doro schämte sich und ging allein; es war besser so. Dieser Arzt war ein ganz netter. Er erklärte ihr alles, befand Doros Probleme für normal und verschrieb ihr die Pille, damit die Schmerzen besser wurden. Das wurde es dann auch, doch Doro vertrug die Pille nicht und nahm dadurch viel an Gewicht zu, die Pille wurde abgesetzt und Doro musste wieder mit den Schmerzen leben, die danach wiederkamen und immer schlimmer wurden. Währenddessen schaffte Doro den Hauptschulabschluss und wechselte auf die Berufsschule über, worüber sich ihre Eltern sehr freuten und Dorotheas Oma versprach ihr den Theresia-Taler mit Silberkette, wenn Doro diesen Abschuss auch noch schaffte. Diesen Taler hatte Doro schon als Kind bei ihrer Oma bewundert. Es war aber wesentlich schwerer als angenommen, da der Stoff in der Schule so sauschwer war, Doro rutschte ab in ihren Leistungen. Doch irgendwie überstand sie das erste Jahr und wurde versetzt, obwohl ihre Noten schlecht waren, auch in Fächern in denen sie zuvor gut war. Mit Ach und Krach und sehr viel Nachhilfe schaffte sie es auch im zweiten Jahr sich durchzumogeln. Leider kam es kurz vor der Prüfung zum Eklat: Doro hielt die Unterleibsschmerzen nicht mehr aus, glaubte daran sterben zu müssen und ging zum Arzt. Es hätte sie fast den Abschluss gekostet, zuvor war sie alle 3 Wochen krank wenn die Mensis kam, nun hatte sie die Schmerzen durchgehend. Sie ließ die Schule, Schule sein und ging zum Frauenarzt. Doro sollte in das Krankenhaus, eine Zyste verursachte die starken Schmerzen, die wurde entfernt per Bauchspiegelung. Nun ging es ihr gleich sehr viel besser und sie schaffte den Abschluss, woran keiner mehr geglaubt hatte. Ein kleines Wunder, nicht mal Doro hatte daran geglaubt. Das feierte die ganze Familie und Doros Oma schenkte ihr den heißgeliebten Taler und Doro war sehr stolz darüber, das geschafft zu haben. Er war nun ihr Glücksbringer, denn das Schicksal hatte ihn ihr geschenkt. Auch hatte Doro sich beworben um einen

Ausbildungsplatz, den sie nicht bekam, doch dafür nahm man sie für ein freiwilliges soziales Jahr. Dieses verbrachte sie in einem Altenheim in Rendsburg, als Übung für die Ausbildung, die sie danach beginnen sollte. Für Doros Eltern war die Welt wieder in Ordnung, und Doro glücklich über den Lauf der Dinge. Nach den Schulferien zog Doro um, in ein kleines Zimmer in dem Schwesternwohnheim des Altenheimes in dem sie Arbeiten sollte. Denn von Flensburg, wo Doro wohnte, nach Rendsburg zu pendeln, um vier Uhr Morgens, das wollte sie nicht. Ihre Eltern halfen Doro beim Umzug und gemeinsam richteten sie das Zimmer her, das ihr neues Zuhause war für ein Jahr. Dann verabschiedeten ihre Eltern sich und Doro fühlte sich frei. Keiner mehr da der reinredete und Vorschriften machte. Sogar ihr eigenes Geld würde sie verdienen 300,00 DM Taschengeld, sowie Essen und Wohnen im Lohn enthalten waren. Anecke und Andrea, die Azubis in der Küche, wohnten in Doros Nebenzimmern und fanden in ihr gleich eine neue Freundin und Doro Anschluss an andere. Sowie Doro sich mit Silke, eine Praktikantin vom Arbeitsamt und ihre Kollegin anfreundete. Auch die Arbeit gefiel ihr und es freute sie, das die alten Leutchen sie akzeptierten und mochten. Ihr ging es gut, so wie es war, wäre das Problem mit ihrer Mensis nicht, welches Dorothea immer noch hatte. Dann wäre sie glücklich gewesen, sie hatte jetzt alles was ihr früher gefehlt hatte und das lebte Doro voll aus. Nur mit der Einschränkung, dass sie alle drei Wochen schmerzkrank war. Darüber ging sie hinweg, wollte sie weiterhin ihr Glück genießen. Doch leider war es von kurzer Dauer, dass es ihr so gut ging. Vielleicht ein halbes Jahr, dann musste sie zum Arzt wegen der Schmerzen die nicht mehr auszuhalten waren, sowie sie ihre Mensis schon seit drei Monaten durchgehend hatte. Dadurch war Doro körperlich schwach geworden und es gelang ihr nicht mehr, ihren Zustand zu verbergen. Unter Schminke verbarg sie ihr blasses Gesicht. Kraft hatte sie nur noch für die Arbeit, die Freizeit verbrachte sie im Bett. Der Arzt glaubte ihr

nicht, meinte sie übertreibe und Zyklusstörungen wären in ihrem Alter (18 Jahre) normal, und schickte Dorothea fort. Dummerweise glaubte Doro ihm und es wurde ihr zum Verhängnis. Nach einem weiteren Monat begann sie vor Schmerzen oder durch den Blutverlust umzukippen und das kam ihr komisch vor. Es zwang Doro erneut zum Arzt, der ihr nur den Tipp gab, eine Psychotherapie zu machen wäre besser für sie. „Wenn der meint, er ist der Arzt..." dachte Doro und machte weiter wie zuvor als sei gar nichts, sie war nicht verrückt! Irgendwann fiel es auch den Anderen auf, dass sie überhaupt nichts mehr mit ihnen machte. Silke als die Älteste wurde beauftragt, rauszubekommen was mit Doro los ist. Die lud Doro prompt zu einem gemeinsamen Stadtbummel mit Shoppingtour ein, und Doro ging aus Höflichkeit mit, weil sie nicht wollte, dass Silke merkte, das mit ihr etwas nicht stimmte. Dummerweise machte ihr Kreislauf Doro einen dicken Strich durch die Rechnung. Mitten in der Stadt kippte sie wieder um, ohne Vorwarnung direkt vor Silkes Füße, die gewaltig erschrak. Silke war so vernünftig Doro zurückzuholen und sie nach Hause zu schaffen in ihr Bett. Dort musste Doro dann berichten - wollte sie nicht das Silke sie auf der Arbeit verriet - Doro erzählte alles, auch von den Arztbesuchen. Entsetzt sah Silke sie an, meinte Doro müsste dringend etwas Unternehmen. Das Umkippen war eine Warnung ihres Körpers gewesen, Doro sollte zu einem anderen Arzt. Dieses war also der Grund gewesen für Doros Veränderung. Erschüttert ging Silke nach Hause, wäre ihr das passiert, sie hätte den Arzt verkloppt und wäre sofort ins Krankenhaus gegangen! Ein Fehler war da, dass Dorothea es nicht besser wusste, sowie dieser Arzt ein Schwein war.
In ihrem Zimmer lag Doro dann im Bett und dachte nach, Silke hatte ja so Recht und passieren musste etwas, so wollte sie nicht weitermachen. So würde sie sich alles kaputtmachen, nein, das durfte nicht geschehen. Am folgenden Tag hatte Doro frei und das

wollte sie ausnutzen, da das Binden kaufen echt ins Geld ging, und die Schmerzen sie nervten, das wollte Doro nicht auf sich sitzen lassen. Wie sie die Nacht herumbekam, weiß sie nicht mehr, geschlafen hatte sie nicht, da zu viele Gedanken in ihrem Kopf herumgingen. Sie überlegte, wie sie es am besten anstellte Hilfe zu bekommen. Vor allem Silkes Vernichtendes Urteil war mit ein Auslöser, dass Dorothea einen Folgenschweren Entschluss fasste, den sie am nächsten Morgen gleich in die Tat umsetzte. Ausnahmsweise schminkte Doro sich mal nicht und ihre blasse Fratze passte in ihren Plan, nicht mal gekämmt hat sie sich, zog nach dem Waschen ihre Blutverschmierteste Hose an, die Doro besaß und diese war weiß mit rotbraunen Flecken an den Innenseiten der Schenkel, die bis zu den Knien gingen. Dazu ein kurzes Trägertop das ihre schlanke Figur betonte und durch die kräftige Farbe die Blässe hervorhob. Fertig, man sah sie krank aus. Am gestrigen Tag hatte Silke schon gesagt: „Doro du siehst aus wie der Tod auf Latschen." Und jetzt sah sie noch zehnmal schlimmer aus, das musste den richtigen Eindruck wecken den sie brauchte. Die Wut die Doro auf den Arzt hatte, verlieh ihr diese krasse Kreativität, dann holte sie die Jacke und ihre Tasche, um normal zu wirken und machte sich auf den Weg zu ihrem Hausarzt. Der musste ihr jetzt helfen, und in der Not frisst der Teufel Fliegen, Doro würde auf diese Hilfe bestehen! Als sie die Praxis erreichte ging sie einfach rein, um der Helferin irgendwas von Leben und Tod zu erzählen. Wenn sie nicht sofort den Arzt sprechen könnte, ihr Anblick reichte aus, sie wurde sofort vorgelassen und der Arzt geholt. Doro erstattete Bericht in allen Einzelheiten, ja Doro sagte sogar das mit der Therapie und bat brav um Hilfe. Ihr Hausarzt war entsetzt, er meinte nur das er kein Gynäkologe sondern nur Internist sei, und so nicht helfen könnte, dieses sollten die Spezialisten in der Frauenklinik tun, dabei schrieb er Doro einen Überweisungsschein. Dann lobte er sie noch, dass sie so mutig war, den Weg zu ihm zu finden, und er bestätigte das Doro

Recht hatte. Irgendwas stimmte nicht, und diesem sollte nun auf dem Grund gegangen werden in der Klinik. Nun dankte Dorothea ihm für sein Verständnis, war er doch der Erste und einzige nach langer Zeit, der ihr glaubte. Sie nahm den nächsten Bus in die Stadt in der die Klinik lag, ohne Sachen, so wie sie war. Im Bus saß sie auf ihrer Jake damit sie die Polster nicht mit Blut beschmierte, durch die Anstrengung blutete sie mehr als sonst und ihr Kreislauf fuhr Achterbahn. Doro merkte wie ihr die Kräfte schwanden. Jetzt musste sie sich zusammen reißen, erst in der Klinik durfte sie wieder umkippen. Am Busbahnhof stand sie nun, musste feststellen, dass sie kein Geld mehr hatte für den Bus zur Klinik. So ein Pech, Dorothea lief zu Fuß weiter, doch die Klinik lag am anderen Ende der Stadt. Einen zerknitterten Überweisungsschein in der zittrigen Hand, den Blick starr geradeaus, die Arme vor dem schmerzenden Unterleib gekreuzt, so lief sie gekrümmt irgendwie durch die Stadt. Während sie da so lief, wie ein Gespenst, mit schmerzverzerrtem Gesicht, da zog sie die Aufmerksamkeit der Leute auf sich, weil sie versuchte zwanghaft gerade zu gehen. Leider kam Dorothea nur langsam vorwärts und die Leute dachten nicht mal im Traum daran ihr zu helfen oder wenigstens danach zu fragen. Nein, die dachten wohl Doro sei besoffen oder auf Drogen und ähnliches, jedenfalls keiner half ihr, obwohl sie so nötig Hilfe brauchte, die ganze Zeit nicht. Sie musste einen Park durchqueren um die Klinik zu erreichen, die ihre Rettung bedeutete, doch wieder versagte Doro der Kreislauf und sie stürzte zu Boden, langsam krabbelte sie zu einer Bank, an der sie sich mühsamst hochzog um sich darauf zu legen. Auf dieser lag Doro nun und sah nur noch silberne Sterne. Doro bekam noch mit das ein älteres Ehepaar vorbeikam, welches über sie schimpfte weil sie in Schocklage mit den Beinen über der Kante dort lag. „Wohl Besoffen diese elende Pennerin, arbeiten sollte die. Früher hat es so was nicht gegeben...!!" Sie kam nicht dazu, etwas zu sagen und um Hilfe zu bitten, nicht mal den Arm bekam Dorothea hoch, um ihren Schein zu zeigen. Dann war sie weg, weit, weit weg... Ohnmächtig! Gescheitert so kurz vor dem Ziel, sollte das ihr Ende sein? KO in der ersten Runde, wie man es beim Boxen so schön nennt.

Da lag sie nun bewusstlos auf irgendeiner Parkbank, so hatte sich Doro ihr Ende bestimmt nicht vorgestellt. Plötzlich registrierte Dorothea etwas Feuchtes im Gesicht und fand langsam wieder zu sich und sah einen hübschen Dalmatiner der ihr das Gesicht abschleckte. Da streichelte sie den Hund, der sie nicht kannte und trotzdem so lieb zu ihr war. Es ertönte ein Pfiff und der Hund verschwand, Doro wollte den Besitzer des Hundes danken und ihn bitten, sie in die Klinik zu bringen, doch der war verschwunden und der Hund auch. „Verrecken kannst du hier und keinen interessiert das!", dachte Doro noch, zog sich hoch und stand auf. Auf wackeligen Beinen lief sie schwankend weiter, jetzt war das nicht mehr weit. Im Kopf drehte sich alles und in Schlangenlinien lief sie über den Parkplatz vor der Klinik. Doro hatte wohl den totalen Filmriss gehabt, jetzt erst wurde ihr bewusst wie schlecht es ihr eigentlich ging.

Endlich erreichte sie die Tür, die ihre Rettung bedeutete. Gebadet vom kalten Schweiß trat Dorothea ein, riss sich zusammen, um sich brav anzumelden und auf den Arzt zu warten, der Zeit für sie hatte. Höflich war sie ja, hier fühlte sich Doro sicher, falls etwas war konnte ihr ja gleich geholfen werden. „Heute ist viel los.", hatte die Schwester zu ihr gesagt, weil Doro keinen Termin hatte. Hauptsache sie kam dran und endlich würde einer ihr helfen der etwas davon verstand, dann wartete Doro eben. Nach einiger Zeit wurde sie in das Behandlungszimmer gebracht, um dort auf den Arzt zu warten, der gleich kommen würde. Doro sah sich um. Ein freundlicher heller Raum in einem sanften Orange gestrichen, sie stand in der offenen Tür, rechts ein großer Schreibtisch mit drei Stühlen. Dahinter befanden sich Schränke auf denen eine Arbeitsfläche war, neben einem großen Fenster mit gelben Gardinen. Vor dem Fenster war versteckt hinter einer Spanischen Wand, ebenfalls in gelb, der Behandlungsstuhl. Daneben waren eine Liege und ein Ultraschallgerät, das hinter der Tür verschwand, in der sie stand. Plötzlich stand der Arzt hinter ihr. Sie hatte ihn gar nicht kommen hören. Der meinte, wenn er etwas für sie tun könnte, dann nur drinnen, und schob Doro sanft zu Tür rein, die er hinter sich schloss. Sie wurde rot als sie ihn ansah, lächelnd mit braunen Haaren und Brille und setzte sich an den Schreibtisch. Da platzte die ganze Geschichte bisher aus ihr raus. Nun erzählte sie alles noch einmal, von den Schmerzen, den Blutungen und dem anderen Arzt der ihr nicht glaubte, sowie von der Odyssee hierher zu gelangen.
Der Arzt hatte Doro interessiert zugehört und sah sie nun entsetzt an. Nun schimpfte er Doro auch noch aus, warum sie nicht früher gekommen war und das es tödlich hätte enden können, wieso war sie damit nicht schon längst bei einem Arzt???
War sie doch, nur beim falschen. Das sagte Dorothea dem Arzt ins Gesicht. Zweimal war sie sogar bei ihm, der wollte doch nur, das sie eine Psychotherapie

machte. Das hatte Doro zuvor weggelassen. Sein Gesicht, ein Bild für die Götter. Doro hätte herzhaft gelacht, wenn der Grund dafür nicht so traurig gewesen wäre, und es ihr nicht so schlecht gehen würde. Betretenes Schweigen breitete sich im Raum aus, beide sagten nichts, sie verständigten sich nur noch mit Blicken, die alles sagten. Merkwürdig war das schon, befand der Arzt. Er beschloss Doro zu untersuchen, um sich selbst ein Bild davon zu machen. An der Geschichte war etwas faul und das stank zum Himmel. Doro musste dableiben und wurde dem Professor vorgestellt, der die Geschichte haarsträubend fand. Eine Operation war beschlossene Sache.

Da war sie nun eingewiesen in die Klinik, in der all ihre Hoffnungen lagen, auf das Ende all ihrer Probleme. Sie hatten Doro versprochen, herauszufinden was ihr fehlte und festgestellt das sie zu jung für so was war. Dank der Hilfe ihres Vaters der extra mit dem Auto anreiste, bekam Doro auch ihre sieben Sachen in Reisetasche in die Klinik, ihr Vater blieb noch bis zum Abend. Wie froh war sie darüber, ihre Sachen da zu haben. Dorothea hatte ein Operationshemd bekommen, sollte nicht in ihren blutigen Sachen auf dem Flur laufen, da es schrecklich aussah. Nun war sie froh, sauber angezogen zu sein und zufrieden. Auch gegen die Schmerzen hatten sie ihr was gegeben. Doro fand ihre gute Laune wieder und lief auf dem Flur auf und ab, da sie sich langweilte. Dann wurde sie in das Raucherzimmer gebeten, dort wollten die Patientinnen einen Gesprächstreff veranstalten gegen die Langeweile und Doro flitzte in ihr Zimmer, um die Zigaretten zu holen, das durfte sie sich nicht entgehen lassen. Dort saßen die Frauen nun und sprachen gemeinsam über Gott und die Welt, Krankheitsgeschichten wurden ausgetauscht, sowie Erfahrungen, eine gemütliche Runde eben. Nur das Doro dort die jüngste war, gab ihr doch zu denken, trotzdem fühlte sie sich nicht mehr so allein mit ihrer Krankheit von der sie nicht mal den Namen wusste.

Es war da und musste operiert werden mehr wusste sie nicht, die Frauen verstanden sie gut da sie ein ähnliches Schicksal teilten, saßen sie doch alle im selben Boot sonst wären sie nicht in der Klinik. Abends im Bett allein in einem Zweibettzimmer grübelte Doro hin und her und fragte sich nach dem Warum, fand aber keine Antwort in dieser Nacht. Das sollten die Ärzte bei der Operation klären, bis der Schlaf Vergessen schenkte. Früh scheuchte die Schwester Doro aus den Federn, um sich zu waschen da sie gleich zur Operation geholt würde. Sie war die Erste an diesem Tag. Doro war gerade fertig, da kamen sie auch schon, um sie mit Bett zu holen. Das Bett mit ihr rollte geschoben von zwei Schwestern über den Flur, sie sah die Deckenlampen an sich vorüber ziehen und bekam es mit der Angst zu tun. Unten angekommen im OP-Trakt wurde sie umgebettet auf den großen OP-Tisch. Dann wurde sie begraben unter grünen Tüchern, nackt bekam sie die Narkose, das Piepen des EKG-Gerätes rückte in weite Ferne und dann war sie weg, sah und hörte nichts mehr...
Während sie Doro operierten, gaben sich das Ärzteteam und der Professor alle Mühe ihr zu helfen, auf das es ihr wieder gut ging danach. Ein monotones Piepen und die Narkose-Ärztin weckten Doro aus ihrer tiefen Narkose, und sie spürte die Kälte und schlief wieder ein. Als sie erneut aufwachte war sie wieder in ihrem Zimmer und eine neue Bettnachbarin erkundigte sich nach ihrem Befinden. Doro ging es soweit gut bis auf das sie wieder Schmerzen hatte und Durst. Viel zu schwach war sie auch und konnte sich nicht umdrehen da sie unbequem auf dem Rücken lag. Stattdessen hob sie die Decke, schaute ihren Bauch an, den fünf Pflaster zierten, sowie eine Orange Farbe die bis zu den Oberschenkeln reichte. In ihrem Buch zu lesen dazu kam sie nicht, weil die Tür aufging und die Ärzte hereinkamen, um mit ihr zu reden, sogar die andere ging raus, obwohl ihr das keiner gesagt hatte. Ein ungutes Gefühl machte sich in Doro breit das nichts Gutes verhieß; das hatte sich

schon oft bewahrheitet. Sogar der nette Arzt aus der Ambulanz war dabei und der Professor. Alle schauten sie an um zu berichten was sie bei der Operation gemacht und was dabei herausgekommen war. Doro hat eine „Endometriose!" Davon kamen die Schmerzen die sie schon seit Jahren hatte, kurz erklärt: „Gebärmutterschleimhaut, die sonst nur in der Gebärmutter sitzt, kann auch auf Wanderschaft gehen. Diese Stückchen davon, auch Herde genannt können sich auch woanders außerhalb der Gebärmutter ansiedeln, bei Doro war das im Bauchraum und im Becken hinter der Gebärmutter. Dort gehört die ja nicht hin und das ist das Problem von Doro. Denn die flüchtigen Schleimhautstückchen arbeiten auch außerhalb der Gebärmutter genauso wie darin. Gesteuert von Hormonen, wachsen und bluten diese. Aus der Gebärmutter entweicht das Blut als Mensis; im Bauchraum ist das nicht so einfach möglich, der Körper muss es abbauen und das geht nicht so einfach. Es entzündet sich oft, auch wird es nicht so einfach weggehen, da diese Herde von den Hormonen leben, die den Zyklus steuern. Es kann immer wiederkommen, bis zu den Wechseljahren in denen der Körper die Hormonbildung einstellt. Unbehandelt kann das sehr schlimm für die betroffene Frau werden, da diese Erkrankung chronisch ist. Bis zu der Diagnose vergehen oft Jahre wie bei Doro. Nur mit Operationen und Hormontherapien kommt man dagegen an, aber eigentlich ist das unheilbar. Man kann es nur durch die richtige Behandlung verbessern, und Schmerzfreiheit erlangen. Wenn man kontinuierlich seine Behandlung durchzieht, könnte man damit ganz gut leben".
Es war der Schlag ins Gesicht, der Doro noch gefehlt hatte. Sie heulte drauflos und konnte sich nicht beherrschen. Und Jetzt? Doro musste sich damit abfinden und lernen damit zu leben. Diese Krankheit war nun ein Teil von ihr. Noch lange nachdem die Ärzte gegangen waren, saß Doro im Bett und wusste nicht was sie tun sollte. Koste es was es wolle, so eine blöde Erkrankung macht mir nicht alles kaputt,

das schwor Doro sich, wollte sie ihr Leben doch genießen! Der weitere Genesungsverlauf ging gut, sie hatte keine Probleme mehr, nach vierzehn Tagen wurde sie entlassen, sie war wieder fit und guter Dinge. Endlich vorbei, die schlimmen Schmerzen und Blutungen, sie konnte wieder zur Arbeit und etwas mit ihren Freunden unternehmen, die Gedanken daran waren zu schön.

Auch die Arbeit gefiel ihr wieder, weil sie körperlich wieder gut drauf war, ohne Schmerzen und ohne Blutungen, die ihr die Kräfte raubten. Mit ihren Freunden fuhr sie in die Stadt, um die Rückkehr in das normale Leben zu feiern, und sie feierten ausgelassen wie schon lange nicht mehr. Sogar die anderen waren froh und erleichtert, dass es ihr wieder gut ging. Da die Arbeit wieder klappte und Doro auch sonst wieder gut drauf war, verdrängte sie die Gedanken an die Endometriose. Sie hatte gar keinen Grund daran zu denken, sie ließ sich schließlich behandeln. Umso härter traf sie der erneute Schlag ins Gesicht, als vier Tage nach ihrer Rückkehr ins normale Leben das Schicksal erneut zuschlug. Doro war gerade auf der Arbeit, als das Telefon dort klingelte, Silke hob ab um nur mitgeteilt zu bekommen, das Doro, falls sie auch dort sei, sofort in die Praxis kommen sollte. Wirklich, sie musste alles stehen und liegenlassen, um den Grund dafür dort zu erfahren. Dieses sagte Silke Doro und gemeinsam mussten sie die Stationsschwester davon Überzeugen, das es wichtig war, weshalb Doro schon wieder zum Arzt musste, in der Arbeitszeit. Ein bisschen komisch war das ganze schon, ihr ging es doch gut. Also eilte sie in die Praxis, das musste sie einfach wissen, da sie die ganze Situation nicht verstand, sie war doch erst in der Klinik. Nach einer langen Wartezeit in der Arztpraxis saß sie nun im Sprechzimmer des Arztes und zitterte vor Angst und starrte auf das Blatt Papier, welches auf dem Schreibtisch auf ihrer Akte lag. War das der Grund, warum sie hier war und das Papier aussah wie ein Fax? So sehr sie sich auch bemühte auf dem Kopf lesen konnte sie nicht. Wo blieb der Arzt bloß???
Eine kleine Ewigkeit verging, bis der Arzt endlich zur Tür hereinkam. Als sie sein ernstes Gesicht sah, bekam sie es mit der Angst zu tun. Doro sollte Recht behalten, er zeigte ihr das Fax um zu erklären, was es damit auf sich hatte. Ihr blieb fast das Herz stehen!!
Auf besagtem Fax waren die Ergebnisse von der Untersuchung von den Gewebeproben, die ihr

während der Curtage (Ausschabung) entnommen wurden, als sie in der Klinik war. Diese besagten Proben enthielten Krebszellen, irgendwo an oder in ihrer Gebärmutter saß er der Feind der Menschheit!!! Einer Ohnmacht nahe, sie hätte auf der Stelle umfallen können, hörte sie die doch harten Worte des Arztes. Sie konnte und wollte das nicht glauben, spielte ihre Phantasie ihr Streiche? Das war doch jetzt nicht wahr! Sie protestierte dagegen an, als würde es sie nicht betreffen. Es nützte nichts, der Arzt holte sie auf den Boden der Tatsachen zurück, schob ihr einige Papiere zu die sie selbst lesen sollte. Darauf stand es schwarz auf weiß, ihr Todesurteil...

In der Klinik wo sie war, konnte der Arzt keinen Termin mehr bekommen, aber anderswo hat er ihr einen Termin besorgt, nur musste sie sofort los. Geschockt verließ Doro die Praxis, sie mußte einfach dieser miesen Situation entkommen, das war einfach nicht wahr, sie konnte es immer noch nicht glauben. Eine Arzthelferin lief ihr, ihren Namen laut rufend hinterher, sie hatte die Papiere vergessen und wünschte ihr noch alles Gute, um dann zurückzugehen. Irgendwie fand Doro zurück nach Hause in ihr kleines Zimmer im Schwesternheim. Sie setzte sich auf ihr Sofa und weinte erst einmal drauf los, sie konnte es nicht mehr verkneifen. Dann rauchte sie eine Zigarette nach der anderen, während sie ihre Sachen zusammenpackte, das brauchte sie jetzt einfach zur Beruhigung. Anschließend ging sie noch zur Sparkasse. „Scheiß auf das Geld!!!", um sich ein Taxi zu besorgen. Während sie auf das Taxi wartete, traf sie auf Silke die nach Hause wollte. Silke fragte auch gleich ob Doro einen Geist gesehen hätte, woraufhin Doro ihr berichtete was ihr beim Arzt geschehen war, und gab ihr den Krankenschein für die Arbeit mit, ob Silke es der Stationsschwester erklären könne?! Doro war dazu einfach nicht mehr in der Lage. Nun kam auch das Taxi und Doro stieg ein und ließ Silke einfach so stehen, war das jetzt der Abschied für immer??! Silke sah dem Taxi nach das um die Ecke verschwand, mit Doro in eine ungewisse

Zukunft, sie wüßte nicht was sie in solch einer Situation getan hätte. Dann ging Silke zurück zur Arbeit, um zu berichten was Doro wieder fahren ist. Die Kollegen waren sehr betroffen, denn alle mochten Doro, natürlich war sie entschuldigt. Inzwischen war auch das Taxi mit einer unglücklichen Doro an Bord bei der Klinik angelangt. Sie stieg aus und sah dem Taxi nach als es davonfuhr, so wie Silke zuvor. Dann ging sie hinein in das Haus der vielen Krankheiten, ab jetzt war sie auch wieder eine Kranke unter vielen. Diese Gedanken missfielen ihr, spielte sie jetzt die Hauptrolle in einem miesem Klinik- Krimi? Nein, Sie musste sich jetzt einfach zusammenreißen und retten, was noch zu retten war. Würde sie das nicht tun, wäre sie nicht Dorothea Feldmann, die Kämpfernatur. Von einem Telefon, im Haupteingang der Klinik aus, rief sie bei ihrer Familie an und wollte Bescheid sagen wo sie war, kam aber nicht dazu, weil der Vater Volker ihr erzählte, dass sie Heike, die Mutter, des Nachts mit einem Krankenwagen abgeholt hätten. Nierenkolik! Daraufhin ließ sie die Mutter grüßen und sagte nichts vom eigenen Schicksal. Sie wollte ihren Vater nicht noch mehr aufregen, denn der sorgte sich schon um ihre Mutter. Falls es zu spät war, konnte sie es immer noch sagen, das wollte sie ihrem Vater jetzt nicht auch noch antun, ihm zu sagen, dass sie Krebs hätte. Dann stand sie noch eine Weile, mit dem Telefonhörer in der Hand, planlos herum. Sie überlegte, ob sie es nicht doch noch sagen sollte, dann hängte sie ein, eine Sorge reicht. Ihr Vater war schon aufgeregt genug befand sie und ging zur Anmeldung. Dort gab sie ihre vielen Papiere ab, die ihr Arzt ihr gegeben hatte und wurde nach der Anmeldung auf die Station gewiesen. Station fünf, Gynäkologie, das war klar, im sechsten Stock. Doro fuhr mit dem Fahrstuhl hoch. Der lange Flur, ganz in grau gestrichen, erdrückte sie und die Schwester wartete schon. Erst zum Arzt, dann ins Zimmer und schickte Doro den Flur runter, den beschriebenen Weg gefolgt, fand Doro das riesige

Behandlungszimmer. Darin wirkten Arzt und Helferin verloren. Eine Untersuchung und ein langes Gespräch über die Behandlungsmöglichkeiten von gynäkologischen Krebserkrankungen folgten. Bei Doro wollten sie es erst einmal operativ versuchen, wenn es nicht klappen sollte, dann bekäme sie eine Chemotherapie. Ihr wurde schlecht. War das bei ihr schon so weit oder gingen die vom schlimmsten Fall aus?! Da Doro ja sofort gekommen war, hätte sie gute Chancen, dass da noch was zu machen war. Aber das ganze Ausmaß könnte man leider erst bei der Operation sehen. Sie ließ es über sich ergehen. Nachdem sie von der Untersuchung zurückkehrte, zeigte die Schwester ihr das Zimmer für die nächsten Tage. Nein! Doro erschrak: zu viert in einem Drei-Bettzimmer, mit frisch gebackenen Müttern und ihren Babys! Sie protestierte. Nach ihrer Diagnose sollte sie wirklich mit glücklichen Frauen und ihren Babys in ein Zimmer? Nein, das konnte sie sich nicht antun. Wenn sie bei der OP ihre Gebärmutter verlor, dann würde sie nie Kinder haben, da konnte sie deren Glück einfach nicht ertragen! Nichts gegen die Frauen, die konnten ja nichts dafür. So sagte sie es auch der Schwester. Die wurde rot, den Zettel mit den Zimmernummern hatte die Ärztin geschrieben drei und acht sahen fast identisch aus, das hatte sie verwechselt.

Auch war Doro ja nicht sauer ihretwegen, sondern die ganze Situation drohte ihr über den Kopf zu wachsen und das erklärte sie der Schwester, die sich auch ehrlich schämte. Anschließend kam Doro in ein Zwei-Bettzimmer, in dem eine etwa 50 Jahre alte Frau auf dem Bett saß und sie musterte. „Wer in dieses Zimmer kommt hat Krebs...", wurde Doro von ihr keck begrüßt, und die Schwester ging wieder rot anlaufend heraus. Doro wusste nicht, was sie daraufhin sagen sollte, die war zu abgeklärt und hatte bestimmt schon viel durch. „Viel zu jung ist sie ja für so etwas.", meinte die andere noch und Doro pulte die Zigaretten aus ihrer Hosentasche. „Du hast ja noch dein ganzes Leben vor dir!", dieser Satz veranlasste Doro sich umzudrehen und zur Tür raus zu türmen. Auf dem Flur steckte sie sich eine Zigarette ins Gesicht und ging auf die Suche nach dem Raucherzimmer. Bloß raus hier, da tanzt die Realität mit dir Tango. Die andere hatte bestimmt Verständnis für sie und konnte bestimmt auch verstehen, dass es zu viel für Doro war, das alles. Sie haute einfach ab, wollte mit sich und der Situation alleine sein, lief suchend durch die Klinik und fand das Raucherzimmer auf der Chirugischenstation leer. Darin rauchte sie ihre Zigarette, die brauchte sie jetzt. „Du hast es jetzt oder Heute erst erfahren?", das war die andere, die jetzt an dem Türrahmen lehnte und Doro anlächelte, sie war ihr gefolgt. Nun hielt sie Doro ihre eigene Zigarettenschachtel vor die Nase und bot sie ihr an. Zwar hatte Doro ihre erst ausgemacht, aber nahm die angebotene Zigarette trotzdem. Dann erzählte die Frau Doro, dass sie an dem Tag, als man ihr gesagt hatte, dass mit dem Krebs, das sie so besoffen war wie 100 Russen. Doro musste lachen als sie es sich vorstellte. Dann fasste sie vertrauen zu der älteren und erzählte alles, was sie wusste und das sie Doro heißt. Sonst war sie nicht so furchtbar unfreundlich. Es machte der anderen nichts aus, die sich übrigens als Traudel vorstellte, sie war trotz des Alters und des Schicksals eine ganz Pfiffige, die Spaß am Leben hatte. Doro bewunderte sie, da sie trotz Brustkrebs den Lebenswillen nicht verloren hatte. Von der könnte Doro noch eine Menge lernen. „Wir werden bestimmt schon vermisst!", stellte Traudel fest und hakte Doro unter, um sie mit nach oben zu nehmen. Die Arme gegenseitig auf den Schultern, gingen sie gemeinsam zurück, dort hatte keiner mitgekriegt das sie lange weg waren. Zum Glück. Und so verschwanden die beiden schnell in ihrem Zimmer. Sie erzählten sich ihre Geschichten noch einmal ausführlich, wie alles geschah und wie sie hier landeten. Beide verstanden sich auf anhieb. Bis Doro auf die Toilette musste, war deren Welt den Umständen entsprechend in Ordnung. Ein Spitzer Schrei, der durch Mark und Bein ging, gellte durch das Zimmer. Traudel flitzte in das Bad

und fand dort eine zitternde und weinende Doro vor, die auf dem Klo saß. Sie nahm Doro in den Arm und tröstete sie, denn Doro hatte wieder Blut in der Hose vorgefunden, obwohl die Mensis noch zwei Wochen Zeit gehabt hätte. Es fiel ihr wie Schuppen vor die Augen, die Blutungen die sie gehabt hatte und jetzt wieder hatte, kamen also vom Krebs der in ihr wucherte!! Traudel war die, die zur Schwester ging und Binden für Doro beschaffte, die weinend, sich nicht beruhigend, im Bett lag. Von dem Vorfall alarmiert, kam nochmals der Arzt zu ihr und bestätigte Doros Vermutung und setzte die OP für den nächsten Tag an. Sie sollte sich keine Sorgen machen, am nächsten Tag würden sie den Krebs herausschneiden und dem ganzen ein Ende setzen. Sie sah dem Arzt nach als er ihr Zimmer verließ. Nun war es Traudel, die Doro vom Bett zog und wollte, dass sie mitkommt. Auf den Schreck hin gibt sie eine Zigarette aus, und lachte, alle Krebskranken die sie kannte, rauchen, inklusive Doro und sie selbst. Daraufhin ging Doro mit so wollte sie nicht allein sein, das würde ihr den Verstand rauben. So saßen sie wieder rauchend auf dem Sofa und erzählten sich Geschichten von früher und planten ihr Leben nach der Krankheit. Traudel träumte von einer China-Reise und Doro von einer eigenen Familie…
Als Traudel auf die Uhr sah erschrak sie, oje, sie hatten das Abendessen verpasst und ihre OP-Vorbereitung. Beide flitzten zurück auf die Station. Das es nicht schlimm war das sie fehlten, wussten sie nicht, aber alle Krebskranken bekamen dort Extrawürste. Nachdem Traudel verspätet zu Abend gegessen hatte und Doro ihre OP-Vorbereitung nachgeholt hatte, saßen sie wieder da zu Rauchen. Essen und Trinken durfte Doro zwar nicht mehr, aber rauchen war noch bis 22:00 Uhr erlaubt, und das nutzte Doro aus, da sie sehr nervös war, vor Angst. Gemütlich verbrachten die Beiden den Abend im Raucherzimmer, bis Doros Zeit um war um 22:00 Uhr und sie mit Medikamenten vom Narkosearzt ins Bett musste. Es war ja kein Problem das sie schon gehen

musste, da Traudel ja bei ihr im Zimmer war. Als sie sich entkleideten um zu Bett zu gehen, ging Traudel mit nacktem Oberkörper an Doro vorbei zu Doros Nachttisch, um sich die Perlenkette von Doro zu holen. Diese hielt Traudel Doro vor die Nase, um zu erklären das Perlen für Tränen, Trauer, Krankheit und Tod stehen würden. Doro beteuerte, das es Glasperlen wären, da sie für echte kein Geld hätte, und Traudel beharrte darauf dass die echten Unglück bringen, Salzwasserperlen jedenfalls. So etwas hatte Doro noch nie gehört, nur das diese Perlen seit Jahrhunderten als Schmuck beliebt und als Handelsware sehr geschätzt waren. Als Traudel sich herumdrehte, sah Doro das ganze Ausmaß ihrer Krebsoperationen, die Linke Brust fehlte und die rechte trug Narben, Doro senkte den Blick. Nun lachte Traudel und Doro wurde rot, denn anstarren wollte sie Traudel nicht und hatte es wohl unbewusst getan. „Kannst ruhig hinsehen, ich stehe zu meinem Körper wie er ist, und das macht nichts wenn du mich ansiehst. Sähest du so aus, ich würde genauso hinstarren.", Amüsierte sich Traudel. Anschließend zeigte sie Doro noch ihren Prothesen-BH. „Damit sieht keiner was, außer ich bin nackt, so wie jetzt". Doro zeigte Traudel auch noch ihre Narben die sie hatte, vom Blinddarm und von der letzten Operation, die sie nie vergessen würde und noch recht frisch waren. Das würde sie immer an das Vergangene erinnern. Sie löschten das Licht und wünschten sich noch eine gute Nacht um dann zu schlafen. „Wird schon schief gehen morgen.", meinte Traudel noch und Doro antwortete nicht mehr, Traudel sollte nicht merken das sie Angst hatte.
Die Schwester riss am nächsten Morgen mit einem fröhlichen Morgengruß die Tür auf und kam ins Zimmer zum wecken und Bettenmachen. Doro pennte einfach weiter, und Traudel musste sie aus dem Bett holen zum Duschen vor der Operation. Von den Medikamenten, die Doro zum Schlafen bekommen hatte war Doro ganz duselig (wackelig) auf den Beinen. Traudel half ihr nach dem Duschen das

„Engelshemd" anzuziehen, wie sie es nannte und eigentlich das Operationshemd war, hinten offen. Die Medikamente mussten sein, da Doro eine scheiß Angst vor dieser Operation hatte und sonst vielleicht davongelaufen wäre. Ihr großer Traum von einer Familie mit Kindern drohte zu platzen wie eine Seifenblase, Kinderlosigkeit war ein beliebter Scheidungsgrund und wer heiratete schon freiwillig eine Kinderlose, so komisch das klingt. Doro ging solch ein Schwachsinn und Ähnliches durch den Kopf. An alles dachte sie, nur an eines wollte sie nicht denken müssen, an einen Qualvollen Krebstod, darauf hatte sie keinen Bock. Oder ständig Angst haben zu müssen, dass der Krebs wiederkommt. Sie bewunderte Traudel dafür, dass sie damit klarkam. Darüber diskutierte sie noch mit ihr, da Traudel das bestens bekannt war und sie mit ihr gleiches Schicksal teilte. Da ging die Tür erneut auf und ein Pfleger kam, um Doro zu holen, die verabschiedete sich von Traudel und die flüsterte Doro ein „Ich denke an dich.", in das Ohr und umarmte sie, um sie fest zu drücken. Nachdenklich sah Traudel allen nach, die das Zimmer verließen und Doro, die winkte noch zum Abschied, bevor sich die Tür schloss. Fasst flehend sah Traudel aus dem Fenster in den Himmel um ein „Lieber Gott, lass alles gut werden...", zu flüstern. Im OP hingegen war man dabei, Doro in den Schlaf des Vergessens zu schicken, zitternd verfolgte ihr Blick alle Vorgänge um sich herum. Die Narkoseärztin streichelte Doros Schulter, und gab ihr die Spritze mit dem Narkotikum in die Nadel, die Doro auf der rechten Hand hatte, an der ein Tropf hing. Kurz darauf glitt Doro weg in die Narkose, von Hundert rückwärts zu zählen schaffte sie nicht mehr, hörte nur noch einen der Ärzte: „Sie schläft gleich, wir können beginnen." Im Zimmer hingegen saß Traudel am Tisch, vor ihr der Wecker, Sekunde um Sekunde verging und die Zeit wurde ihr lang. Sie ging allein in das Raucherzimmer, setzte sich auf das Sofa und steckte sich eine Zigarette an und dachte an Doro. „Die ist für dich. Morgen will ich, das du wieder hier mit mir sitzt." Traudel erschrak über diese Gedanken vor sich selbst und ihr wurde klar, wie einsam die Erkrankung Krebs einen macht, und das ihr eine Freundin wie Doro fehlte! Von alledem bekam Doro nichts mit und hörte auch den Arzt nicht, der leise fluchte, weil er radikaler vorgehen musste, als er gedacht hatte. Er wollte doch alles dafür tun, um Doros Leben vor dem Krebs zu retten! Mit 19 ist sie zu jung zum sterben! Die Schwester die daneben stand um zu assistieren, nickte, wie Recht er hatte. Endlich war alles vorbei und noch schlafend wurde Doro vom OP-Tisch gehoben und wieder in ihr Bett gelegt. Irgendwas bemerkte sie und erwachte davon, es war die Schwester, die ihr die Hand streichelte. Noch halb weggetreten vermeinte Doro sich schon im Himmel. Aber dem war nicht so, als sie den Arzt vom Vortag entdeckte, der mit der Schwester sprach und meine, dass es schön war, das sie schon wach war. Sie tauschten noch den Tropf aus und Doro schlief wieder ein. Einige Zeit verging und sie vernahm erneut Geräusche, der Lift fuhr nach oben. Sie schlug die Augen auf und sah wieder die Deckenlampen an sich vorbeigleiten und stellte fest, dass diese schmutzig waren. Dann schoben sie Doro in das Zimmer, in dem Traudel schon auf sie wartete. „Doro!! Geht es dir gut?", wurde sie fröhlich begrüßt. Sie konnte nur nicken, da sie kein Wort herausbrachte. So hatte sich noch keiner gefreut dass sie kam, das war eine ganz neue Erfahrung für sie. Traudel erzählte ihr alles was sie in Doros Abwesenheit getan hatte, in allen Einzelheiten und das sie ihr gefehlt hatte, über vier Stunden hatte Traudel unten auf sie gewartet, aber Doro bekam nichts mehr mit, sie war schon wieder eingeschlafen. Aus dem Runtergehen wurde vorerst nichts, da Doro stramm liegen musste, um Nachblutungen zu vermeiden. Traudel war das egal, dann blieb sie eben auch im Zimmer und besorgte wer weiß woher einen Aschenbecher, den sie in ihrem Schrank versteckte, um ganz cool zum Fenster raus zu rauchen. Doro äußerte noch Bedenken, das sie tierischen Ärger kriegen würde, doch Traudel interessierte das nicht. Auch schmökte Doro heimlich mit da Traudel sie ziehen ließ. Denn Traudel war eine Todeskandidatin, sie war voller Methasthasen und da war nicht mal mit Chemotherapie mehr was zu machen. Das sagte man ihr nicht, so lange es ihr noch so gut ging. Jeder Tag konnte der letzte sein, da ließ man ihr ihren Willen, es könnte ja der Letzte sein...

Die Schwester hatte Doro aufgeklärt, als Traudel mal nicht im Zimmer war, das also war der Grund, dass sie keinen Ärger bekam und Doro war entsetzt. Tief betroffen sagte Doro auch Traudel nichts davon, was sie jetzt wusste und nahm sich vor, Traudel das Leben zu versüßen. Jedenfalls den Rest davon. Das schwor Doro sich, solange sie dort war. Die Ärzte hatten Traudel aufgegeben und konnten nichts mehr für sie tun, dann tat Doro es eben. Traudel sah in ihr eine Freundin, dann würde Doro diese letzte sein, die für Traudel da war. So konnte Doro Abschied nehmen und Traudel in guter Erinnerung behalten, als die pfiffigste, lebenslustigste und liebste Freundin, die Doro in ihrem Leben hatte. Abendvisite war angesagt, Doro bekam erklärt, das eine Konisation vorgenommen wurde, weil an ihrem Muttermund zwei Krebsherde saßen, die so groß wie Zehn-Pfennigstücke waren. Diese hatte man großzügig herausgeschnitten. Nun musste sie abwarten, was bei der Untersuchung der Gewebeproben herauskommt. Dann würde man entscheiden, ob sie Chemotherapie bekommen müsste oder nicht. Die Ärzte waren schon lange weg, da weinte Doro erst.

Der weitere Heilungsverlauf gestaltete sich ganz gut und nach zwölf Tagen durfte Doro nach Hause. Sie verabschiedete sich von Traudel und bedankte sich für alles, was sie für Doro getan hatte. Beide umarmten sich und gaben sich einen Abschiedskuss. Dann packte Doro ihre Sachen und verließ die Klinik, Traudel sah ihr vom Fenster aus nach und winkte noch, als Doro schon längst weg war. Auch Doro saß im Bus nach Hause und dachte an Traudel, mit Tränen in den Augen und seitdem hasste sie Zehn-

Pfennigstücke, an denen hingen Schicksale; Traudels und ihr eigenes! Diesen Horror vor den Dingern hat Doro heute auch noch, nur sind es nach dem Währungswechsel jetzt die Fünf-Censtücke. Nachdem Doro wieder ins normale Leben zurückgekehrt war, hatte sich einiges für sie geändert. Viel Post war gekommen, mit Antworten auf Bewerbungen die Doro geschrieben hatte. Sie hatte es geschafft einen Ausbildungsplatz zu bekommen und sie hoffte, dass es jetzt endlich wieder bergauf mit ihr gehen würde. Fehlte nur noch die Antwort aus der Phatologie, die besagte, dass sie keinen Krebs hätte.

„Scheint irgendwie spannend zu sein.", dachte
Doro, die in das Zimmer zurückkehrte und Elke
immer noch lesen vorfand. Sie sollte eigentlich
zur Untersuchung, aber dem Arzt war etwas
dazwischengekommen, ein Notfall, der war
wichtiger. Denn wartete sie eben. Dann ging
sie erneut raus, um die Zettel zu den
Schwestern zu bringen, und um eine zu
rauchen, und schloss die Tür. Genau in diesem
Moment legte Elke das Manuskript beiseite.
Das zweite Kapitel hatte ihr den Rest gegeben
und das musste Doro nicht mitkriegen, die
glücklicherweise zur Untersuchung war, wie
Elke meinte, die nicht mitbekommen hatte, das
Doro kurz da war. Jetzt wusste sie was Doro
gemeint hatte mit, das ist nichts für schwache
Gemüter, es war ja ihre eigene Geschichte die
da stand. Der Schlag der Erkenntnis war zu
heftig, fix und fertig lief Elke im Zimmer auf
und ab und überlegte, ob es richtig war, in
Doros Leben zu schnüffeln. Andererseits
konnte sie vielleicht noch etwas lernen.
Irgendwie war sie hin und hergerissen und
wusste nicht mehr, was sie tun sollte oder
nicht, dann fasste Elke ihren ganzen Mut
zusammen griff sich das Buch erneut und legte
sich wieder in ihr Bett um weiter zu lesen.
Doch dazu kam sie nicht, da Doro erneut
zurückkehrte. „Stimmt das?", wollte Elke nun
wissen. „Was? Das meine Untersuchung nichts
geworden ist?", scherzte Doro, die sich denken
konnte, das Elke das Buch meinte. „Nein, in
dem Buch das mit dem Hund und dem fiesen
Arzt und so? Kapitel zwei?", erklärte Elke ihre
Frage. „Das ist wahr", bestätigte Doro und Elke
war betroffen. „So eine Freundin wie Traudel
hätte ich auch gern gehabt, als ich an

Darmschluss fast gestorben wäre.", stellte Elke bewundernd fest und Doro sagte daraufhin nichts mehr. Unwillkürlich musste sie an Traudel denken, holte ihre Zigaretten und haute ab, das musste Elke nicht unbedingt sehen, dass mir das heute noch nachgeht, und dass ich deswegen weine. Eines nahm Doro sich fest vor, Elke zu fragen, warum sie in der Klinik war. Nun, da Doro draußen war, konnte Elke ja weiterlesen, wie die Buch-Doro weiter in das Unglück stürzte, während die echte Doro draußen auf einer Bank an einer Bushaltestelle saß und rauchte, weit ab vom Geschehen in der Klinik. Noch konnte sie es, abhauen...

Kapitel 3: Vom Anfang bis zum bitteren Ende

Die Sache mit der Ausbildung war richtig gut, bis auf das sie einen Haken hatte: die Ausbildungsstätte war weit weg von ihrem jetzigen Wohnort. Um die Ausbildung zu absolvieren, musste Doro umziehen. Weit weg von zu Hause einen Neuanfang starten, das Geldproblem das im Wege stand, hatte Doros Vater gelöst, sie musste nur neben der Ausbildung arbeiten gehen. Sie könnte es schaffen, und eine Wohnung würde sie vor Ort auch noch finden. Das war eine tolle Perspektive für die Zukunft, so wie Doro es sich gewünscht hatte. In die Freude darüber platzte auch das Ergebnis aus der Pathologie, würde der Krebs all ihre Pläne zerstören?! Sie durfte gar nicht daran denken, ihr Hausarzt, der ihr das mitteilen musste, freute sich für Doro. Denn es ist Krebs gewesen, doch war der nicht tief genug in das Gewebe gewachsen um Schaden anzurichten, und da er herausgeschnitten war, ist alles vorbei!! Doro hatte mehr Glück als Verstand gehabt! Wenn man die ganze Sache genau betrachtet, hatte sie sich selbst den Arsch gerettet, hätte sie auf ihren damaligen Arzt gehört und wäre seinem Rat zum Psychiater zu gehen gefolgt, es wäre zu spät gewesen! Und so zog sie um nach Süddeutschland, nach Nürnberg mit ihrem Vater, ihren sieben Sachen und dem Auto, um die ersehnte Ausbildung zu machen. Heike Feldmann äußerte zwar Bedenken, so weit weg, mal eben besuchen war nicht - außer man wollte fast zehn Stunden am Stück mit dem Auto fahren. Ob das gut geht? Beruhigend nahm Doro ihre Mutter in den Arm und meinte, sie hätte schon ganz anderes geschafft und schaffe das auch. Von dem Krebsdrama hatte sie vorsorglich nichts erzählt, sonst hätte ihre Mutter sie niemals gehen lassen. Auf den Neustart freute sich Doro, auf in eine neue Zukunft, auf in ein neues Leben. Sie war bereit! Ich mache keinen Scheiß mehr, das hatte sich Doro geschworen von Anfang an. Noch musste sie in einer Pension wohnen, ging vormittags zur Schule und nachmittags auf die Arbeit. Sie arbeitete jetzt in einem Altenheim als Aushilfe und später nach der Ausbildung würde sie dort als Altenpflegerin arbeiten. Abends saß Doro über ihren Büchern um zu lernen. Es war zwar sehr anstrengend, aber machte Spaß. Nebenbei musste sie eine Wohnung suchen, einkaufen und sonst irgendwie klarkommen. Ihr ging es gesundheitlich wieder ganz gut und sie schaffte es auch. Ihre Kollegen akzeptierten sie und waren froh sie da zu haben, da Doro ihnen alle zusätzliche Arbeit abnahm. Es ging gut ein halbes Jahr gut, dann kehrten die Schmerzen zurück, um Doro das Leben schwer zu machen, die nur flehte: „Bitte alles, nur das nicht!!!" Und sie ignorierte es, so gut sie konnte. Die Arbeit war körperlich sehr anstrengend und dazu die Schmerzen. Es fiel ihr immer schwerer, die Arbeit, die Schule und alles andere zu bewältigen. Wieder drohte die Endometriose alles zu zerstören, was sie sich mühsam aufgebaut hatte. Sogar eine Wohnung hatte sie schon, die sie durch den Arbeitslohn finanzierte. Diese hatte sie sich gemütlich eingerichtet und konnte sich endlich wohlfühlen. Die Pension war zwar nicht schlecht gewesen, aber immer unpersönlich und laut, sowie durch den ständig wechselnden Kundenverkehr konnte keine richtige Zugehörigkeit aufgebaut werden. Doch irgendwann siegten die Schmerzen über Doros guten Willen, sie musste zum Arzt ob sie wollte oder nicht. In der Schule hatte sie den Anschluss verloren und ging irgendwann gar nicht mehr hin, nur die Arbeit die machte sie noch, denn den Lohn brauchte sie zum Leben. Sie musste sich ihre Kraft für die Arbeit aufsparen, die durfte sie nicht verlieren. Und was machte das für einen schlechten Eindruck, wenn sie wegen ihrer Mensis fehlte?! So etwas konnte sie sich nicht leisten, wollte sie überleben. Aber ihre angeschlagene Gesundheit machte ihr einen Strich durch die Rechnung. Sie kam nicht um den Arztbesuch herum, den sie absichtlich herauszögerte. Das Ergebnis war niederschmetternd, eine Zyste machte ihr das Leben schwer, so fing es doch wieder an mit der Endometriose. Doro musste in die Klinik, dort sollte das Problem behoben werden, doch dort wurde sie nur weggeschickt. Sie solle sich nicht so anstellen und die Zyste würde von allein wieder weggehen. Dabei stellte Doro sich nicht an, sie würde am liebsten hart und schwer arbeiten, als die Schmerzen ertragen zu müssen, damit hatte der Arsch von Arzt sie schwer beleidigt. Doro kann auch ganz anders und wenn der meint, dann nicht! Und so wiederholte sie das Spiel wie zuvor, bevor die Endometriose entdeckt wurde, und machte weiter, als sei nichts gewesen. Ihre Arbeit, für die opferte sie sich auf. Doch die Schmerzen standen ihr im Weg und ließen sich irgendwann nicht mehr ignorieren und verdrängen. Dadurch baute sie ab und ihre Leistungen gleich mit, das wollte sie um alles auf der Welt vermeiden, da sie sonst ihre Arbeit verlor. So dann würde sie sich ihren Problemen stellen und etwas dagegen tun, bevor es wieder zu spät ist und machte noch einen verzweifelten Versuch. Sie ging erneut in die Klinik, um ihre schmerzhaften Probleme beheben zu lassen, nachdem ihr Arzt festgestellt hatte, das die Zyste eine dicke Wand hatte und gewachsen war, sowie er neue Endometrioseherde entdeckt hatte. Diese hatte er Doro weiß auf schwarzen Grund gezeigt auf den MRT–Bildern (Magnetresonanztomographie), die durch ihn veranlasst wurde. Und die nahm Doro jetzt mit. Anhand der Bilder mussten die ihr jetzt glauben. Voller Hoffnung, dass sich ihre schmerzhaften Probleme jetzt erledigt hätten, ging sie erneut in besagte Klinik, und ihre Arbeit würde sie auch behalten. Doch dort wurde sie nur unfreundlich begrüßt mit einem „Sie schon wieder?" Dabei war Doro vor etlichen Wochen einmal da gewesen und war auch gleich wieder fortgeschickt worden. So, das konnte sie nicht auf sich sitzen lassen, und ihr platzte ganz gewaltig der Kragen. Zu viel hing davon ab, dass sie nicht wieder davon geschickt wurde. Freundlich erklärte sie ihre Situation und bat um Hilfe, um nach durchsicht der Bilder sich auf einer anderen Ebene zu Unterhalten. Sie wüsste nicht womit sie den verärgert hatte, hatte sie doch nichts außer Schmerzen. Eine Untersuchung und die Bilder überzeugten dann doch und sie wurde operiert. Als dann danach ein Psychiater zu ihr kam, da verstand Doro die Welt nicht mehr, meinte der unfreundliche Arzt etwa, sie denke sich das aus??? War sie im falschen Film? Bis heute weiß Doro nicht, warum es so ablief. Mit dem Psychiater konnte sie dann doch ganz gut reden und erklärte ihm ehrlich und freundlich ihre Situation, in der Hoffnung, dass der besser drauf war. Danach kam sie sich völlig bescheuert vor, wie ein Idiot, der sich die Hosen mit der Kneifzange anzieht, total blöde. Am dritten Tag wurde es ihr zu bunt, sie entließ sich, einigermaßen fit, selbst, weil sie ihre Arbeit retten wollte. Sie musste retten was da noch zu retten war. Noch nicht ganz genesen, lief sie zu Fuß in der Hitze des Sommers nach Hause, das hätte sie lieber nicht tun sollen und die Strafe folgte auch gleich. Die Hitze, die schwere Tasche und eine schwache Doro passten nicht zusammen und sie kippte mitten in der Stadt um. Eine Frau zu deren Füßen sie fiel, meinte es nur gut und brachte sie zurück in die Klinik, aus besagter Doro zuvor geflohen war. So was konnte die Frau, die Birgit hieß, doch nun wirklich nicht wissen. In der Klinik wurde ihre Kreislaufschwäche zwar notdürftig behandelt und anschließend wurde sie unter dem Vorwand zu einer Untersuchung zu müssen eingepackt und ab ging es per Krankentransport direkt in die Psychiatrische Klinik ohne Umweg. Hätte Doro gewusst wohin (!!!) sie gebracht wurde, sie wäre aus dem fahrenden Auto gesprungen! Was sie erst Wochen später erfuhr, hatten der Arzt der sie nicht mochte und sein feiner Kollege ihr das hintenrum reingewürgt!!! Dabei hatte Doro wirklich und ehrlich nichts anderes gemacht, was irgendwie weltfremd war oder so, außer das sie Schmerzen hatte und deswegen zum Arzt ging. Nur zum Falschen Arzt! Geschlossene Psychiatrie??? Doro hörte wohl nicht richtig, das musste ein Irrtum sein und das war ein ganz mieser! Das konnte, durfte, und sollte nicht wahr sein?!

Lautstark protestierte sie so gut sie konnte, wollte sofort gehen, aber man ließ sie nicht! Doro stand an der großen Stationstür und rüttelte nach Leibeskräften daran, wollte raus und konnte nicht. Sie war eingesperrt. War sie wieder im falschen Film oder in der Hölle gelandet? Noch nie war sie so extrem eingesperrt gewesen, in ihrem ganzen Leben noch nicht! Keiner kam und erklärte ihr irgendwas zum Beispiel, warum sie dort war oder was schiefgelaufen war. Nur raus konnte und sollte sie nicht! Auch fragte sie freundlich nach dem Warum, aber das interessierte keinen. Da rastete Doro nun endgültig aus. Meinten sie, sie sei irre oder so? Was wurde hier nur gespielt? Es war auch kein schlechter Scherz, versteckte Kamera oder so. Doro baute einen Aufstand der riesengroß war - Dresden 1945 war nichts dagegen - anders schien sie ja keiner zu beachten. Schließlich hatte sie doch alles versucht. Was um alles in der Welt sollte sie in der Psychiatrie? Und dennoch in der geschlossenen dazu???? Das geht über jeden Menschenverstand hinaus! Endlich reagierte einer, um den Stationsarzt zu holen, doch der kam nur, um Doro mächtig auszuschimpfen. Wenn sie weiterhin da Stress machte, würde er ihr einen Richter und einen Beschluss besorgen, der sie mindestens für ein Jahr hierher zwingen würde!!! Das saß! Doro gab auf, um nichts mehr zu sagen, der Arzt versprach, später mit ihr über alles zu reden. Ihre Wut könne er verstehen, aber alles zu seiner Zeit. Er ging und Doro saß am Boden, war fix und fertig und wusste nicht mehr wie ihr geschah. Verrückt war sie nun wirklich nicht! In dem Gespräch, das erst am Abend stattfand, wurde sie nur über die Stationsregeln aufgeklärt, an die sich zu halten von Vorteil wäre. Die Therapie sollte ihr nur helfen und bei guter Führung würde diese schnell gehen. Angeblich hatte sie eine Schmerzpsychose erlitten und wäre Selbstmordgefährdet. Daran hätte Doro nicht mal im Traum gedacht, wollte sie doch nur keine Schmerzen mehr haben, aber das war wohl zu viel verlangt. Da war sie nun und konnte nichts daran ändern. So passte sie sich an und machte mit, tat alles was die wollten, so wie die Nazis dem Führer folgten und der Hund seinem Herrchen. Sie wollte doch auf schnellstem Wege hier raus! So stieg sie auf und gehörte nach einer Woche zu denen, die sich bestens führten. Eine Belohnung dafür bestand darin, dass sie erstmalig raus durfte, mit in den Garten. Es war nur wenigen vorbehalten, was für eine Enttäuschung. Er war nicht groß, der Garten, wenn man den so bezeichnen könnte, mit einem Zaun rundherum. Vier Meter war der hoch und oben mit S-Draht versehen. Eine Flucht darüber konnte man vergessen, außerdem mussten zwei Pfleger mit raus, damit diejenigen, die im Garten waren nicht auf den Bolzen kamen, dort Scheiß zu bauen. Die Pfleger sahen aus wie Herkules und trugen den Spitznamen „Die Wachhunde", da sie wie im Knast alles über- und bewachten, gerne bei dem Stationsarzt petzten und sehr rabiat waren im Umgang mit Übeltätern. Machte einer was, dass nicht den Regeln entsprach, bekam der Ärger mit den Wachhunden, der Arzt wurde dazugeholt und man musste sich warm anziehen. Der Rest der Patientengruppe hatte einfach Angst vor denen und wagte nicht zu mucken, auch Spezialisten, die es drauf anlegten Stress zu kriegen gab es dort, und für die war da ja noch das so genannte „Besinnungszimmer". Dies war die frühere Gummizelle, aufgepeppt mit Bett, nur wird es heute vornehm Besinnungszimmer genannt. Auch Doro bekam einmal das Vergnügen darin zu landen und das nur, weil sie eine rauchen wollte. Ist man erst einmal in der geschlossenen, hat man nichts mehr zu melden, für alle gilt man als verrückt und muss vor sich selbst geschützt werden. Da kann man sehen wie man klarkommt, ernst nimmt einen keiner und dort klarkommen, grenzt an Zauberei. Einen Ausweg gibt es, der heißt bedingungslose Anpassung. Drei Tage hat Doro gebraucht um das zu begreifen, aber auch nur, weil sie Hilfe bekam von einer Mitpatientin, die schon lange dort war. Sie erklärte Doro das heimlich auf der Stationstoilette, in der Mittagspause der

Wachhunde, nur dort konnte man ungestört reden. Denn die Zimmer waren ja verschlossen. Zur besseren Überwachung mussten sich alle auf dem Flur aufhalten, damit die Wachhunde alle im Blick hatten. Nicht mal im Raucherzimmer konnte man zusammensitzen, da flogen alle raus, wenn mehr als drei Raucher darin waren. Die Patienten umgingen dieses mit einem Zeitplan der ihnen durch wechselnden Aufenthalt darin eine ungestörte Ruhe vor den Wachhunden ermöglichte, um aus deren Blickfeld zu verschwinden. Obwohl sich alle bemühten, einmal am Tag erwischten die einen, der irgendwas machte, das denen nicht passte. Der wurde dann von den Wachhunden in das Besinnungszimmer gestopft. Vielleicht auch nur, um die anderen bei der Stange zu halten, sich auf das Beste zu benehmen, ganz so, wie die wollten. Eine Mehrzahl der Patienten war sowieso ganz ruhig, wegen der Medikamente mit denen sie voll gestopft wurden. Auch gab es bei Doro keinen Grund sie in die Zange zu nehmen, zwei Wochen lang nicht, bis ihr die Zigaretten ausgingen. Neue zu kaufen war nicht, da Doro nicht raus durfte, also fragte sie die Mitpatienten, die Ausgang hatten, ihr welche zu besorgen. Doch die hatten keinen Bock auf Ärger und holten keine, die Wachhunde nicht, weil das zusätzliche Arbeit bedeutet hätte, obwohl sie oft am Automaten vorbeikamen der oben in der Halle war. Alles Schikane dachte Doro, die beschloss, dass sie dann eben selbst gehen musste. Irgendwas würde ihr einfallen, wie sie es bewerkstelligen würde. Gedacht, getan, und sie entwickelte einen Plan der einfach aber genial war. Abends bestellte einer immer Pizza und der Pizzabote, der wurde reingelassen. An dem vorbei raus und eine Treppe hoch, daneben war der Automat, das könnte sie schaffen, wenn sie schnell war. Zwei Tage musste sie warten, dann war es soweit für ihren Auftritt. Sie postierte sich neben der großen Stationstür und ließ sich da auch nicht wegscheuchen. Sie hatte drei Fünf-DM-Stücke in der Hand und wartete. Ein Pizzabote kam und klingelte,

die Tür ging auf, er rein und Doro raus, so schnell sie konnte, rannte sie die Treppe rauf um sich drei Schachteln Marlboro 100 zu ziehen. Dabei hörte sie das fluchen der Wachhunde, die ihr auch schon zu viert folgten, um sie zu fassen, doch Doro war schneller. „Halt! Stehen bleiben!", wurde gebrüllt, wie die Polizei in den Krimis, amüsierte sich Doro die seelenruhig am Automaten stand und sich ihre Zigaretten zog, fehlt nur noch „Ich schieße!" Da hatten sie Doro auch schon geschnappt. An jedem Körperglied einer wurde sie dann zurückgetragen, die Zigaretten triumphierend in der Hosentasche. Sie wehrte sich nach Leibeskräften und schrie: „Ich kann auch alleine laufen, das ist Freiheitsberaubung ihr Schweine!!!" Die Tür schloss sich wieder hinter ihnen, auf der stand „P 2 „. „Saubande verdammte, ich wollte doch nur neue Zigaretten und wäre nicht weggelaufen!" Die Wachhunde stopften Doro doch tatsächlich in das Besinnungszimmer und das ließ Doro sich nicht gefallen und brüllte in ihrer Wut über soviel Dummheit. „Wie bei den Nazis, da waren Kranke auch aussätzig, habt ihr den gar nichts gelernt aus der Geschichte?!" Doro wurde auf das Bett geschmissen und an allen Armen und Beinen gefesselt, sogar um den Bauch kam ein breiter Lederriemen. „Fixieren" wurde das genannt. „ Gefesselt wurden die Judenfrauen auch in den Konzentrationslagern, damit die Nazis sie besser vergewaltigen konnten!", schrie Doro in ihrer Wut, ausflippend den Wachhunden hinterher, die schwitzend vom Kampf mit ihr das Zimmer verließen. In ihrer Wut wusste Doro nicht mehr was sie da sagte, aber so etwas kannte sie nur aus Geschichtsbüchern. Sogar Zigaretten holen war hier verboten, und sie hatte ja gefragt. Doro nahm sich fest vor, sich zu Beschweren über so viel Ungerechtigkeit, erst sperrte man sie ohne Grund ein und dann durfte sie noch nicht einmal rauchen.
Nach einer Nacht und einem Tag ließ man sie wieder laufen, auf Station jedenfalls, Doro verkroch sich auch gleich im Raucherzimmer. Dort wurde Doro von den

Anderen bewundert für ihren Löwenmut, das hätte sich sonst keiner von ihnen getraut. Ab dem Zeitpunkt holten die anderen ihr Zigaretten oder gaben ihr welche wenn sie die brauchte. Doro hatte unfreiwillig ein Zeichen gesetzt. Wochen später, als Doro jemanden besuchte weil sie raus war, da gab es plötzlich auf Station einen Automaten! Nach drei Wochen Geschlossene, kam sie zur Arbeitstherapie. Dort war alles lockerer. Wenn sie wollte, durfte sie sogar zum Kiosk, ohne Bewachung, da sie immer wieder freiwillig zurückkam. Solange sie arbeitete, wurde sie auf eine offene Station verlegt und nach einer weiteren Woche entlassen. Doro war froh dieser Hölle entkommen zu sein. Nicht zu vergessen Birgit. Sie wollte Doro in der anderen Klinik besuchen. Erst nach dem sie log, Doros Schwester zu sein, bekam sie erzählt wo(!) Doro gelandet war. Auch hatte sie versucht, Doro in der Psychiatrie zu besuchen, war aber an der Kontaktsperre gescheitert, bis Doro auf der offenen Station war. Dort besuchte Birgit Doro dann und die Freude war groß. Auch brachte Birgit sauber Kleidung von sich, über die sich Doro am meisten freute. In den vergangenen Wochen hatte sie ja nichts von zu Hause holen können, ohne dass sie Probleme bekam, da sie ja eingesperrt war. Sie lief schon seit fast sechs Wochen in denselben Kleidern herum. Sie hatte diese mit Shampoo ab und zu in der Badewanne gewaschen um nicht zu stinken. Getrocknet hatte sie die über der Heizung. Birgit ließ Doro auch noch einen Zettel mit ihrer Adresse da, Doro sollte sich melden, wenn sie raus war. Nach der Entlassung lief Doro zu fuß nach Hause. Gott sei Dank wurde die Miete per Dauerauftrag bezahlt. Auch fand sie in der Post die Kündigung von der Arbeit. War klar, nach so einer Geschichte. Auch konnte sie sich nicht krank melden ohne das der Klinikstempel verriet wo(!) sie war und das hätte sie eh die Arbeit gekostet. Doro musste es hinnehmen, genauso, wie sie die Endometriose hinnehmen musste ob sie nun wollte oder nicht, war die es doch die Endometriose, die sie soweit ans Ende gebracht hatte. Irgendwie musste es weitergehen, bis jetzt war es immer irgendwie weitergegangen. Die Zeit lief einfach. Sie blickte etwas ratlos in die Zukunft, ohne Arbeit konnte sie kein Geld zum Leben verdienen. Das brauchte sie aber.

So machte Doro die Wohnung sauber, wusch Birgits Sachen und erledigte alle Dinge die wichtig waren. Noch hatte sie Geld genug, da ihr Lohn weitergezahlt wurde während sie krank war bis zur Kündigung und das hatte sie gespart. Denn sie hatte in der Psychiatrie nichts ausgeben. Auch fand sie Birgits Zettel in ihrer Hose und zog sich an, sie musste sich ja noch bei Birgit bedanken, das war sie ihr schuldig, nachdem, was sie für Doro getan hatte, ohne sie weiter zu kennen. Zuvor kaufte Doro in einem kleinen Blumenladen noch eine lachsfarbene Rose, die eine Schleife mit Gutschein bekam, einmal Kaffe und Kuchen mit einem Gruß von Doro mit ihrer Adresse. Birgit war nicht zu Hause und Doro steckte die Rose in den Postkasten damit Birgit sie fand. Wenn Birgit schlau ist, weiß sie von wem die Rose ist und meldet sich. Danach kaufte Doro noch eine Zeitung, um die Stellenangebote zu lesen und ging wieder nach Hause. Noch hatte sie Geld, aber wie lange sie damit auskam, stand wie vieles was ihr wichtig war, noch in den Sternen. So konnte es einfach nicht weitergehen, war doch so vieles schrecklich schief gelaufen und sie hatte nichts daran ändern können. Außerdem war Doro einfach nicht der Typ zum Aufgeben. Auch dieses würde sie irgendwie schaffen, schließlich hatte sie sogar schon die Psychiatrie überstanden und überlebt, Schlimmeres konnte Doro sich einfach nicht vorstellen.

Elke 4

Ratsch! Da zerriss Papier. „Mist!", das war
Doro, die das Bild zerrissen hatte, da es nicht
so geworden war, wie sie wollte. Elke sah über
den oberen Buchrand hinweg auf, hatte sie
doch gar nicht mitbekommen, das Doro zurück
war, und jetzt zeichnete. Da war Elke doch so
in die Geschichte vertieft, die sie las, dass die
Story bildlich vor ihr ablief und sie ihre Umwelt
nicht mehr registrierte. Man hätte das Bett
unter ihrem Hintern wegklauen können und sie
hätte es nicht bemerkt. Ihr Problem war, das
Elke eine blühende Phantasie hatte, das war
dann für sie wie Kino – live, sogar die
Schwester mit dem Mittag hatte sie verpasst.
Doro bekam ja eh nichts, weil sie ja am
nächsten Tag operiert wurde, und runter
bekommen hätte Doro auch nichts, weil sie
zuviel Angst hatte. Doro bekam das Bild
einfach nicht hin, verdammt, die Angst
blockierte ihre Kreativität und sie schmiss den
Stift auf den Tisch und stand hastig auf, konnte
sie sich doch sonst so gut beim Zeichnen
entspannen. Es klappte heute einfach gar
nichts. Nun riss sie das Papier vom Tisch und
zerknüllte es und pfefferte es in die Ecke, wo
sie den Papierkorb vermutete. „Ihr könnt mich
alle mal...", schimpfte Doro und legte sich ins
Bett um zu schmollen. Elke erschrak und ihr
fiel der Löffel runter, den sie in der Hand hatte,
weil sie lesend aß. Sie hatte gar nicht
mitbekommen, warum Doro so sauer war, na
ja so eine Operation ist auch kein Kinderspiel,
dachte sie noch und war schon wieder in die
Geschichte vertieft. Sie musste einfach wissen,
wie es weiterging, es war so spannend. Sie
konnte einfach nicht aufhören zu lesen. Doro
war inzwischen eingeschlafen, Elke hatte das

dritte Kapitel beendet und eine richtige Gänsehaut. Psychartrie, das hatte sie sich nie richtig vorstellen können - hoffentlich landete sie nie darin. Dann drehte sie sich auch um und schlief mit dem Buch in der Hand ein. Lange schliefen sie beide nicht, denn Lars kam und holte Doro nochmals zur Untersuchung. Na gut, dann lese ich noch ein bisschen, dachte Elke und setzte sich im Bett zurecht, um sich das vierte Kapitel vorzunehmen, das konnte sie sich nicht entgehen lassen...

Neue und falsche Freunde

Gott sei Dank war Doro durch ihren Aufenthalt in der Psychartrie lange genug krankgeschrieben, und der Verlust ihrer Arbeit und des Verdienstes, waren abgedeckt durch das Krankengeld, welches die Krankenkasse sechs Wochen bezahlte. Doro war gerettet, vorerst zwar, aber dadurch hatte sie Zeit gewonnen, sich eine neue Arbeit zu beschaffen. Das musste sie irgendwie hin bekommen, und in der Stadt wurden genug Leute gesucht, die arbeiten wollen - das hatte sie auf dem Arbeitsamt erfahren. Übrigens ihre Schmerzen waren ja angeblich eingebildet, das konnte und wollte Doro einfach nicht glauben, denn Einbildung tut nicht weh und muss außerdem nicht operiert werden. Ablenkung ist das Beste, dachte Doro und ging los um Birgit zu besuchen. Ob sie weiß von wem die Rose war? Die beiden trafen sich zum unterhalten, Stadtbummel und so weiter. Es passierte in den folgenden Wochen öfter als beiden recht und lieb war. So entstand eine feste und innige Freundschaft zwischen ihnen, da beide arbeitslos und jeder für sich sehr einsam war. War einer zu lange allein, suchte der den anderen zu Hause auf. Waren sie wieder zusammen, dann erst fühlten sie sich wohl. Doro konnte Gesellschaft ganz gut gebrauchen um die Schmerzen zu vergessen. Keine 20 Pferde würden sie deswegen nochmals zum Arzt bekommen, nicht nach der Pychiatrienummer. Denn Doro hatte eine scheiß Angst nochmals darin zu landen. Eher würde sie sterben wollen, als das noch einmal durchmachen zu müssen. Deswegen fraß sie ihren Kummer in sich herein, und die Schmerzen gab es ja nicht, die waren ja nur Einbildung wie man ihr gesagt hatte. Die gibt es nicht, redete sich Doro ein, litt im Stillen daran, wenn es keiner mitbekam und sie allein damit war. Ein Glaube versetzt angeblich Berge und sie war ein guter Schauspieler, wenn es darum ging ihren Zustand und ihre Gefühle zu verbergen. Unfreiwillig zwar, aber die Zeit und die Gesellschaft verlangten dieses von ihr, wenn sie keine Probleme bekommen wollte. Birgit war schon nach kurzer Zeit die große Schwester, die Doro sich immer gewünscht hatte, mit ihr konnte Doro wirklich über alles reden, ohne Probleme zu bekommen. Birgit waren solche Dinge nicht fremd, sie hatte auch in dieser Beziehung einiges durch, was sie Doro nach einiger Zeit erzählte. Leider war Birgit eine herzensgute Seele, die von anderen gerne ausgenutzt wurde, da sie nie Nein sagen konnte. Daher rannten ihre falschen Freunde ihr die Bude ein, um irgendwas abzustauben, selbst wenn es nur Aufmerksamkeit war. Klar, dass es Birgit irgendwann alles zuviel wurde. Hatte dann Birgit mal Probleme und suchte bei denen Hilfe, dann waren sie alle verschwunden, anstatt ihr zu helfen. Doro war das bestens bekannt und sie räumte ganz gewaltig auf in diesem falschen Freundeskreis, auf den Birgit verzichten konnte. Sie schmiss diese raus. Wenn sie Birgit nicht auch mal helfen würden, brauchten sie nicht wiederzukommen. Nur drei blieben übrig und die hatten Birgit schon des Öfteren Gutes getan. So half Doro Birgit mehr als sie meinte und Birgit war sehr froh darüber. Für Doro war so etwas normal, wie du mir do ich dir. Birgit half Doro wirklich sehr, teilweise nur dadurch, dass sie Zeit für Doro hatte, wenn es der schlecht ging. Ohne Birgit wäre es Doro wirklich dreckig gegangen, und Birgit, die wütend war auf alles, versteckte sich kurzerhand bei Doro in der Wohnung. Das auch nur, weil keiner wusste, wo Doro wohnte. Sie traute keinem mehr und ließ keinen mehr zu sich, nach der Psychiatrie. Nur Birgit war die Ausnahme. So konnte Birgit entkommen und Doro war nicht mehr allein. Beide hatten etwas davon und so wurde Doros kleine Bude zur WG. Der Vermieterin war es egal ob Doro allein oder mit Birgit zusammen dort wohnte, nur musste die Miete pünktlich bezahlt werden. Auch wurde Doros Krankengeld eingestellt und sie konnte sehen, wo sie Geld herbekam. Birgit wollte Doro aushelfen und konnte nicht, Doro hätte das eh nicht angenommen. Also irrte Doro dann auf der Suche nach Arbeit durch Nürnberg. Jobs bekam sie schnell, da sie nicht viel verlangte, hatte keine großen Ansprüche, nur für die Miete und was zu Essen, musste das reichen. Doro half hier und dort stundenweise aus, hauptsache sie behielt ihr Dach über dem Kopf und im Kühlschrank fand sich etwas Essbares. Dabei hatte Sie echt Glück, denn eine billige Arbeitskraft war besser als keine und wenn sie für zwei Stunden nur fünf DM bekam, war es besser als gar nichts. Birgit half Doro anders, in dem sie Doro die Wohnung säuberte und für sie kochte, wenn Doro kaputt, aber mit Geld von der Arbeit kam. Sogar saubere Wäsche brauchte Doro nur aus dem Schrank holen. Bei den beiden herrschte eine Einigkeit von Geben und Nehmen, wie sie nicht einmal in den besten Familien vorkommt. Da waren Birgit und Doro die absolute Ausnahme. Auch telefonierte Doro des Öfteren mit ihrer Familie, der sie die heile Welt vorlog, denn die Wahrheit konnte sie nicht sagen, wollte sie ihre Familie doch nicht enttäuschen, die Wahrheit würden sie nicht verkraften.

Also baute Doro eine Burg aus Halbwahrheiten und kleinen Notlügen auf. HILFE!!! Jetzt wollten ihre Eltern sie besuchen, wenn sie aufflog gab es 100% Ärger, das wusste Doro. Birgit war ja auch noch da mit guten Ideen. Sie würden es irgendwie schaffen. Nun spielten die beiden ein Theater, auf das die Eltern von Doro einfach hereinfallen mussten. Es war zwar unfair und fies, aber musste so sein, die Wahrheit wäre weit schlimmer gewesen, da blieb keine andere Wahl.

Zwei Tage hatten sie Zeit und Birgit brachte die Bude auf Vordermann. Doro organisierte durch Überstunden Geld. Nun kleideten sie Doro schick ein und zum Frisör musste sie auch noch. Die Kulisse stand am Abend zuvor, jetzt konnten Doros Eltern kommen. Birgit verabschiedete sich von Doro mit den Worten „Wird schon schief gehen.", und weg war sie.

Im Badezimmer stand Doro vor dem Spiegel und erkannte sich selbst nicht mehr, aus dem Spiegel schaute sie die Frau aus ihrer Lügengeschichte an. Das war nicht sie, so elegant und schick. Das hätte sie sein können, wäre die Endometriose nicht, ging es Doro durch den Kopf. „So eine Scheiße, das alles!!", weiter kam sie nicht, da die Türglocke sie auch schon aus ihren Gedanken riss. Doro rannte zur Tür um zu öffnen. Draußen standen ihre Eltern mitsamt Hund und begrüßten sie fröhlich: "Gut schaust du aus." Sie kamen herein, sogar Geschenke hatten sie mitgebracht. Insgeheim schämte sich Doro, das sie so lügen musste. Sie ließ ihre Rolle in diesem miesen Theaterstück so ablaufen, wie sie es mit Birgit geplant hatte, verbrachte zwei schöne Tage mit ihren Eltern, ganz so wie früher.

Als ihre Eltern wieder abfuhren, war es ihr, als falle eine Zentnerlast von ihr ab, sie hatte das überstanden. Auch Birgit, die zurückkehrte, freute sich mit Doro, sie hatten Zeit gewonnen. So machten sie weiter wie zuvor, bis Doro die Gesundheit erneut einen Strich durch die Rechnung machte. Von dem blieb sie auch nicht verschont. Sie zwang sich bis zum Ende ihrer Kräfte, musste sie doch arbeiten, wollte sie überleben, es gab keinen der ihr das Geld, welches sie brauchte zum Leben schenkte. Es war am Schluss, Birgit die vernünftiger war als Doro, und sie zum Arzt schleppte. Birgit blieb stur, obwohl sich Doro mit Händen und Füßen wehrte, auch 1000 Ausreden halfen nichts, Doro musste Birgit alles erzählen. Doch überzeugte Birgit Doro davon, dass es besser war zum Arzt zu gehen. Fakt war nun mal, das Doro Schmerzen ohne Ende hatte und schon von Schmerzmitteln lebte, frei verkäuflich aus der Apotheke. Es war auf Dauer nicht die genialste Lösung. Aber lieber das, als in die Psychiatrie wegen dem Scheiß! Von Birgit stammte die Idee, es mal mit einer anderen Klinik zu versuchen. Gesagt, getan, landete Doro dann dort. Zum Erstaunen stießen sie dort auf Verständnis und auch die Endometriose war dort hinreichend bekannt. Sowie Doros Geschichte nichts Unnormales war. Die dachten nicht mal im Traum daran, das Doro irgendwas erfunden hatte oder so, hier nahm man sie wirklich ernst. Skeptisch blieb Doro aber dennoch, die es auch anders kannte. Konnte sie denen trauen?! Wohl war ihr nicht dabei, auch Birgit passte auf wie ein Schießhund, das nichts schief ging, denn sie brauchten einander mehr als beide zugegeben hätten. Es kam wie es kommen musste, Doro wurde erneut operiert. Leider fiel es nicht so aus, wie geplant. Aus einer Bauchspiegelung wurde ein Bauchschnitt. Da der Befund größer ausfiel als angenommen - da Doro damit lange nicht bei einem Arzt war, aus Angst sie würde deswegen wieder in der Psychiatrie landen, nur deshalb hatte sie sich nicht dahin getraut. Auch hatte Birgit wieder gelogen, Doros Schwester zu sein, und durfte Doro trösten, nach dem Erwachen, es tat Doro gut, das sie da war. Doro bekam einen Schreck, als sie die Hand unter der Decke hervor zu Birgit strecken wollte und dabei an einem Schlauch hängen blieb. Sie bat Birgit sie aufzudecken, bei einer Bauchspiegelung gab es solche Schläuche nicht, außer dem Tropf, das wusste Doro. Birgit hatte es nicht geschafft, ihr das zu sagen mit dem Bauchschnitt. Also hob Birgit langsam Doros Decke hoch und Doro sah das ganze Ausmaß der Operation. Da wurde Doro schlecht, sie sah wirklich verboten aus. Der Unterbauch war mit einem riesigen Pflaster verklebt, unter dem rechts und links die Schläuche hervorkamen und in Drainagen endeten. Diese werden nur bei großen Operationen gelegt fiel es Doro ein, das hatte sie gelesen. Dann habe ich mir gar nichts eingebildet oder gar erfunden, belogen haben die mich in der Psychiatrie, ich war also ganz umsonst da?!? Dann hat der andere Sauhund einen Fehler gemacht!! Das ist doch wohl jetzt nicht wahr??! So eine Schweinerei!!! Doro dachte bewusst nicht weiter, sonst wäre sie auf der Stelle ausgerastet. So ein Schock, davon brauchte Doro eine ganze Weile sich zu erholen. Mit jedem Tag ging es ihr wieder besser und nach zwei Wochen durfte sie wieder nach Hause. Die Endometrioseherde hatten sich in Doros Unterbauch breit gemacht, schön verteilt, wie der Arzt erklärte, nun waren sie alle weg. Damit es so bleibt, müsste Doro alle vier Wochen zum Arzt und Spritzen bekommen. Birgit versprach darauf zu achten, dass Doro es auch macht.

Wieder daheim, fehlte Geld an allen Ecken und
Enden, Doro konnte ja noch nicht wieder arbeiten, wie
sie eigentlich sollte. Der altbekannte Zufall kam Birgit
und Doro zur Hilfe, eine gute Bekannte von Birgit
hatte sich von ihrem Freund getrennt und saß
buchstäblich auf der Straße. Ihr Name war Corinna.
Kurzerhand hatten Birgit und Doro die saudumme
Idee, Corinna könnte gegen Mietzahlung mit in die
WG. Dass es folgenschwere Probleme mitbringen
könnte, daran dachte in diesem Moment keiner von
ihnen. Zur Freude von Birgit und Doro, zog Corinna
auch gleich ein, Corinna war froh, dass sie nicht auf
die Straße musste. Sie war ein ganz anderer
Charakter als Doro oder Birgit. Sie zeigte nach ein
paar Wochen dann ihr wahres Gesicht. Sie war
egoistisch, gemein und absolut kriminell, sowie sie für
ihr Wohl über Leichen ging. Auch schleppte Corinna
immer irgendwelche Leute an, räumte nie auf, und
versoff ihr ganzes Geld. Teilen hatte sie wohl nie
gelernt, verlangte dieses aber von Doro oder Birgit.
Doro ging sogar wieder zur Arbeit, wenigstens einer
musste das Geld heran schaffen, sollte die Wohnung
erhalten bleiben. Denn Corinna hatte Miete zahlen
nicht nötig. Wagte Birgit es was für Doro zu kochen,
fraßen das Corinna oder einer von ihren komischen
Freunden einfach auf, ohne mit der Wimper zu
zucken. Klebrige Finger schienen die alle zu haben,
immer verschwanden Dinge auf nimmer
Wiedersehen. Irgendwann platzte nicht nur Doro der
Kragen, sie sagte Corinna gehörig die Meinung,
drohte damit, sie auf die Straße zu schmeißen, wo sie
von Doro aus verrecken konnte, wenn sie nichts
ändert. Da bezahlte Corinna plötzlich die volle Miete
und bekam ihre letzte Chance. Corinna, die
Besserung gelobte, änderte gar nichts. Immer stand
Stress mit Corinna und ihrer Bande an der
Tagesordnung. Der neue Freund den Sie an
schleppte, war auch nicht besser als sie, der
beleidigte Birgit so heftig das sie ging. Zu Doro sagte
Birgit noch: „Du darfst als einzige zu mir kommen
wenn etwas ist und du Hilfe brauchst." Er hieß Tobias

und schoss mit Corinna zusammen sämtliche Böcke ab. Doro ließ sich wirklich viel Gefallen aber das war einfach zu viel. In den kommenden Wochen amüsierten sie sich auf Doros Kosten, Hauptsache sie hatten Spaß. Sogar die Polizei war wegen Tobias oft bei Doro wegen Verbrechen, die er begangen haben soll und hat. Nicht mal Privat- und Intimsphäre kannten sie, rücksichtslos machten Corinna und Tobias alles was verboten war. Woher sie Geld für Drogen und so kriegten, weiß keiner, hatte Doro welches, weil sie gearbeitet hatte, wurde es geklaut oder verschwand einfach. Alles war noch nicht einmal schlimm, gegen das was sie sich zum Abschluss leisteten, was Doro auf die Straße brachte. Es begann so: Doro hatte kein Geld mehr und musste zur Arbeit. Zuvor wollte sie noch duschen, als sie das tat, kam Tobias in das Bad, er wollte Spaß mit Doro. Er zog den Vorhang beiseite, um nach Doro zu greifen, dabei sah sie, das er nackt war und mit erregtem Geschlecht grinsend vor ihr stand. Dann packte er Doro am Arm und versuchte sie aus der Dusche zu ziehen, doch Doro hielt sich fest und Tobias rief nach Corinna die auch nackt dazukam. Doro wurde angst und bange zumute, was hatten die bloß vor mit ihr?! Beide zogen Doro aus der Dusche um sie dann ins Bett zu zerren. Doro rastete vor Angst total aus, schlug unkontrolliert um sich und wehrte sich so weit sie konnte. Die stürzten sich auf Doro, die hoffte durch Tritte und Faustschläge freizukommen. Denen schien das auch noch Spaß zu machen.
Doch Doro schaffte es, Corinna wegzuschubsen und Tobias so eine rein zu hauen, dass er sie frei gab. Sie schnappte sich die Kleider vom Boden, um nackt wie Gott sie schuf, mit ihrer Tasche rauszurennen. Die Klamotten in den Händen, flitzte Doro in den Keller hinab, um sich anzuziehen, mit den Kleidern die Corinna und Tobias gehörten. Das T-Shirt viel zu klein und die Hose zu weit, Tobias war dicker als Doro, in der Tasche ihre Papiere und das letzte Geld. Damit lief Doro durch die Stadt, frierend und mit nassen Haaren, die ihr zerzaust um den Kopf hingen, Birgits

Wohnung war ihr Ziel. Nach Haue konnte Doro nach diesem Vorfall nicht mehr, die waren zu allem fähig. Lieber blieb sie auf der Straße draußen, als mit denen unter einem Dach leben zu müssen. Birgit bekam alles erzählt und sie gab Doro Kleidung von sich, damit Doro zur Arbeit konnte. Besser ein Spatz in der Hand, als die Taube auf dem Dach. Doro zahlte zwar die Miete, um keinen Ärger zu bekommen. Aber in die Wohnung bekamen sie keine 20 Pferde, solange Corinna und Tobias darin waren. Doro lebte auf der Straße, schlief auch ab und zu mal bei Birgit, da Birgits Vermieter es nicht erlaubte, das Doro da war. Des Nachts holte Doro heimlich ihre Post aus dem Kasten an ihrer Wohnung, so erreichte auch ein verzweifelter Brief ihrer Mutter sie. Ihre Eltern haben sie besuchen wollen und sind nur auf Corinna gestoßen. Sie hatte sich auch gleich gerächt, indem sie Mist über Doro erzählte, Doro hatte das letzte Geld mitgenommen, das es Doro gehörte, die dafür gearbeitet hatte, war neben Sache. Sie war aufgeflogen und es gab kein zurück mehr, mit ihren zwei Alditüten haute Doro ab. Jetzt musste sie sich nicht nur vor Corinna und Co. verstecken, sondern auch vor ihren Eltern.

Diese suchten Doro auch noch, voll lieb, und Doro schämte sich so, hatte sie ohne zu wollen ihre Eltern mit in die Scheiße gezogen. Was die wohl von ihr dachten?! Birgit redete über drei Stunden auf Doro ein, sie sollte sich mit ihren Eltern treffen, die Fronten zu klären, wie Birgit das so schön sagte. Alles traf sich mitten in der Stadt, bei MC Donalds, auf neutralen Boden. Ein klärendes Gespräch wurde geführt mit Birgit als Vermittler. Familie Feldmann vertrug sich wieder, obwohl dieser Friede wieder nur auf Halbwahrheiten beruhte. Doro hatte wieder nicht gesagt, dass sie arbeitslos ist und warum es so war. Doro hatte wieder Zeit gewonnen, alles in den Griff zu bekommen und die Verhältnisse zu ordnen. Doch alles kam anders als erwartet und geplant. Doro arbeitete sich kaputt und bekam kaum Geld, hatte nichts zum Leben und die Endometriose schlug wieder zu, sowie sie Corinna und Tobias nicht aus der Wohnung bekam. Es gab ihr den Rest, sie hatte nichts mehr zum Leben, Schmerzen machten sie zusätzlich fertig und hinderten Doro daran, noch mehr zu arbeiten. So wie sie war, konnte sie nicht zum Arzt, weil sie sich so schämte, so dreckig und mager vor Hunger, da auf zukreuzen. Weil sie unter Büschen im Park bei jedem Wetter schlief, oder unter Brücken und versteckt in Hinterhöfen, war sie so dreckig, das sie es keinem Arzt zeigen konnte. Waschen oder duschen war für Doro zum Luxus geworden, Birgit ermöglichte es ihr ab und zu. Auch aß sie nur alle drei Tage, da ihr Geld nicht zu mehr reichte. So konnte es auf keinen fall weitergehen, da musste etwas passieren, sonst wäre sie über kurz oder lang tot. Verhungert, erfroren oder sie bekam eine Lungenentzündung die sie nicht überlebte. Das wollte Doro nicht und ihr musste dringend etwas einfallen. Hier war guter Rat teuer und sie wusste nicht wohin. Vor Sorge um sich wurde sie fast verrückt. Scheiß Endometriose, wohin hast du mich gebracht?! Fast verwirrt lief Doro durch die Stadt Nürnberg und wusste nicht was sie tun sollte. Doch sie hatte Glück, am Bahnhof gab es ja die Mission dort könnte sie nach Hilfe fragen. Das war die vielleicht rettende Idee, Doro pulte ihre zwei Alditüten aus einem Busch im Stadtpark, in denen all ihre Dinge, die sie noch besaß waren, und machte sich auf den Weg. Kreuz und quer lief sie und fand irgendwie den Bahnhof. Als sie ankam wurde sie von den Leuten die dort auf ihre Züge warteten beschimpft: „Hau ab, Pennerin. Bettel woanders!" Sie ließ sich nicht beirren und ging trotzig an ihnen extra dicht vorbei, sie wichen zurück und ekelten sich vor Doro. Es war ihr aber egal, sie ärgerte die Leute extra noch und setzte sich auf eine vollbesetzte Bank. Plötzlich saß sie allein dort und grinste. Anschließend stand sie auf und ging unbehelligt ihrer Wege. Sogar auf der Toilette war sie plötzlich allein, meinten die Leute sie wäre ansteckend? Doro wusch sich das Gesicht und die Arme damit sie nicht allzu schlimm aussah. Trotzdem blieb sie die Pennerin die in ihr alle sahen und es war ihr egal. Als sie fertig war, ging sie direkt den Schildern folgend zur Mission. Die Tür stand weit offen und Doro ging rein und fragte nach dem Sozialdienst, falls es ihn überhaupt gab, dann war sie hier richtig. Eine Ordensschwester nahm sich ihrer an, hoffentlich erhielt Doro dort die Hilfe die sie so dringend brauchte.

Elke 5

„Brrr...!" Elke schüttelte sich, das kannte sie gar nicht. Auch sie war schon des Öfteren ausgenutzt worden, aber so, es war ihr neu und so etwas gewalttätiges und mieses war ihr noch nicht untergekommen. Elke fror bei dem Gedanken, das Doro wegen denen auf die Straße flüchtete. So was macht keiner freiwillig, der schon mal im Winter ohne Jacke draußen war. Jedenfalls würde sie das nicht tun, auch nicht aus Angst. Doro war wohl nichts anderes übrig geblieben, weil sie es nicht besser gewusst hat. Irgendwie ging das über Elkes Phantasie hinaus, Elke stellte sich vor, auch auf der Straße zu leben, das würde bestimmt ein riesiges Abenteuer. Elke legte das Buch beiseite um aufzustehen. Dann kam auch Doro zurück, die bei der OP-Untersuchung gewesen war. „Und?", wollte Elke wissen. „Frag nicht, Medizinerlatein.", grinste Doro, die keinen Bock hatte darüber zu reden und legte sich auf das Bett. Elke die vom Bad kam, legte sich auch wieder hin. Sie wollte gerade weiterlesen, als eine Ärztin in das Zimmer kam und sie ansah. „Frau Feldmann?" „Nein, Becker, da drüben schläft Feldmann.", grinste Elke, die gut drauf war und zeigte auf die schlafende Doro. „Aufwachen, ich müsste bitte mal etwas Blut entnehmen.", meinte die Ärztin, die nun Doro durch sanftes rütteln an der Schulter weckte. Eine müde Doro stand auf und setzte sich an den Tisch, ihr folgend kam die Ärztin dazu und stellte ihr Tablett, welches sie dabeihatte, auf Doros Karikaturen. Mit geübten schnellen Fingern, die es anscheinend dauernd machten, nahm sie Doro das gewünschte Blut ab. Anschließend nahm sie das Tablett hoch, um es ein Stück weiter wieder hinzustellen, Doros Bilder waren in ihr Interesse gerückt. Bewundernd nahm sie diese hoch, die verteilt auf dem Tisch lagen. „Die Bilder erzählen eine Geschichte? Die sind sehr schön.", stellte die Ärztin fest und Doro wurde rot. „Danke!" „Ich hätte gern noch länger geschaut, ich muss weiter.", meinte sie, holte sich ihr Tablett und verließ das Zimmer. Doro sortierte die Zeichnungen neu. „Das Buch ist echt gut Doro, warum machst du nicht mehr daraus?", wollte Elke nun wissen und Doro wurde wieder rot, noch nie war sie wegen dem Buch gelobt worden. „Mir gefällt die Geschichte, sie ist sogar für Leute wie mich, die keine Endometriose kennen. Also ehrlich Doro, du musst daraus etwas machen...", erklärte Elke nun und Doro? Die war zu überrascht um zu antworten, besser sie kam nicht dazu, weil eine Schwester Elke das Abendessen brachte. Doro setzte sich wieder an den Tisch um zu zeichnen, sie hatte keinen Bock Elke beim Essen zuzusehen. Während Elke wieder lesend aß, zeichnete Doro wieder, um danach auf eine Zigarette zu verschwinden. Elke war wieder in das Buch vertieft, sie musste wissen wie es weitergeht...

In der Psychartrie gibt es auch nur vom Schicksal geschlagene Menschen

Wer denkt, dass es in der Psychiatrie nur geistig Kranke und Idioten gibt, der irrt sich ganz gewaltig, denn die wenigsten die dort einsitzen, sind freiwillig da. Sondern es sind Menschen wie du und ich, denen hat das Schicksal so übel mitgespielt, das sie davon krank geworden sind. Es sind mehr als man denkt, teilweise hochgebildete Leute, die das Leben, so hart es ist, aus der Bahn geworfen hat, so wie Doro. Wirklich jeder kann dort landen, als Doro dort war gab es da einen Chemielaboranten, eine Lehrerin und einen Professor für Land- und Agrarwirtschaft. Sie waren alle nur dort, weil ihnen das Schicksal Streiche gespielt hat und vieles schief gelaufen ist. Auch Doro ist dort wieder gelandet weil sie nicht mehr weiter wusste, sowie im Winter nicht auf der Straße sein wollte. Sie war also beim Sozialdienst gewesen, um sich Hilfe zu besorgen. Diese Idee stammte also von denen, nur nannten sie es Kur. Corinna und Tobias haben sie auch endlich aus der Wohnung geschmissen, Doro sollte diese Kur machen, um körperlich und seelisch wieder auf ein normales Level zu kommen, so wie sie war, konnte es nicht bleiben. Auch sollte Doro dort lernen, mit ihrer Endometriose zu leben und diese zu akzeptieren, anstatt immer zu verdrängen. Besser wäre es auch, das sie eine Therapie machte, um alles, was gewesen war zu verarbeiten. Sonst würde sie irgendwann wirklich verrückt werden. Doros letzte Chance war diese Therapie, die auf einer offenen Station stationär abgeleistet werden sollte. Sogar Birgit war der Meinung, dass es Doro gut tun würde. Doro beschloss als letzten Ausweg es mal mit dieser Therapie zu versuchen. Sie hatte außerdem keine andere Wahl, es war besser, als sich auf der Straße den Hintern abzufrieren. Der Winter würde kalt werden, das wusste Doro. War sie schon im Bodenfrost aufgewacht, die Haare am Boden festgefroren. Draußen erfrieren wollte Doro nicht und es wäre mit sehr hoher Sicherheit so abgelaufen, wenn sie nicht diese Therapie machte. Ihre Schmerzen hätten ihr übriges dazu getan, dann lag Doro. Aber in der Kälte ist Bewegung das A und O des Überlebens. Sie würde vor Schmerzen bewegungsunfähig daliegen und erfrieren. Daran konnte Doro gar nicht denken, ohne das ihr schlecht wurde. Da war sie nun und stand am Fenster des Klinikzimmers und sah nach draußen. Die leicht verschneiten Gehwegplatten, die zur Klinik führten, machen ihr bewusst, wie knapp sie davongekommen war. Ihr bisheriges Leben lief wie ein Film vor ihrem geistigen Auge ab. Auch waren da immer noch ihre Eltern, die immer noch an sie glaubten, obwohl Doro sie so belogen hatte. Ihr ganzes Leben hatte sie verpfuscht und diese Krankheit würde sie irgendwann ins Grab bringen. Nichts aber auch gar nichts lief mehr so, wie Doro es wollte. Irgendwie war alles außer Kontrolle geraten und riss sie mit in den Strudel des Verderbens. Nun saß Doro auf dem Klinikbett von Station zwei Haus 26 und dachte über alles nach. Es hatte alles irgendwelche Spuren bei ihr hinterlassen und das würde sie nicht ändern können. Doro dachte zurück an ihre Kindheit und Schulzeit, an ihre Krankheit und an die Träume und Wünsche, die sie zusammen mit Traudel gehabt hatte, als es mit ihr fast vorbei war. Ob Traudel überhaupt noch lebte? Falls das der Fall war, was sie jetzt wohl machte?! Was ist aus Doro geworden? Ein Nichts, das nichts erreicht hat im Leben. Es sitzt in der Psychiatrie, ihm tut es weh im Herzen, das alles so gelaufen ist. Doro hatte Traudel doch versprochen, falls ihr die Zeit bleibt, etwas aus sich zu machen!? Nun weinte Doro, endlich nach langer Zeit mal wieder. Zu oft war sie zu stolz dazu gewesen, wollte keine Schwäche zeigen, wollte stark sein und war es nicht. Vor allem war das Schlimmste daran, das sie an allem selbst Schuld hatte. Das lastete auf ihrer Seele wie ein Zentner schwerer Steine. Träume und Wünsche können platzen wie Seifenblasen. Doro nahm sich vor, sich nie wieder Dinge zu wünschen, die nicht realisierbar

sind. Es war schlimm für Doro durch die Scherben ihres Lebens schreiten zu müssen, die Scherben bestanden aus den Träumen und Wünschen die sie gehabt hatte.
Genauso schlimm war für Doro die Sache mit dem Psychologen und ihren Eltern. Der hatte hinter ihrem Rücken bei ihnen angerufen und ihnen gesagt wo (!) Doro jetzt war, auch das sie nichts mehr mit ihnen zu tun haben wollte, obwohl das nicht stimmte. Der Kontakt brach auf seinen Wunsch hin ab, Gelegenheit zur Aussprache bekam Doro nicht. Verzweifelte Briefe erreichten sie, von Vater und Mutter getrennt. Ihre Mutter hatte sogar ein Sträußchen Lavendel aus dem Garten dem Brief beigelegt, da sie wusste das Doro es mögen würde. Doro saß daraufhin weinend auf der Stationstoilette am Boden, das Sträußchen in der zittrigen Hand haltend. Wäre doch alles noch so wie früher. Sogar ihr Vater schrieb ihr und hatte die Comicfiguren, die Doro früher immer gezeichnet hatte, nachgemacht unter seinem Brief, auch noch in den Originalfarben.
Verzweifelt durch den Kummer, den sie ihnen immer bereitete, liebten ihre Eltern sie trotzdem. Feige war sie auch noch, traute sich nicht, die Eltern die sich um sie sorgten anzurufen, alles zu erklären und um Verzeihung zu bitten, nicht mal das schaffte sie. Doro rief zwar an, teilte nur mit das es ihr gut ging, hatte aber nicht den Mut auf Fragen einzugehen und legte wieder auf. Sie schämte sich so für alles.
Auch fand sie in der Klinik Anschluss an andere. Das lenkte sie ab von den eigenen Problemen, neue Freunde fanden sich dadurch, die gleiches Los teilten. Jan, ein Mittvierziger, der die Scheidung mit seiner Frau nicht verkraftet hatte und den der Rosenkrieg in die Psychiatrie befördert hatte. Irina war etwas älter als Doro und auch sie war an einer Ausbildung gescheitert, die einfach zu schwer für sie war; dem Stress war sie nicht gewachsen gewesen und der hatte sie krank gemacht. Doro hätte es schaffen können, wäre die Endometriose nicht gewesen, die alles zerstört hatte. Die Therapie dauerte dann doch

anstatt der vereinbarten zwei Wochen ganze sieben Wochen. Man meinte Doro brauchte die Zeit. Also ging sie weiterhin brav in die Arbeitstherapie, zu den Gesprächen, nahm ihre Medikamente, die sie verordnet bekam, in der Meinung es helfe ihr. Birgit besuchte Doro immer in der Klinik, damit sie nicht so allein war, nahm Doro sogar am Wochenende zu sich, damit ihre Freundschaft nicht zu kurz kam. Dabei vergaßen beide alles was war und genossen ihre Freundschaft, so wie in der Zeit vor Corinna und Tobias. Auch wollte Doro nicht in das Heim, wohinein die Klinik sie stecken wollte, weil Doro sonst kein zu Hause mehr hatte. Birgit überzeugte Doro dahin zu gehen, da sie Doro nicht zu sich nehmen konnte, die Vermieter erlaubten es leider nicht. Birgit und Doro feierten den Abschied auf ihre Art, machten sich schick und gingen aus. In einer Disco lernte Birgit einen Geschäftsmann mit viel Geld kennen, der sehr einsam war. Sie leisteten ihm Gesellschaft und er musste die Getränke bezahlen. So soffen sich Birgit, Klaus und Doro zu dritt den Kummer von der Seele. Stockbesoffen kehrten sie mit dem Taxi, das Klaus bezahlte, zu Birgits Wohnung zurück, für über 20,00 DM. Im Puff hätte der mehr bezahlt, er wollte nur nette Leute um sich haben, brauchte nur jemanden der ihm zuhörte. So hatten alle etwas davon, da er sie ablenkte von den eigenen Problemen. Drei Tage später sollte Doro dann in das Heim und es gab kein zurück. Der Abschied von Irina und Jan sowie Birgit fiel Doro besonders schwer, weil man sich gut verstand und angefreundet hatte, das ging nicht ohne Tränen ab.

Elke 6

Als Doro wieder verspätet in das Zimmer zurückkehrte, saß Elke am Tisch, um sich Doros Karikaturen anzusehen, und zu sortieren. Sie legte die Bilder so wie sie meinte, dass sie zur Geschichte passen könnten. Das Manuskript lag offen auf dem Tisch. „Doro ist das so richtig?", fragte Elke und zeigte Doro ihr Werk, welches Doro überraschte, als sie nachsah. Man hatte Elke schon fleißig gelesen; Doro überlegte wann sie Elke das Buch gegeben hatte. Doro fiel einfach nicht ein, wann sie am Morgen gekommen war, dass Elke viel las machte sich bemerkbar. „Die Bilder hätte ich fast genauso hingelegt, nur das mit dem Hund gehört in das zweite Kapitel." Doro nahm es um Elke zu zeigen wo es hingehörte." „Geil, das Traudel Bild solltest du an das Ende des zweiten Kapitels legen, etwa so.", lenkte Elke ein, und machte es so wie sie meinte. Doro nickte zufrieden, die Idee war echt gut. „Jetzt mal was anderes Elke, warum bist du hier in der Klinik?", wollte Doro endlich wissen. „Ich hatte Myome, und da ich keine Kinder mehr will, habe ich kurzen Prozess machen lassen." „ Hattest du Schmerzen?", fragte Doro. „Nein, aber durch die Größe der Myome eine Blasenschwäche.", erklärte Elke. „Aha, uns bleibt aber auch nichts erspart.", stellte Doro fest, setzte sich auf die Bettkante und erschrak, als sie die Uhr sah. „Was? So spät schon?!" Nun holte sie ihre Zigaretten, nur noch zwei Stunden war es erlaubt, dass sie rauchte, dann war Schluss wegen der Operation am nächsten Tag. Doro war deswegen schon sehr nervös, da sie sich auf das schlimmste eingestellt hatte. Das ersparte böse Überraschungen. Erfahrungen hatten ihr das klargemacht, das sie mit allem rechnen musste, weil die Endometriose sehr heimtückisch sein konnte. Verdammt, daran durfte sie gar nicht denken, und hatte es plötzlich sehr eilig aus dem Zimmer zu kommen. Elke sah ihr nach und grinste, weil ihr das bekannt vorkam, war sie anders gewesen? Nein, Elke rauchte eigentlich nicht, aber weil sie auch so gestresst war vor ihrer Operation, hatte sie sich eine Schachtel gekauft. Aus der dann zwei geworden sind, weil sie Panik hatte. Elke stand vom Tisch auf, holte sich ihren Morgenrock, und ging raus um sich die Beine zu vertreten. Ihr medizinisches Gepäck in der Hand, lief sie über den langen Flur. Weit kam sie nicht, da Doro ihr entgegenkam. „Das sieht nicht gut aus, Elke festhalten kannst du dich auch nicht, warte.", stellte Doro fest, um dann ins Zimmer zu laufen, um etwas zu holen. Sie kam mit einer Stofftüte zurück, die durch ihre Schönheit auffiel. Da hinein steckte sie Elkes medizinisches Gepäck, der sie es wegnahm, um ihr dann die Tüte um den Arm zu hängen. Elke war ganz überrascht, sah sich die Tasche an, die mit Perlen und Strasssteinen bestickt war, die eine Friedenstaube mit Ölzweig darstellte. „Damit kippst du nicht um. Wenn dir die Kraft in den Beinen versagt, dann kannst du dich mit beiden Händen da festhalten.", meinte Doro, die auf die Stange zeigte, die an der Wand lang ging und diesem Zweck bestimmt war. „Ich komme auch gleich zurück, rauche nur noch eine.", sagte Doro noch zu Elke, und ging den Flur runter in Richtung Ausgang. Während Elke an der Wand entlang ging, kam die Nachtschwester. "So ist es recht Frau Becker, aber nicht übernehmen.", meinte sie. "Die Tasche ist aber hübsch, so eine hab ich hier schon mal gesehen, Frau Feldmann nicht wahr?", diese Frage überraschte Elke. „Stimmt, die ist auf meinen Zimmer.", erklärte Elke. "Da haben sie die richtige im Zimmer, denkt immer nur an andere, nie an sich selbst. Mein Lieblingssorgenkind.", antwortete die Schwester, die Doro in ihr Herz geschlossen hatte. „Ja, ist wirklich eine ganz liebe, hat viel Verständnis gezeigt, obwohl sie mich erst ein paar Stunden kennt, als seien wir jahrelange Freunde.", ergänzte Elke. Auch sie mochte Doro. „Ich komme gleich noch zu ihnen, muss aber leider jetzt weiter.", sagte die Schwester, und verschwand im Stationszimmer, woraufhin auch Elke in ihr Zimmer ging und sich wieder zu Bett legte. Nun hatte sie Zeit, sich Doros Tasche genau anzusehen, die etwas Besonderes zu sein schien. In einem zarten blau und flieder funkelten die Steinchen im kargen Licht der Nachtischlampe, als Elke die Tasche auspackte, und dabei bewegte. Doro kehrte zurück und zog sich um, weil sie schlafen wollte. "Marke Eigenbau, leihe ich dir wenn du raus möchtest.", bot Doro Elke an; die sie mit der Tasche in der Hand sah. "Warum tust du das?", wollte Elke nun wissen, die erstaunt war. „Weil ich glaube das menschliche Nähe und Zuwendung in solchen Situationen nicht verkehrt sind. Das weiß ich aus Erfahrung.", ergänzte Doro. Es war die Antwort, die Elke erwartet hatte, sie hatte Doro richtig eingeschätzt und es freute sie. Nun kam die Nachtschwester. „Christa!" Das war Doros Freudenschrei, dem eine Umarmung folgte. „Doro ich habe gesagt, das ich dich hier nicht mehr sehen will.", lästerte sie, und Doro meinte keck: „Die Stammkundschaft kommt immer wieder." Elke musste lachen, obwohl es nicht witzig war. „Warum schon wieder Doro?"

„Ach das alte Spiel, bei dem ich immer verliere und die Endometriose immer gewinnt.", erklärte Doro und die Schwester wusste Bescheid. „Mach kein Scheiß, versprich mir das.", meinte die Schwester, legte Doro Thrombosestrümpfe und ein Engelshemd auf den Nachttisch, gab ihr die Tabletten, die sie zur Nacht nehmen musste. „Kann ich Ihnen noch etwas Gutes tun, Frau Becker?" „Nein bin soweit zufrieden." „Na, dann gute Nacht die Damen.", meinte die Schwester und verließ das Zimmer. Inzwischen fluchte Doro im Bad: "Elke kann ich mal deinen Zahnputzbecher benutzen?" "Nimm halt, steht doch da." Dann kam Doro, nahm die Tabletten, und legte sich auch schon zu Bett. Doro löschte das Licht und war irgendwann eingeschlafen. Elke hingegen, musste immer wieder an das Buch denken, eine Autobiographie über die man einfach nachdenken muss, da so ein Schicksal jede Frau treffen könnte. Sie nahm sich vor, solange sie noch da war, das Buch zu lesen, weil es sie doch betroffen machte, und interessant war es noch dazu. Endlich schlief auch sie ein. Beide schliefen tief und fest, bemerkten die Nachtschwester nicht, die ihre Runden drehte, bis der Frühdienst sie ablöste. „Guten Morgen, der Hahn hat längst gekräht." Das war Lars, der ins Zimmer gekommen war, um die beiden zu wecken, in Begleitung einer jungen Schwester. Mit Elke am Arm ging er ins Bad um dann ihr Bett zu machen. Anschließend setzte er Doro an den Tisch, und bezog auch ihr Bett neu, Doro noch benommen von den Medikamenten, bekam Hilfe beim Waschen, um danach wieder mit Engelshemd und Strümpfen ins Bett gelegt zu werden. „Wann bin ich denn dran?", fragte eine müde Doro aus den Federn. „Als drittes, ich hole sie dann.", meinte Lars, nachdem er einen Zettel aus seiner Kitteltasche gepult, und darauf gesehen hatte. „Doro, darf ich weiterlesen?", fragte nun Elke. „Mach doch, und frag nicht so blöde.", antwortete Doro genervt. Elke holte sich das Buch vom Tisch, und begann zu lesen, das siebte Kapitel wartete auf sie. Mit Doro konnte sie jetzt eh nichts anfangen, da sie Angst hatte und es besser war, wenn man sie in Ruh ließ, das wusste Elke von sich selbst. Einige Zeit verging und Lars kam, um Doro zu holen. „Es geht los Frau Feldmann, ich nehme sie jetzt mit.", sagte er und schob Doro mit dem Bett aus dem Zimmer. „Alles Gute.", wünschte Elke noch, dann waren sie weg, und sie allein im Zimmer. Sie dachte an Doro, und las in dem Buch, das Doros Leben mit der Krankheit beschrieb. Im Operationssaal war man inzwischen dabei, Doro in die Narkose zu versetzen, noch war sie wach, und beobachtete das Treiben um sich herum. Sie bekam eine Nadel gelegt für den Tropf. Der Narkosearzt setzte ihr eine Sauerstoffmaske auf das Gesicht, und die Narkose ließ Doro vergessen, dass es eine Welt und auf ihr Menschen gab. „Dann wollen wir mal, sie schläft.", stellte der Chirurg fest, und begann das unweigerliche zu tun, das er Doro gern erspart hätte. Und Elke? Die war immer noch damit beschäftigt, in dem Buch zu lesen, und war Doro damit in ihrer schweren Stunde näher als sie meinte. Doro hätte es bestimmt gefreut, wenn sie es mitbekommen würde, doch lag sie in tiefer Narkose und bekam von alledem nichts mit...

Kapitel 6 Wenn die Welt dich ausschließt - Leben im Heim für psychisch Kranke

Der so genannte Umzug ging schnell. Doro wurde in die Psychiatrie mit dem heimeigenen Bus abgeholt und in ihr neues zu Hause, für die nächsten drei Jahre gebracht. Doros Wohnung, besser, das was Corinna und Tobias davon übrig gelassen hatten, war aufgelöst worden. Für ihre Schulden, die Doro unfreiwillig gemacht hatte, musste ihr Vater aufkommen. Das Heim lag am äußersten Stadtrand von Nürnberg, weit ab vom Schuss. Ohne Auto kam man nicht in die Stadt, da zuvor noch einige Dörfer durchquert werden mussten. Diese Strecke zu laufen war fast unmöglich, mit 30 Kilometern kam man da nicht aus. Als Doro in das Heim kam, war es Anfang Dezember und sehr kalt. Schnee lag auch schon und Doro, die aus dem Bus kletterte, fror. Auf der Bank vor dem Heim trotzten vier ihrer zukünftigen Mitbewohner ohne Jacken der Kälte, und schauten neugierig in ihre Richtung, während sie ihre Zigaretten rauchten. Während Doro herein ging kam sie nicht besonders weit, da sie sofort in das Büro sollte, um den Heimleiter Herrn Krause und ihre neue Bezugsperson Frau Berger kennen lernen sollte. Danach verkroch sich Doro erst einmal in ihrem Zimmer, um ihre letzten Habseligkeiten einzuräumen, von denen mehr als die Hälfte fehlte - Dank Corinna und Tobias. Irgendwann wurde sie zum Abendessen geholt, es gab Brot mit Wurst und Käse. Doro setzte sich an einen der hinteren Tische zum Essen, aber da blieb sie nicht lange allein. Einige der neuen Mitbewohner setzten sich zu ihr, um herauszufinden ob sie in Ordnung war. Doro war der Neuzugang, der erst einmal beschnuppert werden musste. Die anderen waren eine feste Gemeinschaft von Ausgestoßenen, die immer zusammenhielten gegen den Rest der Welt. Ihre Welt war klein und bestand nur aus dem Heim und den Betreuern. Man kam aus dem Heim nicht weiter raus, als zweimal die Woche zum Einkaufen, ansonsten war man immer in dem Heim. Der Rest des

Abends wurde zusammen im Wohnzimmer des Heimes verbracht. Doro musste ihre Geschichte erzählen, warum sie in diesem Heim gelandet war. Da sie es tat, fand sie Anschluss an die anderen und kam erst spät zu Bett. Besonders gut schlief sie diese Nacht nicht und erschrak richtig, als es morgens gegen ihre Tür bollerte. Eine der Betreuerinnen stand in der Tür, faselte irgendwas von Frühstück und Arbeitstherapie, von dem Doro eh nur die Hälfte verstand. Also machte sie ihre Morgentoilette und ging runter, Frühstück gab es nicht mehr, die Zeit war um. Doro wollte wieder hoch, lief aber dem Arbeitstherapeuten Benni in die Arme, der runter wollte. Er nahm sie mit und meinte, zu spät kommen hasse er, und wenn es wiederholt vorkommen sollte, würde es Ärger geben. Doro wurde an einen extra Tisch gesetzt und bekam einen großen Karton mit Schwimmkerzen vor die Nase gestellt, sowie eine Menge Runddosen. Immer zehn Stück in eine Dose: bitte einpacken. Sie begann die Kerzen einzupacken, irgendjemand flüsterte ihr zu, dass die Deckel zu den Dosen im Karton neben ihrem Tisch sein. Irgendwann stapelten sich die vollen Dosen auf Doros Platz, irgendeiner packte diese zu anderen in einen Karton, der auf einer Palette stand. „Welcher Trottel hat keine Aufkleber auf die Dosen gemacht?", meckerte Benni irgendwann. Doro entschuldigte sich, das hatte sie nicht gewusst, das Aufkleber auf die Dosen sollen, es hatte ihr keiner gesagt. Benni zeigte es ihr richtig, damit nichts mehr falsch lief. Damit hatte Doro bei den anderen gepunktet, denn nicht Doro sondern jemand anderes war extra dafür eingeteilt aufzupassen, dass die Aufkleber nicht fehlten. Doro machte einfach weiter, als wäre nichts gewesen, verstand nur nicht, warum sie extra sitzen musste. Wie sich später herausstellte, war der Tisch die Strafbank für Anfänger und Leute, die dauernd Fehler machten. Diesen Tisch hatte Benni immer im Auge, wenn er da war, mal nichts schrieb oder Zeitung las. War Benni aber im Lager, machten alle Pause. Doch Benni passte auf, dass nichts verkehrt lief. Pause: zehn

Minuten! Plötzlich waren alle verschwunden. Als Doro raus wollte, lief sie Herren Krause über den Weg, bekam auch gleich den nächsten Rüffel, da sie nicht beim Frühsport war. Dieser war Pflicht für alle! Auf dem Rückweg traf auch noch Frau Berger auf Doro, die zum Gespräch ins Büro sollte, in dem sie einen Plan bekam. Auf dem Plan waren die Aktivitäten des Heimes mit Uhrzeiten aufgelistet, damit Doro nichts mehr verpasste. Doro ging früher als erwartet zurück und räumte die nicht beklebten Dosen auf ihren Tisch und beklebte diese. Die anderen kehrten zurück und die Arbeitstherapie ging weiter, Doro bekam noch einige Tipps, wie sie es besser und vor allem schneller machen könnte. So verging die Zeit bis zum Mittagessen, welches sehr lecker war. Anschließend standen alle Schlange vor dem Betreuer-Büro, wo es die Medikamente unter Kontrolle gab, dreimal täglich! Dann waren alle bis zum Gruppenbeginn entlassen, die Betreuer machten in dieser Zeit Übergabe an das Nachmittagsteam. Stören durfte dabei keiner. Machte man es dennoch, gab es Ärger. Nicht einmal zur Krankenschwester durfte man in dieser Zeit. Derjenige musste dann bis zum nächsten Tag warten. Doro wollte ins Zimmer flüchten, doch Frau Berger war schneller und wartete schon vor ihrer Zimmertür, Doro hatte das Gespräch vergessen. Nach einer halben Stunde war das Gespräch beendet und Frau Berger ging wieder in das Büro. Doro hatte eh nicht zugehört, sie hatte keinen Bock sich anzuhören, wie sie in der Vergangenheit versagt hatte, das wusste sie selbst. In ihrem Zimmer stand Doro am Fenster, schaute in den winterlichen Garten, der zu dem Heim gehörte. Plötzlich weinte sie. Dann stand Frau Berger wieder im Zimmer, Doro erschrak und wurde rot, sie hatte vergessen die Tür abzuschließen. Es war Doro sehr peinlich - eine fremde Frau sah sie weinen. Sie wischte sich die Tränen ab und wusste nicht, was sie sagen sollte. Frau Berger wollte Doro nur zur Sportgruppe schicken und so entkam Doro dieser peinlichen Situation. Mit einem gespielten Entsetzen sah Doro auf ihre Uhr: „Was so spät schon?!",

erschrak Doro und tat als wusste sie, das sie es vergessen hatte, dann flitzte sie los und ließ Frau Berger einfach auf dem Flur stehen. Sie war noch nie schwach gewesen vor anderen. Wenn sie schon mal weinte, dann brauchte Doro keine Zuschauer; das konnte sie allein. In der Sportgruppe stand ein Fußballspiel auf dem Programm, welches in der Sporthalle in der kleinen Grundschule des Dorfes mit dem Heim stattfand. Fußballspielen konnte Doro zwar nicht besonders gut, wollte sich aber nicht ausgrenzen und machte dennoch mit. Es gab einige lustige Fouls, sowie Benni auf dem Ball ausgerutscht ist und voll auf die Schnauze flog. Danach war er mit Nasenbluten spielunfähig. Alle lachten schadenfroh darüber noch Tage später. Nicht zu vergessen, Doro hat ein Tor geschossen, zum Erstaunen der männlichen Mitspieler. Als das Spiel beendet war, wartete der Koch schon mit dem Abendessen auf die Bewohner. Danach war wieder Schlange stehen angesagt, wegen den Medikamenten. Am Abend saß man wieder in der Heimstube und unterhielt sich oder sah fern und Doro wurde auf verschiedene Zimmer zum Quatschen eingeladen, bis sie todmüde ins eigene Bett fiel und sofort einschlief. So oder ähnlich sah der Tagesablauf im Heim aus, der sich immer und immer wiederholte, bis er langweilig wurde.
Inzwischen sind ein paar Wochen vergangen, Doro hat sich notdürftig einleben müssen. Besonders wohl fühlt sie sich nicht, aber der straff geregelte Tagesablauf ließ die Zeit schneller vergehen. Auch ein paar Freunde hat Doro jetzt im Heim gefunden, die lenkten Doro zusätzlich ganz gut ab von ihren Sorgen und Problemen. Weihnachten und Silvester musste Doro im Heim verbringen, da sie die acht Wochen Eingewöhnung noch nicht rum hatte. Andere Heimbewohner durften zu ihren Familien fahren, um dort zu feiern. Es machte Doro sehr deutlich, wie einsam sie eigentlich war. An Weihnachten bekamen die Bewohner, die zurückblieben, sogar ein kleines Geschenk vom Heim. Auch bekam Doro Post von ihrer Familie, ein Paket mit Geschenken, über das

Doro sich sehr freute, da ihre Familie sie doch nicht endgültig abgeschrieben hatte. Das Heim war fast leer, nur fünf Bewohner, zwei Betreuer und der Koch feierten mit ihnen Weihnachten. Das Weihnachtsessen bestand aus Gänsebraten, den der Koch gezaubert hatte. Silvester machten die Heimbewohner mit den Betreuern eine Wanderung durch den Winterwald zum Gasthof der nächsten Ortschaft, wo das Heim ein Essen und zwei Getränke pro Bewohner ausgab. Ein Betreuer hatte ein paar Böller organisiert und fünf Raketen, die er um Mitternacht abschoss und krachen ließ. Das Publikum von vier Bewohnern mit Doro, war begeistert, da sie dachten es gäbe kein Feuerwerk. Danach ging der Alltagstrott weiter mit allen Bewohnern. Morgens mussten alle wieder in die Arbeitstherapie und nachmittags in die Gruppen, außer mittwochs und freitags. Der Mittwoch war als Zimmerputztag reserviert und freitags das Einkaufen. Dafür gab es extra Sozialhilfetaschengeld von 31 DM die Woche, das donnerstags vor der Gruppe ausgezahlt wurde. War man die Woche über in der Arbeitstherapie gut gewesen, konnte man noch 27 DM dazubekommen. Montags vor der Arbeitstherapie nach den Frühmedikamenten wurde das dann ausgezahlt. Der Stundenlohn lag bei 1,20 DM für Schlechte und 1,80 DM für Gute. Doro bekam die erste Zeit nur 1,40 DM. Fast alles gab es im Heim, Essen und so, vom Taschengeld musste Körperpflege bestritten werden, Duschgel und Ähnliches. Vom Rest konnte man sich Tabak, Kaffee und andere persönlich benötigte Dinge beschaffen. Alkohol und Drogen waren im Heim strengstens verboten! Wer sich damit erwischen ließ, der bekam Ärger vom Feinsten, Einkaufsverbot über Wochen hinweg, bis hin zur Zwangseinweisung in die Klinik. In der Psychiatrie sind Drogen das Allerletzte. Macht einer deswegen den Abflug, hat der nichts mehr zu lachen. Doro hat es erzählt bekommen, als Beispiel, der kalte Entzug bei Alkoholismus. Im Besinnungszimmer liegt der dann, beobachtet von einer Kamera, fixiert (gefesselt) an das Bett und wird so liegengelassen. Damit man nicht im Drogenrausch oder Supersuff auf die Idee kommt zu randalieren. Die Pfleger gehen da nur rein wenn sie müssen, (waschen, Essen, Klogang) ansonsten lassen sie ihn leiden, nur so merkt der, dass seine Sucht schlimm ist. Auch wird so ein Entzug nicht erleichtert mit Medikamenten oder so. Nur dadurch kommt man runter von der Sucht oder der Droge Alkohol. Diejenigen, die Doro kannte, die das durchmachen mussten, die haben nie wieder gesoffen. Trotzdem gab es im Heim einige Spezialisten, denen gingen die Heimregeln am Hintern vorbei. Die schafften es immer wieder, Alk oder Grass einzuschmuggeln, ohne dass es die Betreuer merkten. Es waren dann die Könige, wenn die einen ausgaben an diejenigen, die sich das nicht trauten, aus Angst erwischt zu werden. Einer davon soff jeden Abend dreist sein Feierabendbier. Dabei wurde der die drei Jahre, die Doro im Heim verbrachte, nicht ein einziges Mal erwischt. Auch wurde Doro eingeladen auf solche Partys, soff zwar nicht mit, aber hatte trotzdem Spaß. Nur musste sie schweigen, wer wann wo gesoffen hat und da sie es tat, durfte sie immer wiederkommen. Nur erwischen lassen durften sie sich nicht. Ab und an machte auch mal ein Joint die Runde. Wo der her kam, wollte Doro besser nicht wissen, falls sie mal gefragt werden sollte. Gott sei Dank haben das die Betreuer nie rausbekommen. Weil Doro keinen der anderen verpfiff, wenn der was Verbotenes tat, sammelte sie wieder Pluspunkte, welche ihrem Rang zugute kamen. Bald darauf wurde sie fest in die Bewohnergemeinschaft integriert, dort gab es eine Rangordnung wie in einem Hunderudel. Das Sagen hatten die Alten (die, die schon lange im Heim waren) und Neue, so wie Doro, hatten nichts zu melden, die waren ganz unten. Sammelte man Pluspunkte, stieg man im Rang ganz schnell und wurde anerkannt als Gruppenmitglied. Pluspunkte bekam man durch das Schweigen oder wenn man für andere bei den Betreuern log und diese dadurch vor Ärger schützte. Doro tat es des Öfteren, da sie sich selbst schützen musste, da die anderen sie oft in so was reinzogen haben und sie keinen Bock auf Ärger hatte. Sie tat zwar nichts Verbotenes, aber war des Öfteren daran beteiligt, nur durch das dabei sein. Auch Materialismus hatte die feste Gruppe abgeschrieben, war etwas da, dann durften das alle benutzen, die Getränkeflasche auf dem Tisch oder ein Päckchen Tabak. Fast alles wurde untereinander geliehen oder getauscht: Schmuck, Uhren, Kleidung etc. Sagte aber derjenige, dem ein Teil gehörte, dass er es brauchte, bekam er es zurück und gab es wieder aus, wenn er es nicht mehr brauchte. Sogar einen Schwarzmarkt gab es im Heim, da waren CD´s der Renner, die fest getauscht oder abgekauft wurden. Brauchte man etwas selbst nicht mehr, dann fand es durch diesen Markt schnell einen neuen Besitzer. Einmal hatte Doro sich neue Latschen gekauft, obwohl die alten noch gut waren. Da das Heim sehr fußkalt war, gehörten die zur Grundausstattung, doch einige kauften sich lieber Kaffee und Tabak vom Taschengeld und die Latschen fehlten dann. Daher tat Doro die auch in den Schwarzmarkt zum Tausch. Gebote wurden abgegeben und das Gebot, welches Doro gefiel, bekam dann den Zuschlag. In diesem Fall waren es ein Silberring und ein Pulli. Einige der männlichen Bewohner erheischten sich auch durch den Schwarzmarkt sexuelle Vorteile, boten super Teile wie Tabak x 5, Kaffee, CD´s und Geld, da diese Dinge Mangelwahre unter den weiblichen Bewohnern waren. Des Öfteren ging es schon mal für so ein Angebot gemeinsam in die Koje. Doro hatte Anstand genug, nicht so tief zu sinken, obwohl einige Gebote zu verlockend waren. Das war ihr dann doch zu pervers, lehnte ab und gewann dadurch wieder an Rang. Habgierig war sie nicht und das ganze ein Test. 300 DM und ein kleiner Fernseher waren nicht zu verachten gewesen. Dumm ist sie nicht und wenn es darauf ankommt, geht sie mit dir durch das Feuer. Diese hohe Meinung hatten die anderen Bewohner von Doro. Nach einem Jahr hatte sie den „Bester

Kumpel" Status erreicht und mischte in der obersten Rangordnung mit.

Auch das Tagesprogramm hatte Doro inzwischen ganz gut im Griff, ging brav in die AT und die Gruppen, sowie sie den Anweisungen der Betreuer folgte. Wie gesagt, auf Ärger hatte Doro keinen Bock. Doch der stand an der Tagesordnung, da es immer irgendwas gab, was den Betreuern nicht in den Kram passte. Schönstes Beispiel die Hausdienste, die freitags vor dem Einkauf verteilt wurden. Diese musste jeder machen und wurde es verweigert, dann meckerten die Betreuer. Machte das einer nicht, gab es im schlimmsten Fall sogar Einkaufsverbot. Müll raus, Hof fegen, Bus waschen (der weiß und jede Woche saudreckig war) und den Küchendienst am Wochenende, wurden unter den Bewohnern aufgeteilt. Doro hasste den Bus, es gab ja Dienstdrückeberger die nichts machten und sie damit allein ließen. Machte Doro das dann, musste der Doro dann entlohnen durch ihren Rang. Dafür log Doro bei den Betreuern das derjenige den Dienst mit ihr gemacht hat. Der Hof und der Bus, dafür brauchte sie allein die meiste Zeit und brachten ihr oft einen extra Tabak oder Duschgel ein, da viele einfach zu faul für die Dienste waren. Doro machte die Dienste auch nur, weil sie kein Einkaufsverbot wollte, die einzige Möglichkeit aus dem Heim raus zu Birgit zu kommen, anstatt einkaufen zu gehen. Die Dinge, die sie brauchte, besorgten ihr dann andere mit, die eh Einkaufen gingen. Öde und langweilig war das Leben im Heim durch die Routine des Alltags.

Es gab auch andere Strafen außer dem Einkaufsverbot. Die Strafen trafen fast immer den angenehmen Teil im Wochenprogramm, zum Beispiel konnten die Wochenendausflüge von den Betreuern gestrichen werden. Das war neben der Klinik die schlimmste Strafe, da es nichts Langweiligeres gab, als ein Wochenende im Heim, weil keine Arbeitstherapie war und man irgendwie nur rumhing und sich langweilte. Im Dorf war auch nichts los und im Heim sowieso. Oft genug gab es unter den

Bewohnern Streit um das Fernsehprogramm, den Diensten und anderen Kleinigkeiten, da sich die Langeweile schlecht auf die Laune der Bewohner auswirkte. Auch das Einkaufsverbot traf die richtige Stelle, die anderen amüsierten sich in der Stadt und derjenige der das Verbot hatte, durfte dann alleine im Heim abhängen. Da Doro es vermied, sich diese Strafen einzuhandeln, konnte sie sooft sie es erlaubt bekam, am Wochenende zu Birgit und dort das Wochenende verbringen. Die Wochenenden außerhalb des Heimes verflogen, da fast immer mit Birgit etwas los war und Langeweile kam gar nicht erst auf. Birgit hatte oft Mühe damit, Doro am Sonntagabend zurück in das Heim zu kriegen, Doro musste ob sie wollte oder nicht. Doch die Wochenenden mit Birgit wollte Doro sich nicht verscherzen, da es immer Spaß machte und Birgit sich freute wenn Doro kam.

Auch geschehen in einem Heimjahr viele Dinge, von denen ich erzähle, um einen besseren Einblick zu geben, was Doro im Heim erleben musste - drei Jahre lang.

Doros erstes Heimjahr veränderte nicht viel bei ihr, nur das die Betreuer meinten, sie habe sich gebessert. Auch erreichte Frau Berger, das Doro sich mit ihren Eltern endlich mal aussprach und wieder vertrug. Es geschah, als Doro gerade mal drei Monate im Heim war. Die Beziehung und der Kontakt zu ihren Eltern hatten darunter gelitten, weil der Psychologe in der Klinik Mist erzählte und Doro zu feige war, zu ihren Problemen zu stehen. Sie war nur zu feige die Wahrheit zu sagen, verschwieg vieles und log die heile Welt herbei. Auch hatte Doro sich lange nicht bei ihren Eltern gemeldet, aus Angst sie zu enttäuschen. Erst der Psychologe in der Klinik ließ sie auffliegen, und sagte, dass Doro keinen Kontakt will, was eine riesen Lüge war. Darum waren alle Schranken zu, ohne das Doro es gewollt hätte. Doro die wegen ihrer Endometriose in der Klinik gelandet war, hatte wohlweißlich verschwiegen, dass sie geschlossen saß, weil ihre Eltern das nie verstanden hätten. Alle hatten sich an den Kontaktbruch gehalten, bis Frau Berger aus dem Heim, ein Treffen anberaumte, um die Familie wieder zusammenzuführen. Vor Angst, dass ihre Eltern die Wahrheit auf einmal erfuhren, wäre Doro fast gestorben. Es war für sie echt vernichtend, das sie an vielem auch noch Schuld hatte. Ihre Eltern reisten extra mit dem Auto an, um nach dem Rechten und ihr zu sehen. Den halben Tag saß Doro verschüchtert an Frau Bergers Hand geklammert im Büro des Heimleiters, wie ein kleines Kind, das seine Eltern verloren hat. Herr Krause wollte ebenfalls an dem Gespräch teilnehmen. So saßen sich alle später gegenüber, zur Aussprache bereit. Die Tischdecke könnte auch mal wieder gewaschen werden, stellte Doro in Gedanken fest, links an der Kante war ein Kaffeefleck. Sie konnte es nur sehen, weil sie mit gesenktem Blick dasaß und zuhörte, wie Frau Berger alles erklärte. Ihren Eltern konnte Doro vor Scham nicht ins Gesicht sehen. Wäre der Teppich im Büro nicht fest verlegt gewesen, Doro wäre zu 100% darunter gekrochen, so sehr schämte sie sich. Dank Frau Berger siegte endlich die Vernunft und die Familie vertrug sich wieder, mit in den Arm nehmen und so, wie in den Hollywoodschnulzen. Nur ein negativer Aspekt blieb für Doro, die hoffte, dass ihre Eltern sie mitnehmen würden, sie musste in dem Heim bleiben. Sie musste noch das Heim und ihr Zimmer zeigen, bevor ihre Eltern wieder abreisten. Auch durfte Doro wann immer sie wollte, zu Hause anrufen, die Mutter rief dann zurück und unterhielt sich mit ihr. Frau Berger konnte Doro von Anfang an nicht leiden, weil sie Doro nie glaubte, wenn sie Schmerzen hatte und Doro wie ein kleines Kind behandelte. Aber dieser Tag war die große Ausnahme, allein hätte Sie es nie geschafft, sich mit ihrer Familie zu versöhnen.

Mit ihrer Endometriose hatte Doro auch weiterhin schmerzhafte Probleme, sagte sie es, wurde es ihr nicht geglaubt, außer Doro log rum von Kopfschmerzen oder so, bei der Krankenschwester. Anders glaubte ihr im Heim kein Schwein und das mit ihrer Endometriose war echt daneben. Meinten die etwa, sie würde nur Aufmerksamkeit erhaschen wollen oder so. Ihr konntet es noch so beschissen gehen damit, man glaubte es ihr einfach nicht. „Einbildung ist auch eine Bildung.", hatte die Berger mal gescherzt und Doro damit beleidigt. Das hat Doro bis heute nicht vergessen. Auch ihren Geburtstag feierte Doro im Heim, ein trostloser Tag, an dem nur die Betreuer gratulierten und einige Bewohner aus ihrem Freundeskreis. Ein Paket mit Geschenken von ihrer Familie war die einzige Freude und alles was schön war an diesem Tag.

Genauso die Geschichte mit den Arztbesuchen, Frau Berger war immer dabei, auch zu den Untersuchungen. Deshalb glaubte ihr der Arzt auch nicht, sondern Frau Berger, die meinte, Doro übertreibe fürchterlich. Kein Wunder, wenn man aus so einem Heim kommt, wäre Doro mit dem Arzt allein gewesen, sie hätte ihm schon gesagt, was im Heim so abging. Typisch, psychisch Kranken glaubt keiner. Doro bekam die Pille und für den Arzt war die Sache erledigt. Glück hatte Doro, wenn die Bewohner in die Psychiatrieambulanz einmal im Monat zur Visite sollten. Die Ärztin, die für Doro zuständig war, teilte dasselbe Schicksal, auch sie war an Endometriose erkrankt. Sie war die einzige, die Doro verstand und mit guten Ratschlägen weiterhalf. Mit Frau Berger und dem Frauenarzt war darüber ja nicht gut Kirschen essen.

Als wäre das Heim nicht Strafe genug, jetzt schmissen die Betreuer Doro aus ihrem Zimmer, weil eine neue Frau ins Heim kam. Kurzerhand wurde Doro umquartiert, mit der neuen in ein Zimmer, die sie nicht mal kannte, weil die Betreuer das besser fanden. Proteste wurden in den Wurzeln erstickt, Doro war, als würde sie gegen eine Wand laufen. Was die Betreuer wollten, musste passieren. Die Neue war in Doros Alter, hatte einen Sonderschulabschluss und war irgendwie beschränkt, in allem was sie machte und dachte. Sie hatte kein Allgemeinwissen und benahm sich wie ein Teenager von zwölf Jahren, obwohl sie schon über 20 war. Ihr Name war Tina. Sie hatte sogar schon ein Kind, das bei ihrer Mutter aufwuchs, da Tina sich nicht und das Kind kümmern konnte. Sie war ja selbst noch wie ein großes Kind. Doro, die nur eine mittlere Reife hatte, war Tina in fast allem geistig weit überlegen und musste Tina alles erklären, wie man es einem fünfjährigen Kind erklärt, anders verstand es Tina nicht. Darauf hatte Doro, die sonst hilfsbereit war, keinen Bock, aber das war wohl von den Betreuern so geplant, als sie Doro umquartierten. Doch Doro brauchte eine ganze Weile, sich auf Tina einzustellen und sich an sie zu gewöhnen. Auch konnte Doro im Doppelzimmer Tina nicht ausweichen, wenn sie Ruhe haben wollte. Wenn das der Fall war, nervte Tina mit irgendwas Belanglosem. Etwa so: „Doro soll ich den grauen oder blauen Pulli anziehen?" „Nimm den blauen der sieht nicht so traurig aus." „Danke dann nehme ich... Nein, den blauen mag ich jetzt nicht... ich nehme den grauen." „Mach das Tina." „Darin sehe ich aber so dick aus." (Tina war extrem schlank) „Doro hast du einen Pulli für mich?" „Ja nimm ihn dir aus dem Schrank raus." „Kann ich die fliederfarbene Bluse nehmen?" „ Denn nimmst du die." „Dann nehme ich doch den grauen Pulli." Tina zog dann den blauen Pulli an und ging raus. Solche oder ähnliche Dialoge waren im Zimmer von Doro und Tina normal, da Tina sich nie entscheiden konnte. Gab man ihr Tipps um zu helfen, machte sie doch was sie wollte und wie sie es meinte und es war umsonst. So ging das mit fast allem, was Tina betraf. Damit ging sie, ohne es zu wollen und zu wissen da s es so ist, allen Bewohnern furchtbar auf die Nerven. Diese sonderten sich bald von Tina ab, nur Doro nicht, die mit ihr Zimmer und Leben teilen musste, wobei es keinen interessierte, wie es Doro damit erging. In den Sommerferien fuhren Doros Eltern in den Urlaub und besuchten Doro im Heim, da die Reise in den Urlaub auf dem Weg lag. Ansonsten lief das Heimprogramm weiter wie sonst auch.

Wären da nicht die Wochenenden bei Birgit, die machten das Heim erträglicher. Ansonsten wäre Doro längst durchgedreht. Donnerstags gab es immer Taschengeld: 31 DM. Doro war für das Wochenende gerüstet und freute sich richtig, wenn am Freitag die AT rum war. Benni war es dann, der die Wochenendurlauber mit dem Heimbus in die Stadt fuhr. Doro lief dann vom Bahnhof aus durch die Stadt, zu Birgits Wohnung, um mit ihr das Wochenende zu verbringen. Oft trafen sie noch Bekannte in der Stadt und da war immer was los. Auch machten sie ab und zu Kaffeefahrten mit einer befreundeten Familie, die sie einluden, mitzukommen. Am schönsten war immer der Tschechenmarkt, da kam man immer billig an Zigaretten ran, die sie dann Stangenweise kauften und Doro verscheuerte die ihren immer im Heim. 4 DM eine Schachtel, 1 DM billiger als im Automaten und von dem Geld machte Doro dann das nächste Wochenende schön. Umgerechnet kostete die Stange nur fast 17 DM und so machte Doro immer einen Gewinn. Die Heimbewohner freuten sich, wenn es ihre Marke auf Bestellung billiger gab. Sie genoss es dadurch der tristen Heimwelt entfliehen zu können. Musste Doro sonntags zurück, war es nicht schön, da sie jedes Mal aufräumen musste, weil Tina etwas gesucht und dabei das Zimmer verwüstet hatte. Wenn Tina etwas suchte und nicht fand, hatten es immer andere weggenommen, obwohl es in der Stube auf dem Tisch, im Speisesaal oder in der AT vergessen wurde. Oft gab es deswegen Streit, da Tina bei den Betreuern gerne petzte - war was weg hatten es alle nur Tina nicht. Tina war auf ihre ganz eigene Art und Weise schwer zu verstehen und der Umgang in der Gruppe mit ihr gestaltete sich sehr schwierig.
Das beste in Doros erstem Heimjahr, war der Urlaub in Ungarn. Doros Eltern hatten einen guten Tag und schenkten ihr den Urlaub, damit sie aus dem Heim mal heraus kam. Da fuhren Heimleiter mit einem Betreuer und acht Bewohnern mit dem Heimbus nach Ungarn an den Plattensee und machten dort Urlaub, in der Stadt Balatonzemech. Dort gab es ein kleines

Hotel am Stadtrand, in dem sie dann landeten. Sonne, Strand und Palmen waren ein Traum, bei dem nur die Betreuer störten, wie die Heimbewohner einstimmig beschlossen. Stadtbummel, gutes Essen, welches dort sehr billig war und ein super Wetter, bei dem man jeden Tag baden konnte. Die zehn Tage verflogen sehr schnell. Es war einfach Klasse; die Bewohner genossen es mal nicht im Heim sein zu müssen, mal etwas anderes sehen und erleben zu können. Nur Doro hatte eine Schattenseite im Urlaub, Tina war auch mit und wie immer…bei Doro im Zimmer. Mit ihrer übermäßigen Angst vor Spinnen schoss Tina den Bock bei Doro, die schon einiges gewöhnt war, endgültig ab. Nach dem Baden im See wollten einige mit Doro einen Stadtbummel machen, zuvor wollte Doro noch duschen. Tina bekam den gleichen Gedanken und folgte Doro in das Hotel. Doro war schon fast fertig mit dem Duschen, als Tina fragte, ob sie die Dusche an lassen könnte. (Das musste so sein wegen dem kaputten Heißwasserregler, entweder man erfror oder verbrannte sich voll den Hintern, da das Ding sich nicht richtig einstellen ließ. Sich zu verbrennen, davor hatten Tina und Doro richtig Angst.) Weil Doro das Ding eingestellt hatte, so dass man einigermaßen duschen konnte, wollte Tina das auch. Die Dusche war die einzige auf dem Flur und einige Zimmer mussten diese teilen. Nun trocknete Doro sich ab und Tina duschte, dann wollte Doro sich anziehen und suchte im Schrank, nur mit einer Unterhose bekleidet, nach ihren Kleidern, die sie anziehen wollte. Als sie begann sich anzukleiden, gellte ein markerschütternder Schrei durch den Flur, der Doro erschrecken ließ, da sie wusste, wo der herkam. Also schmiss sie alles weg, was sie in den Händen hielt und rannte, so wie sie war halbnackt, über den Flur Tina zur Hilfe. Sie achtete nicht mehr auf sich und riss die Tür zur Dusche auf. Sie war auf alles gefasst. Auch andere Hotelgäste, die wussten, welche Tücken diese Dusche hatte, eilten nun zur Hilfe dazu. Im Duschraum bot sich allen folgendes Bild: sie hatten eine schwerverbrannte Tina erwartet, doch die war wohlauf und tänzelte auf einem Bein auf dem Klo rum, natürlich nackend. Der ausgestreckte Arm, der Tina gehörte, wies auf eine kleine Spinne, die auf dem Duschvorhang saß. „Doro mach die weg. Bitte! Das ist so ekelig!" Die anderen Hotelgäste lachten vor Erleichterung und Doro schlich sich mit tomatenrotem Kopf, ihre Blöße bedeckend, an ihnen vorbei in das Bad, holte die verdammte Spinne, um sie auf dem Balkon auszusetzen. Dann musste sie nochmals an den anderen Gästen vorbei, um in ihr Zimmer zu gelangen. Eine Peepshow war nichts dagegen, und Doro war supersauer auf Tina, das war mehr als peinlich, weil die anderen Gäste alle männlich gewesen waren! In den folgenden Tagen wurde Doro angegrinst und eingeladen, Sie wissen schon was zu tun..., weil die das lustig fanden. Doro sah auch verdammt gut aus, so oben ohne, fast animierend. Doro fand das überhaupt nicht lustig nur extrem peinlich!!!

Im Heim amüsierte diese tragische Geschichte mit gutem Ausgang noch wochenlang die Bewohner. Im zweiten Heimjahr gab es eine Veränderung in der Arbeitstherapie. Die tat gut, denn die Schwimmkerzen konnten die Bewohner nicht mehr sehen. Genauso die Brillenetuis, Bänder und Scharniere, die in Form von Fliesbandarbeit produziert und verpackt wurden. Die Kerzenfirma lieferte einen Großauftrag mit Spiegelkerzen. Sie bestanden aus drei verschieden großen Kerzen, auf einem achteckigen Spiegel, in durchsichtiger Plastiktüte, mit Bastschleife. Diese wurden monatelang zusammengerichtet und verpackt und das gleich palettenweise. Doro hat in ihrem ganzen Leben noch nie so viele Schleifen gebunden, wie in diesem zweiten Heimjahr. Alle sechs Wochen kam ein Laster, der die Dinger wiederabholte, in den passten 20 Paletten. Auf einer Palette waren 34 Kartons, mit je acht Kerzentüten darin. Nach nur zwei Monaten hasste auch der letzte Heimbewohner diese eigentlich hübschen Kerzentüten. Auch stand deswegen immer Stress mit Benni an der Tagesordnung - ging ein Spiegel kaputt, oder diese

Filzplättchen, die unter die Kerzen sollten, überall klebten, nur nicht an den Kerzen. Die gingen immer von der Folie ab und klebten überall: am Boden, am Tisch und an Hose und Pulli desjenigen, der klebte. Einmal waren die zu knapp berechnet und Benni musste extra mit dem Heimbus zur Kerzenfirma fahren, um neue zu beschaffen, da sonst der Auftrag nicht fertig wurde. Über vier Stunden war er unterwegs. Das Material brachte sonst immer der Laster mit, wenn der die 20 fertigen Paletten holte. Deswegen gab es auch manchmal Überstunden für die Bewohner. Es war nichts im Vergleich zu Doros gesundheitlichen Problemen, da sie die Pille zu ihren Psychopharmaka nehmen musste. Sie wurde immer fetter, obwohl sie nicht viel aß und dann kam noch die Weihnachtszeit, mit den vielen Leckereien, sie ging auseinander wie ein Hefekuchen. Das Fest verbrachte sie dieses Mal bei ihrer Familie; wie früher. Sie genoss die Zeit, obwohl sie sich mit ihrer Mutter in die Wolle bekam, da diese ihre Geschichte immer noch nicht verstand und weil Doro so furchtbar fett geworden war. Alles störte Doro nicht weiter, sie war froh nicht im Heim zu sein, doch das währte nicht lange. Denn zu Silvester musste sie wieder zurück. Dort kaufte Doro dann Knaller und Raketen und malte ein prachtvolles Feuerwerk zur Freude der anderen an den Himmel. Auch schrieb Doro einen Zettel mit guten Vorsätzen für das neue Jahr, das sie im Heim verbringen musste. Sie sollte das, es war der Wunsch von Frau Berger. Doro nahm sich vor, eine Diät zu machen, dazu ließ sie extra die Pille absetzen. Erstaunlicherweise nahm sie endlich ab, sie vertrug die Pille nicht. Obwohl Doro wusste, das davon die Endometriose zurückkehren könnte, musste aber nicht. Die Ärztin, die auch Endometriose hatte, versprach ihr zu helfen, falls das der Fall sein sollte. Ihre Mensis setzte wieder ein und weil diese recht schmerzarm abging, wähnte sich Doro schon auf der sicheren Seite. Nur musste sie jetzt noch das Heim ertragen, um endlich mal ein normales Leben führen zu können. Dieses Glück hielt leider nicht lange vor.

Nach einem halben Jahr bekam sie wieder Probleme mit den Schmerzen und ihrer Mensis. Ihren Geburtstag verbrachte Doro im Bett. Auch die Feier, die sie organisiert hatte, lenkte leider nicht sonderlich ab. Geschenke bekam Doro von ihrer Familie, sogar Frau Berger meinte es nur gut und schenkte ihr eine Wärmflasche. Dieser Wink mit dem Zaunpfahl beleidigte Doro sehr. Sie musste sich zusammenreißen, um ihre guten Manieren nicht zu verlieren, bei so etwas zählte nur der gute Wille und nicht, was man geschenkt bekam. Doro wusste jetzt Bescheid, im Heim wurde ihr also nicht geglaubt, sie verschwieg wieder ihre Probleme mit der Endometriose und ihren Folgen. Oft genug hatte sie hier Hilfe gesucht und keiner glaubte ihr, die meinten doch, sie wolle nur Aufmerksamkeit und das stimmte nicht. Nur Birgit erzählte Doro alles, weil sie sicher wusste das Birgt nichts verriet, auch besorgte Birgit ihr Schmerzmittel, die Doro sich einteilte und nur dann nahm, wenn sie es nicht mehr aushielt mit den Schmerzen. Sogar ein gutes Versteck gab es für die Tabletten, Doro die Angst hatte damit erwischt zu werden, versteckte diese, weil die im Heim verboten waren. Die Alkies soffen schon fast zwei Jahre, ohne das Doro sie verraten hatte, deshalb legten sie Doros Tabletten zum Bier und Schnaps und verrieten sie ebenfalls nicht. Dort war alles sicher vor den Betreuern, da dieses Versteck nur die Bewohner kannten. Einmal wurden sie fast erwischt, der Hausmeister fand das Versteck, die Flaschen konnten nicht zugeordnet werden und Doro hatte Glück, weil sie die Tabletten brauchte und zuvor geholt hatte. Die Betreuer konnten nichts machen, alle bekamen einen auf den Deckel und die Flaschen wurden eingezogen. Bald waren neue Flaschen gekauft und ein besseres Versteck gefunden, wie zuvor hinter dem Rücken der Betreuer die nichts ahnten. Genauso wie die Kochgruppe am Montagabend, immer ging etwas schief, aber es war sehr lustig und geschmeckt hat es immer, was Frau Berger anbot. Anschließend putzten die Bewohner die Teeküche, Doro war mit dem Müll dran, der auf dem Hof in die Garage in die Tonne dort musste. Da der Koch Fleisch zerlegt hatte, hatte er die Knochen, die nicht mehr benötigt wurden, in die besagte Tonne gekloppt. Nur weil es Sommer und sehr heiß war, war auf den Knochen eine dicke Schicht Maden von den Fliegen. Durch die Hitze roch es extrem nach Verwesung und der Anblick war auch nicht jedermanns Sache. Echt ekelig! Doro kotzte in die Tonne zu den Maden und Knochen, so schlecht war ihr, sie schmiss den Müll hinterher um mit grünem Gesicht ins Heim zu gehen. Den Rest des Abends verbrachte sie im Bett, da ihr sauschlecht war, Frau Berger ereilte am Abend dasselbe Schicksal und der arme Koch musste am folgenden Tage die Tonne auswaschen.

Auch der Unfall mit dem Fiesta schrieb im Heim lustige Geschichte.

Alle Bewohner saßen draußen, es war AT-Pause und im Sommer saß man eben draußen auf der großen Bank vor dem Heim. Da tuckerte ein Traktor auf den Heimhof mit dem völlig zerstörten Etwas, das einmal den Fiesta, also ein Auto darstellte, im Schlepptau. Das Vehikel aus Blech und Plastikresten (Totalschaden, Frontal) wurde auf dem Heimhof abgeladen und anschließend in die Garage gebracht. Eine der Betreuerinnen entdeckte das Geschehen zufällig von der Heimtür aus, und rief vor Schreck: „Da hat ja einer den Fiesta getötet!!!" Weil dem betreffenden Betreuer nichts passiert war, dem ein Baum im Wege stand, amüsierte der Ruf des Schreckens die Bewohner noch monatelang.

Inzwischen war die allgemeine Stimmung im Heim an einem Tiefpunkt angelangt, weil zwei von Doros Freunden in der Klinik landeten und es Wochen dauern würde, bis die zurückkamen. Alle hatten Angst, der oder die nächste zu sein, weil die Betreuer irgendwie alle auf dem Kieker hatten. Dann ging Doro auch noch ihre Notration an Tabletten aus, die sie von Birgit hatte, Doro hätte ausrasten können. Man konnte Schmerzen und Heim nicht zusammen ertragen, nicht mal eine Apotheke gab es in dem Dorf mit dem Heim und bis zu dem Wochenende waren es noch drei lange Heimtage. Wie sie die überstehen sollte wusste sie nicht. Irgendwie musste sie bis dahin ohne auskommen und das war hart, da die Berger fast alles mitbekam was sie tat. Es grenzte an schauspielerischen Höchstleistungen, das zu schaffen, um das Wochenende bei Birgit nicht zu gefährden. Erst da konnte sie sich neue Tabletten beschaffen. Bekam die Berger mit, dass es ihr nicht gut ging, müsste sie im Heim bleiben und Birgit wäre am Wochenende allein, das wäre die ultimative Katastrophe, die Doro jetzt noch fehlen würde. Doch Doro hatte Glück, die Alki-Gruppe gab einen aus, Wodka/Red-Bull, das mixten sie selbst und sah aus wie Apfelschorle. Es wurde umgefüllt in die leeren Flaschen, die andere in der Stube vergaßen, damit sie nicht auffielen. Normalerweise hasste Doro Alkohol, wäre es ihr nicht so schlecht gegangen, sie hätte bestimmt nichts davon getrunken, aber an diesem Tage siegten die Schmerzen über ihre Vernunft. Zuvor war Doro im Büro, um eine Schmerztablette zu bekommen, aber Frau Berger hatte sie weggeschickt mit dem Tipp, eine Runde um den Block zu drehen, das würde ihr gut tun. Sie hatte es versucht, war aber nicht weit gekommen und hatte den halben Nachmittag im Bett gelegen, da die Schmerzen das Laufen unmöglich machten. Am Abend meinte die Berger, dass es ihr schon besser gehe und Doro log, das es so sei, obwohl das Gegenteil der Fall war. Sie schleppte sich in die Stube und ließ sich auf das Sofa fallen und der nächste, der im Büro etwas fragen wollte flog raus, sollte sich anderswie beschäftigen. Die war nicht gut drauf und Doro hielt es für besser, ihr aus dem Weg zu gehen. So saß sie nun vor der Teeküche, auf dem Flur am Boden, dort war sie auch vor Tina sicher. Tina petzte gern, um bei den Betreuern gut da zu stehen. Die anderen fanden Doro dort und nahmen sie mit in ein Zimmer, in das Tina nicht herein ging und die Betreuer dort keinen Alkohol vermuteten und packten die Flaschen aus. Der Besitzer des Zimmers vermietete es für einen extra

Tabak mit Blättchen. Nur dabei sein machte schon Spaß, man musste nicht saufen, diese Runde war immer lustig. Sie schafften Doro in das Bett, setzten sich auf die Stühle und den Boden und begannen mit ihrer Party. Nun soff Doro mit, weil ihr einer erzählt hatte, das Alkohol auch gegen Schmerzen hilft und Trinkspiele machten sie auch noch, bis alle tierisch einen in der Kiste hatten und in die eigenen Betten torkelten. Doro pennte in einem anderen Zimmer auf dem Boden, so konnte sie Tina nicht begegnen, die würde sie zu 100% verpetzen. Ach ja, Alkohol hilft wirklich gegen Schmerzen, wenn man genug davon säuft. Morgens quälten sich alle zur AT mit einem riesen Kater und schliefen in der Mittagsstunde den Restrausch aus. Gott sei Dank merkten die Betreuer nichts von Doros Ausrutscher und sie konnte am Wochenende dem Heim entfliehen. Leider nur für zwei Tage, aber die waren besser als gar nicht. Doro unternahm mehrere Versuche mit Frau Berger über ihre Endometriose zu reden und ihr von ihren Problemen damit zu erzählen. Doch auf diesem Ohr war Frau Berger taub und Doro beleidigt. Doro wurde von der Berger zu dem Arzt geschleppt, der auch das Zuhören verweigerte und Doro ausschimpfte, von wegen die Schmerzen gehören dazu und müssen akzeptiert werden. Nur das Doro von ihren 112 kg schon über 23 abgenommen hatte, das fand er gut, das war alles und Doro enttäuscht. Daher schwieg sie und ertrug ihre Qual im Stillen, in der Hoffnung, aus diesem fiesen Heim einmal rauszukommen. Auf diese Art schaffte Doro es, dass die Betreuer mit ihr zufrieden waren und erste Schritte unternommen wurden, auf das sie raus käme. Auf dem Arbeitsamt wurde sie als suchend und für eine Umschulung angemeldet, welche sich vornehm RBQ (Re - Integration durch Berufliche Qualifikation) nannte. Das war Schule und Praktika gemischt, um zu zeigen, dass man arbeitswillig war. Diese Maßnahme sollte ein Jahr dauern. Darauf musste Doro noch mehr wie ein halbes Jahr warten. Sie konnte warten, war sie schließlich schon über zwei Jahre in diesem Heim und die Zeit würde sie auch herumbekommen. So würde sie eine Arbeit bekommen und aus dem Heim rauskommen; das nahm sie sich fest vor. Auch war in der Zeit auch noch die bescheuerte Geschichte, mit Doros Freund im Heim. Der versuchte, Doro für die gleichen Zwecke auszunutzen, dem Heim zu entkommen. Es dauerte fast ein halbes Jahr, bis Doro das kapierte, auch mischten in dieser Beziehung die Betreuer mit und deshalb war es gar nicht schade, dass es zum Scheitern verurteilt war. Besser so war es auf jeden Fall. Die Zeit verging mit dem Heimtrott und Doro ging es immer schlechter, so dass sich Birgit ernsthaft sorgte und überlegte, wie sie Doro helfen konnte, ohne dass beide Schwierigkeiten bekamen. Ihr fiel einfach nichts Gescheites ein. Unterdessen versuchte Doro noch einmal den vernünftigen Weg zu gehen und bat um ein Gespräch bei Frau Berger. Daran scheiterte sie zum wiederholten Male, sie glaubte Doro wieder nicht und zum Arztbesuch sah sie keinen Grund. Doro hatte keinen Bock mehr, auf ihrem Recht zu bestehen und ließ es sein.

Nun versuchte Doro es in der Visite bei der Ambulanzärztin, die ihr zwar glaubte und meinte, Doro solle sich endlich damit arrangieren und lernen, den Schmerz als einen Teil von ihr zu akzeptieren, dann könnte sie auch damit besser umgehen.

Dann eben nicht. Doro gab auf. Enttäuscht zog sie Bilanz. Da war sie jetzt schon mehr wie zwei und ein halbes Jahr in diesem Heim, doch anstatt sich zu bessern, wurde eher alles schlimmer. Hieß es nicht, dort würde ihr geholfen?!?

Zwei heftige Diskussionen mit Frau Berger folgten und brachten nichts ein, was in ihrem Sinne gewesen wäre. Es war zum Kotzen. Doro vertraute wieder den Falschen und nun begriff sie den Hass der anderen Bewohner auf die Betreuer, die mit ihr gleiches Los teilten. Wenn man sich auf die Betreuer verließ, war man verlassen und das schlimmste daran, man war von ihren Launen abhängig. Sie waren nur zufrieden, wenn es nach ihrer Nase lief und als psychisch

Kranker war man eben Außenseiter, keiner nimmt einen richtig ernst. Wenn ein Betreuer dabei war, hatte man nichts zu melden, das machte dann der Betreuer.

Genauso bescheuert war der Zimmerputz am Mittwochnachmittag. Viele der Heimbewohner waren schon älter als 30 Jahre und die mussten wie kleine Kinder, einmal die Woche ihr Zimmer aufräumen und putzen; es wurde sogar kontrolliert und benotet. Dafür hatte jeder Bewohner einen Stempelplan. War er gut, gab es einen Stempel mit Elefantenmotiv. Hatte man nichts oder wenig gemacht, gab es einen Tintenklecks, mit schlecht. Davon bekam jeder Bewohner einen, mit der Note 1 – 6, mit Datum und Unterschrift des kontrollierenden Betreuers. Doro trickste die Betreuer und Tina aus, indem sie Tina anhielt, die Woche über ihren Kram wegzuräumen, den sie immer liegen gelassen hatte. Am Mittwoch räumte Doro nur die Reste weg und putzte, so bekamen sie und Tina immer gute Noten.

In der Arbeitstherapie kämpften die Bewohner immer noch mit den Spiegelkerzen, die allen schon so auf die Nerven gingen, dass überlegt wurde, wo eine Panzerfaust herzubekommen war, um die AT in die Luft zu sprengen. Keiner würde es tun, aber die Gedanken daran halfen ungemein, den Frust darüber abzubauen. Weil Benni sich schon wieder darüber beschwert hatte, dass in der Hecktick wieder zwei Spiegel zu Bruch gegangen waren. Doro hatte zusätzlich auch noch Ärger mit dem Koch, nur weil sie die Wahrheit gesagt hatte, er kocht zu fett und sabotierte so ihre Diät und andere Bewohner und ein Betreuer gaben ihr Recht. Der Betreuer wollte auch ein bisschen abspecken und so wurde eine Diätgruppe gegründet. Der Koch war mehr als zwei Wochen sauer auf Doro, da sie damit anfing und er jetzt zusätzlich zum normalen Essen auch kalte Gemüseplatten für die Gruppe bereiten musste.

Auch rasselte Doro mit Benni aneinander in der Freizeitgruppe. Das war eine der angenehmsten Gruppen im Heim, da es einmal im Monat ins Kino ging. Doch in diesem Fall war der Film nichts für Doro und das teilte sie Benni mit. Sie würde mit einem anderen Bewohner tauschen, damit der was von dem Film hatte, nur das passte Benni nicht und Doro musste mit. Für immer wollte Doro dann doch nicht in die Gesprächsgruppe. Fantasie war eben nichts für Doro und sie langweilte der Film so, dass sie einfach einschlief, unbewusst. Als der Film zu Ende war, wurde Doro von den anderen leise geweckt, in der Hoffnung Benni würde es nicht mitbekommen, dass sie geschlafen hatte. Es war aber der Fall und er war echt sauer auf Doro. Sie war sich keiner Schuld bewusst, da sie zuvor gesagt hatte, dass der Film nichts für sie war und deshalb tauschen wollte. Sie hatte es nicht ohne Grund gesagt. Selbst Schuld befand Doro, Benni hätte auch mal auf sie hören sollen.

Na ja, wie man es macht, immer ist es falsch. Doro hatte wohl die unangenehme Angewohnheit, wenn das Unglück verteilt wird, die erste zu sein, die „Hier!" schreit. Das nun folgende Drama spielte sich so ab: Doro war immer noch im Heim und versuchte seit über zwei Jahren das „Beste" daraus zu machen. Sie gab sich Mühe und machte alles was die Betreuer vorgaben, um sich und ihre Situation zu verbessern, doch das brachte nicht viel ein und kostete nur Zeit. Es war demütigend und frustrierend, das alles ertragen zu müssen, was sich Leben im Heim nannte. Doro hatte es akzeptiert und passte sich an, um alles so angenehm wie möglich zu halten, doch ihr erneuter Absturz nannte sich wieder Endometriose!!! Sie hatte alles Mögliche versucht, um sich Hilfe zu besorgen. Doch keiner glaubte ihr und die Schmerzen brachten sie fast um und raubten ihr den Verstand. Wäre in diesem Fall Birgit nicht gewesen, wäre Doro mit hoher Wahrscheinlichkeit irgendwann durchgedreht. Birgit glaubte ihr und besorgte ihr auch die Schmerzmittel, die Doro heimlich nahm, wenn sie es nicht mehr aushielt. Auch holte Birgit Doro zu sich am Wochenende, um sie vom Heim und den Schmerzen abzulenken. Wie Doro die zwei Jahre

Heim überstanden hatte, konnte sie sich nicht vorstellen. Wäre ihr das passiert, sie wäre zu 100% verrückt geworden. Doch Doro ging brav in die Arbeitstherapie und in die Gruppen und wollte es den Betreuern recht machen, um aus dem Heim raus zu kommen, doch es gelang ihr irgendwie nicht. Sowie Doro es nicht schaffte, sich die Schmerzen, angeblich ein Hirngespinst von ihr, auszureden. Die wären nicht real, das konnte sie einfach nicht glauben. Es tat doch so weh im Unterleib, wie oft lag sie vor Schmerzen gekrümmt im Bett und war nass von kaltem Schweiß. Durch die Unterleibskrämpfe zweifelte sie an ihrem Verstand. Am schlimmsten war es eine Woche bevor sie ihre Mensis bekam. Es machte sie fast verrückt, nichts daran ändern zu können, so sehr sie es auch gewollt hätte.

Wo war er, der Ausweg? Wo nur??! Gab es den überhaupt? Was machte sie nur falsch?!? Sie überlegte hin und her, aber es fiel ihr nichts ein. Sie machte doch schon alles was möglich war. Doro ging ja zur Therapie, in die Ambulanz, zum Gynäkologen und zu den Gesprächen mit den Betreuern. Doch keiner - betont keiner - glaubte ihr, dass es ihr in der Beziehung Mensch und Schmerz wirklich beschissen ging. Doro stopfte sich mit den Tabletten voll, die sie von Birgit bekam, um „Normal" zu bleiben. Sie ertrug fast alles, im Kampf um ein normales Leben, außerhalb des Heimes. Birgit wollte ihr helfen, aber auch sie konnte nichts weiter tun gegen den Schmerz, der Doros bisheriges Leben zugrunde gerichtet hatte und wieder drohte, alles zu zerstören, was Doro sich mühsam aufzubauen versucht hatte, in den letzten zwei Jahren. Es soll aufhören! Einfach nur aufhören!! Doro stieß an Grenzen, die ihre Eigenen waren. Physische und psychische Grenzen hat jeder, aber Doro würde die Kontrolle verlieren, wenn das so weiterging...

Der Eklat traf ausgerechnet ihren Heimurlaub, den sie nicht bei ihren Eltern, sondern bei Birgit verbrachte. Das war sie Birgit nach allem schuldig, hatte sie doch schon so viel für Doro getan. Echt, den hatte Doro

sich im Heim erarbeitet, durch gute Führung im Heim. Die Betreuer erlaubten es ihr und sie glaubte an einen schönen Traum, der nie enden sollte, an das Paradies auf Erden, eine ganze WOCHE nicht im Heim sein zu müssen. Für Doro gab es nichts Schöneres. Sie gab sich mit wenig zufrieden, sogar Birgit freute sich darauf und sie würde Doro diese Zeit so schön wie möglich machen. Sie wollte es, damit Doro Kraft tanken sollte, für die noch folgende Zeit im Heim. Und so fuhr Doro dann mit Benni am Freitag in die Stadt zu Birgit, nicht im Heimbus sondern in Bennis Sportwagen, einem Opel Caliebra, den Benni getunt hatte. Birgit, die Doro abholen wollte, fiel fast vom Glauben ab. Doro in einem Sportwagen, das war ihr neu, kannte sie doch nur den Heimbus seit zwei Jahren. Der Wochenplan bei Birgit sah gut aus, eine Kaffeefahrt ins Erzgebirge stand auf dem Plan, Freunde wollte man treffen und Party machen. Ablenkung ist alles, war Birgits Motto, die Doro damit eine Freude machen wollte, um sie aufzumuntern. Doch auch das half nichts und ging nur vier Tage gut. Dann war es bei Doro aus. Sie brach in Birgits Wohnzimmer zusammen, kippte einfach um und Birgit schaffte es mit Mühe, Doro in ihr Bett zu legen. Es war Birgits Kuschelecke und Doro lag gern darin, das Bett mit den zwei Matratzen, welches etliche Kissen zierten. Doro bekam nicht mal das mit, hätte sie es mitbekommen was sie da tat, sie hätte sich selbst so in den Hintern getreten, dass sie zum Mond geflogen wäre ohne Rückfahrkarte! Zusammenbrechen und umkippen, das hätte sie auch im Heim gekonnt, dazu hätte sie nicht zu Birgit gemusst. Birgit beschloss, dass etwas passieren musste; sah zu Doro, die wie ein Häufchen Elend im Bett lag. Mit blassem Gesicht, das Schweißperlen zierten, Tränen in den vor Schmerzen zugekniffenen Augen, die immer zu weinen schienen…
Diesen Anblick hielt nicht mal die starke Birgit aus, die schon ihren Freund in den Krebstod begleitet hatte und es dadurch kannte. Sie legte sich zu Doro in das Bett, um sie zu trösten und streichelte ihren Rücken.

Als es Doro etwas besser ging, suchte Birgit die halbe Stadt ab, um Doro neue Tabletten zu besorgen. Find mal, wenn man es braucht, eine Apotheke, die mitten in der Nacht rezeptfreie Schmerzmittel verkauft, ohne die Störung Übelzunehmen. Doro vertraute ihr und die im Heim waren wohl auch keine große Hilfe, denn Doro hatte ihr gesagt, dass die ihr nicht glaubten. Wäre das der Fall, hätten die sonst schon längst was getan. Doro tat Birgit leid und sie konnte auch nicht viel daran ändern, außer Doro Tabletten zu kaufen. So hilflos hatte Birgit sich schon lange nicht mehr gefühlt.

Es ärgerte Birgit, dass sie hier nichts tun konnte und die Zeit, die sonst verflog, wollte einfach nicht vergehen. Da lag Birgit nun, wach und bewachte Doros nun unruhigen und von Schmerzen geprägten Schlaf und hielt sie dabei fest in den Armen, damit Doro spürte das sie bei ihr war. Am nächsten Morgen ging es Doro soweit besser, dass sie sitzen konnte, ohne dass man sie stützte! „Jetzt oder nie!" Birgit stand auf, half Doro dabei, sich zu waschen und sich anzuziehen und brachte sie zu ihrer eigenen Frauenärztin, der Doro erzählen musste, was geschehen war. Nach fast drei Stunden standen sie vor der Praxis auf der Treppe, Birgit hatte einen Einweisungsschein für die Klinik in der Hand. Es war ein kalter Herbsttag. „Das hätte ich dir gleich sagen können, dass es so endet.", meinte Doro zu Birgit, die sich nicht beirren ließ. „Du musst erst in drei Tagen im Heim sein, das ist eine lange Zeit, die ausreicht, um sich durchchecken zu lassen, vorher vermisst dich eh keiner.", erklärte Birgit Doro, die Angst vor dem Heim hatte. Das gab bloß wieder Ärger. „Bis dahin ist alles geklärt, und keiner hat etwas gemerkt.", versicherte Birgit „Von mir erfährt keiner etwas."

Es war ihre Chance und diese Gelegenheit bekam sie so schnell nicht wieder, das stand fest. Nur so konnte Doro dem Heim beweisen, das sie nicht log.

Leider kam alles ganz anders, als beide erwartet hätten und Birgits Plan scheiterte an Doros Befunden. In der Klinik war Doro gründlich untersucht worden und die Ärzte waren zu dem Schluss gekommen, dass sie operiert werden musste. Bei Doro machte sich die Verzweifelung breit, doch sie ließ es nicht zu, die Schmerzen hatten sie gleichgültig gemacht. Und zu Verlieren hatte sie eh nichts, sie war ja schon am Ende. Der Ärger war ihr sicher. Birgit war erleichtert, dass endlich einer Doro half der das konnte, sie war schließlich kein Arzt. Fast vergnügt darüber, das Doro jetzt in guten Händen war, machte Birgit sich auf den Heimweg, nur wurde diese Freude dadurch getrübt, das sie die unschöne Aufgabe, das Heim zu verständigen, noch vor sich hatte. In der Klinik hingegen war man dabei, Doro auf die Operation vorzubreiten und Doro bekam ihre gute Laune wieder, weil die Schmerzen weg waren, sie hatte irgendwelche Spritzen bekommen. Mit den Bettnachbarinnen verstand sie sich auch, da sie ähnliche Probleme wie sie hatten, und so lag sie nun in Birgits Nachthemd im Bett und überlegte. Ob das richtig war? Naja, ändern konnte sie es jetzt eh nichts mehr. Endlich passiert da mal was, die Gedanken taten Doro richtig gut, so konnte es wirklich nicht weitergehen, da hatte Birgit schon Recht. Nur eines gab ihr immer noch Rätsel auf, warum glaubten die im Heim ihr nicht?! Sie kannte Schmerzen nur als Alarmsignale des Körpers, wenn es dem schlecht ging. Weiter kam sie nicht, da der Arzt ins Zimmer kam, um die Operation mit ihr zu besprechen. Der Narkosearzt war auch schon da gewesen. Anhand von Ultraschallbildern und einem Aufklärungsbogen erklärte er ihr, was er machen musste. War ja nett, dass er alles genau erklärte und ihre Fragen ausführlich beantwortete. Einiges kannte sie schon, da sie es schon unfreiwillig hatte durchmachen müssen. Klar war sie, wollte die Schmerzen nicht unnötig weiterhin erleiden und ihr Ziel war, keine Schmerzen mehr zu haben. Nach mir die Sinnflut, dachte Doro und unterschrieb die Einwilligung für die Operation. Wenig oder keine Schmerzen waren ein schöner Gedanke, für den sie gern den Ärger mit dem Heim auf sich nahm. Doro zog sich an und ging nach draußen in den Klinikhof. Eine müde Abendsonne schien und sie setzte sich auf eine der Bänke. Dann durchsuchte sie ihre Jacke nach den Zigaretten und rauchte eine, während am Boden der Wind mit den herabgefallenen Blättern der Bäume spielte. Als sie nach der Zigarette wieder in die Klinik ging, um auf ihre Station zu gelangen, merkte sie, dass die Wirkung der Spritzen nachließ, die Schmerzen kehrten langsam zurück. Als sie am Stationszimmer der Schwestern vorbeikam, war eine der Schwestern dabei, die Medikamente für die Nacht zu richten und sie ging in ihr Zimmer. An ihrem Bett hing ein Schild auf dem „Nüchtern" stand und auf ihrem Nachttisch lagen eine Spuckschale, Engelshemd und andere Dinge, die zur Operation benötigt wurden. ´Die machen ernst´, schoss es Doro durch den Kopf, ´dann bilde ich mir doch nichts ein?!´ Doro war erleichtert darüber. Mit den Bettnachbarinnen wurde sich abgesprochen, was man im Fernsehen schauen wollte, da einer im Zimmer war, den jemand mitgebracht hatte. ´Wie im Heim´, dachte Doro noch, als Birgit ins Zimmer kam, die Doro Sachen und einen Glücksbringer brachte. Sie gingen noch mal raus, im Zimmer würde Doro eh die nächsten Tage verbringen. Birgit und Doro saßen nun rauchend auf der Bank, auf der Doro zuvor schon gesessen hatte und Doro musste erzählen, was die Ärzte zu tun dachten und wie der Tag verlaufen war. Als Ihre Vertraute verstand Birgit Doro besser als die im Heim und sie wusste, dass Doro sie nie anlügen würde. Die vermeintliche Einbildung glaubte sie dem Heim ebenso wenig wie Doro und selbst ihre Ärztin, bei der sie mit Doro gewesen war, hatte ihr gesagt, das Doro echte (!) Probleme hatte. Deshalb freute sie sich für Doro, das jetzt etwas geschah und ihr geholfen wurde. Sie selbst hatte die Ultraschallbilder gesehen und das waren Beweise genug dafür, dass Doro nicht log, warum sollte sie?! Birgit brachte Doro wieder in das Zimmer und verabschiedete sich, weil der Bus nicht auf sie warten würde. Doro sah ihr aus dem Fenster nach, wie sie zur Bushaltestelle ging und winkte noch hinterher. Sie ging mit gemischten Gefühlen an diese Geschichte heran und wusste, dass sie für sich das richtige tat. Denn das Heim war nur ohne Schmerzen zu ertragen und wenn es ihr wieder besser ging, dann würde sie dieses Problem auch in den Griff bekommen und beenden. Eine Nachtschwester kam mit den Medikamenten für die Nacht und sie bekam einen Tropf mit Schmerzmitteln für die Nacht, damit sie gut schlafen konnte. Die Nadel dafür hatte der Arzt ihr schon am Nachmittag gelegt. Sie saß auf der linken Hand. ´Hoffentlich wird endlich alles gut werden...´, dachte sie noch bevor sie einschlief. Am folgenden Morgen weckten die Schwestern sie. Doro hatte gut geschlafen durch die Medikamente. Das Waschen mit nur einer Hand dauerte etwas länger und eine Schwester zog ihr das Engelshemd, wie Traudel das mal so schön gesagt hatte, an. Anschließend bekam sie noch eine Beruhigungstablette, sie wäre als vierte dran, damit sie zuvor noch etwas schlafen konnte. Irgendwie hatte sie ein mieses Gefühl in der Magengegend, aber eine Bauchspiegelung war ja nicht so schlimm, sie hatte schon einen Bauchschnitt überstanden. Außerdem ging es ihr doch soweit ganz gut, bis auf die Endometriose und die dazugehörigen Schmerzen. Im Zimmer unterhielten sie sich und dabei muss Doro eingeschlafen sein, denn sie erschrak, als ein Pfleger ganz in grün plötzlich vor ihr stand und sie mitsamt Bett holte. Sie hatte nicht mitbekommen, wie der gekommen war. Er schob das Bett, mit Doro darin, über den Flur durch den Aufzug in den OP-Trakt der Klinik. Dort stand sie mit dem Bett eine ganze Weile auf dem Flur, bis man sie in den OP holte und auf den Tisch legte. Fünf Mann waren damit beschäftigt, alles vorzubereiten, inklusive Doro. Zum Schluss lag sie unter grünen Tüchern begraben am EKG Gerät angeschlossen, auf dem OP Tisch, mit den Beinen in der Luft. Einer zog die riesige Lampe über sie, die an der Decke hing, bis grelles Licht sie blendete. Währenddessen hatte man ihr die Narkose verabreicht und sie fiel weg in das Traumland der

Narkose, weg war sie...weit weg. Sie bekam nichts mehr mit, was um sie geschah, als sie operiert wurde. Als sie erwachte, wollte sie sich wegdrehen, weil das Licht sie zuvor geblendet hatte, doch das ging nicht, Schmerzen hinderten sie daran. Alles tat ihr weh, vor allem der Unterbauch, was hatten die nur gemacht? Sie ahnte schlimmes, eine Bauchspiegelung war das nicht, das EKG Gerät piepte schneller, als sie begriff, dass sie auf der Intensivstation lag. Nicht schon wieder, Doro fasste sich an den Kopf mit der rechten Hand, am Mittelfinger klemmte ein Clip mit rotem Licht darin und im Gesicht hatte sie einen Schlauch hängen, der in ihrer Nase endete und ihr beim Atmen half. Jetzt wollte sie es genau wissen und betrachtete ihre Arme, links der Tropf, rechts der Clip und der Blutdruckmesser, außerdem war ihr Engelshemd nur auf sie gelegt worden. Sie war nackt darunter und auf der Brust klebten die EKG Elektroden, die Bettdecke lag auf ihr, unter dem Engelshemd. Ihre Hände mussten wühlen, bis sie an den Körper gelangten, an dem begannen die nun ganz vorsichtig herumzutasten unter der Decke. Auf dem Bauchnabel prangte ein Pflaster, sie war erleichtert, sie dachte schon...Die Hände sanken zur Seite und Doro schlief erneut ein. Zwei Personen waren plötzlich im Zimmer, wovon sie langsam erwachte, das könnte wichtig sein, dachte sie und beeilte sich wach zu werden, sie musste es mitkriegen, es waren Arzt und Schwester! „Prima sie ist sogar schon wach.", stellte der Arzt fest und trat an das Bett. „Wie geht es ihnen Frau Feldmann?", fragte er und legte ihre Decke zurück über ihre Knie und die Schwester zog das Hemd weg. Doro blieb die Antwort im Halse stecken, so sehr erschrak sie. Sie hatte nicht nur die geplante Bauchspiegelung bekommen, sondern noch einen Bauchschnitt dazu. Der war mit einem großen Pflaster überklebt, das von links nach rechts ging, unter dem die Schläuche hervorkamen, die zu den Drainagen gehören. So etwas hatte sie nicht erwartet, genauso wie beim letzten Mal. Die Schwester zog ihr nun das Engelshemd an und der Arzt verließ das Zimmer mit einem „Alles in Ordnung."

Doro war bedient. Irgendwas war wohl nicht ganz so gelaufen wie die Ärzte es geplant hatten, am Liebsten wäre sie davongelaufen, doch das ging nicht und ihr wurde unheimlich zumute. Sobald sie die Beine bewegte, tat alles weh und auch die Frau im Nebenbett weinte, sicherlich hatte sie auch Schmerzen und das tat ihr leid. Sie hatte den Vorteil, dass sie Schmerzen gewohnt war und mit ihnen umgehen konnte, trotzdem ist so eine Operation kein Spaziergang. Als die Schwester kam und meinte, das die andere sich nicht so anstellen sollte, eine Curetage sei schließlich nicht so schlimm, verschlug es Doro die Sprache. Da sie selbst schon eine Curetage erlebt hatte, wusste sie, dass eine Ausschabung gemeint war. Die Schwester war ganz schön fies. So eine Ausschabung - das tat auch weh. Anscheinend war die Schwester genervt und Doro zu feige etwas zu sagen, um nicht in Missgunst zu fallen, sie brauchte die Schwester noch, so lange sie dort war, weil sie nicht aufstehen konnte und stellte sich schlafend. Irgendwie tat ihr die Frau Leid, schließlich ist keiner zum Vergnügen im Krankenhaus. Als eine Schwester von oben sie zurückholte, war Doro erleichtert. Im Zimmer freuten sich die anderen Frauen, das sie wieder da war. Da Doro die Nacht auf der Intensivstation verbracht hatte, meinten sie, ihr wäre etwas passiert. Doro hatte ihnen gefehlt bei den Diskussionen über allgemeine Themen im Zimmer, weil Doro viel las und Dinge weiß, die sie nicht wissen und sich durch ihre Belesenheit immer interessante Themen zu den Gesprächen beisteuern konnte. Das war eine gute Ablenkung für alle vom eigenen Schicksal. Doro war die einzige, die das verstand, da sie es selbst kannte. Wäre es ihr nicht so schlecht gegangen, wäre sie 1000x lieber im Heim oder bei Birgit gewesen, als dort im Krankenhaus. Die Zeit dort würde sie auch irgendwie herumkriegen. Sie bekam sogar Besuch von jemandem, den sie momentan lieber nicht begegnet wäre, Frau Berger vom Heim. Logisch, das hätte Doro sich denken können, die war stinksauer auf sie, weil Doro gegen sämtliche

Heimregeln verstoßen hatte. Doro bekam einen riesen Ärger und eine Standpauke, das ihr Verhalten nicht in Ordnung gewesen war. Stimmt ja auch, Doro nahm ihren ganzen Mut zusammen und sagte ihr die Meinung, warum sie es tat. Mehr als zehnmal hatte sie schließlich um Hilfe gebeten, das wurde ja ignoriert und deshalb hatte sie es so gemacht. Die Tür krachte in das Schloss, na gut dann war sie eben sauer und Doro nahm sich vor, die Tage die sie noch im Krankenhaus war zu genießen. Den Rest für diesen Tag gaben ihr zwei Schwestern, die meinten, dass Doro aufstehen sollte. „So bestimmt nicht.", protestierte Doro, die sich Schmerzen ersparte, dadurch, dass sie sich nicht bewegte. Doch sie musste und die Schwester zog sie aus dem Bett. Mit kräftigen Armen wurde sie gepackt und auf die Füße gestellt, es tat weh, aber richtig, sie hätte schreien können und biss sich auf die Lippe. Bloß keine Schwäche zeigen vor den anderen Frauen. Doro wurde ans Bettende gebracht und dort abgestellt, während die Schwestern das Bett machten. Sie krallte sich an der Kante fest, weil es ihr die Beine wegzog vor Schmerzen, die Gelenkknochen an den Händen traten weiß hervor, so fest umklammerte Doro die Stange. ´Bloß nicht umfallen, bloß nicht umfallen´, dachte sie, als ginge es darum, nicht von einer Klippe in den Abgrund zu stürzen. Doro stand dort keine fünf Minuten, aber die Schmerzen raubten ihr sämtliche Kräfte. Dann wurde sie mit einem Lob wieder in das frisch gemachte Bett verfrachtet und hingelegt. Als sie wieder lag, war sie froh, das hätte sie nicht ausgehalten, das hatte ihre ganze Kraft gekostet und ihre Lippe war blutig. Sie wäre umgefallen wie ein Sack Kartoffeln, wenn sie länger dort hätte stehen müssen. In den folgenden Tagen erholte sich Doro doch ganz gut, bis auf, dass Frau Berger noch dreimal kam, um sich mit Doro über belangloses zu streiten, das nervte an der Sache am meisten. Nach zehn Tagen wurde sie entlassen, direkt ins Heim zurück, zu Frau Berger, die sie persönlich abholte. Doro könnte ja weglaufen oder so.

Im Heim wurde sie sofort ins Büro zu Herrn Krause zitiert, von dem Doro den nächsten Anschiss bekam und eine Standpauke, mit dem Motto, sich schwer zusammenzureißen, wenn sie nicht in der Psychiatrie landen wolle. Heimregelverstoß wurde streng verfolgt und Strafen bekam sie auch, sowie keine Gelegenheit ihr Verhalten zu erklären. Eine Zusatzvisite in der Ambulanz wurde ihr auch noch aufgebrummt. Ebenfalls wurde ihr der Wochenendurlaub und die Einkäufe für längere Zeit gestrichen. Damit war sie noch mal mit nur einem blauen Auge davongekommen. Nach der Gruppe nahmen die anderen sie in die Mitte und Doro musste erzählen, warum weshalb und wieso alles geschah, was die Strafen waren. Auch wurde ihr Mut bewundert, die Betreuer zu umgehen ging nie ohne schwerwiegende Probleme ab. Vor allem hatte ihr Ausrutscher, wie Frau Berger es nannte, echt unangenehme Folgen und die anderen Bewohner wetteten schon darauf, wann Doro in der Psychiatrieklinik landete. Bei den Betreuern war sie Luft und wenn sie etwas wollte, hieß es, sie käme allein klar, machte Doro es dann so wie sie meinte, war es falsch und sie wurde mit Nichtachtung bestraft. Nur die Bewohner hielten fest zu ihr, sie war ja schließlich eine von ihnen. Die folgenden Wochen als blanken Horror zu bezeichnen war nicht übertrieben und ungelogen die reine Wahrheit.

Schönstes Beispiel die Geschichte mit Britta und dem Fernseher. Tina, Ben, Hans, Olli und Britta saßen vor dem Fernseher in der Heimstube, als Doro dazukam. Im Fernsehen lief eine Dokumentation über gynäkologische Krebserkrankungen, die auch für Doro, die das durch hatte, äußerst interessant zu sein schien, nur deswegen blieb sie und sah sich das mit an. Britta hatte es unbedingt sehen wollen und die anderen schauten es notgedrungen mit. Doro die durch eigene Erfahrungen sogar das Medizinerlatein einigermaßen verstand, verfolgte auch interessiert den Film. Britta, die einiges nicht verstand, fragte in die Runde, ob ihr einer das erklären könnte. Alle verneinten, außer Doro, die sich Mühe gab, es Britta verständlich zu erklären, so gut sie es wusste, um anschließend ins Bett zu gehen. Am nächsten Tag wartete Herr Krause auf sie nach dem Frühsport mit dem Spruch: „Frau Doktor Feldmann in der AT-Pause möchte ich sie im Büro sehen!" Alle sahen Doro an, die das nicht erklären konnte, warum er sie so genannt hatte. Darüber grübelte sie noch in der AT, während sie die Kerzentüten mit Bastschleifen versah. Im Büro wurde sie schon erwartet, als sie in der Pause hinging und bekam richtig Ärger mit Herrn Krause und Frau Berger. Weil sie angeblich Britta verängstigt hätte und wenn man so etwas wirklich weiß, dann sollte man es Kranken wie Britta nicht erzählen. Zu Brittas Erkrankung gehörte es, sich in so was bis zum Eklat reinzusteigern, ohne dass es den geringsten Grund dafür gab. Doro sollte die anderen mit solchen extremen Themen in Ruhe lassen, da sie nicht ohne Grund, wie sie, im Heim wären!!! Doro rechtfertigte sich, das der Film im Fernsehen lief und Britta es war, die es unbedingt ansehen wollte und sie nur wahrheitsgemäß Brittas Fragen beantwortet hatte, sowie es unter Zeugen geschah. Doro musste sich bei Britta entschuldigen und war damit entlassen, schließlich konnte sie nichts für das Fernsehprogramm. Außerdem, woher hätte sie wissen sollen, dass Britta sich da reinsteigert?! Angenommen, Britta hat damit Probleme, so wusste es keiner, da sie es niemanden gesagt hatte. Doro hatte einen Fehler gemacht und es tat ihr ja auch leid, doch konnte sie nicht ahnen, dass Britta meinte, sie hätte Unterleibskrebs. Traurig genug, dass sie deswegen dem Betreuerbüro die Tür einrennt und alles verrückt macht, von wegen sie muss zum Arzt. Nein, das hat Doro nicht gewollt. Also entschuldigte sie sich bei Britta, als sie vom Arzt zurückkehrte und Doro erzählte, das sie gesund ist. Doro war sichtlich erleichtert darüber und hatte für den Rest ihrer Zeit im Heim den Spitznamen Frau Doktor weg. Leider litt Britta an einer manischen Erkrankung, die sie dazu zwang, sich in so etwas reinzusteigern und zu

übertreiben. Einmal als sie sich geklemmt hatte, waren ihre Finger blau und blutig, da sprach sie doch gleich schon von Amputation.
Doros gesamte Situation war so festgefahren und verklemmt, irgendwie musste sie die Schicksalsschläge ja nennen, die sich Leben schimpfen; einfach Scheiße!!! Immer das gleiche Programm im Heim, immer der gleiche Ablauf der Dinge, wie ein riesiger Schraubstock, der Doro zu zerquetschen drohte, weil einfach kein Ausweg in Sicht war. Doro saß oft in der Waschküche des Heimes und leistete der Waschmaschine Gesellschaft und weinte, weil sich auch gar nichts für sie veränderte oder verbesserte. Alles was sie machte ging schief und sie schien das Unglück fast magisch anzuziehen. Sie fühlte sich vom Leben total verarscht, über zwei Jahre war sie schon in diesem verdammten Heim und nichts veränderte sich positiv und das schlimmste daran, sie war einfach da reingerutscht und hatte keine Schuld an allem. Doro kannte den Schuldigen ganz genau und der hieß ENDOMETRIOSE!!!
Vielleicht kam ihr der Zufall zur Hilfe oder die Betreuer vergaßen sie abzumelden, auch konnte es sein das irgendeiner auf dem Arbeitsamt einen guten Tag hatte. Doro weiß es nicht wie das passieren konnte, sie war wirklich an einem Punkt angelangt, der sie fast verzweifeln ließ oder sie wäre durchgedreht, wenn nicht Post vom besagtem Amt gekommen wäre und sie damit gerettet hätte. In dem Brief stand, dass sie eine berufliche Rehabilitation machen sollte. Da sie in der Arbeitstherapie sich ausdauernd gut hielt, bekam sie die Erlaubnis der Betreuer, dass sie es machte.
Da war sie, ihre Chance zu beweisen, dass sie auch etwas konnte und nun würde sie es allen zeigen, was ihr im Heim keiner zutraute. Sie würde sich Arbeit besorgen und aus dem elenden Heim rauskommen. In ein paar Tagen war es soweit. Ade ihr Scheiß Spiegelkerzen! Arbeit ich komme!
Der Kursus bestand aus Schule und Praktika mit dem Ziel, dass man einen festen Job bekam. Auch stand

der Kursleiter auf Politik und Doro musste sich schwer zusammenreißen ja nicht einzuschlafen, der Unterricht war dadurch tödlich Langweilig. Sogar die anderen Kursteilnehmer teilten Doros Vorliebe für das Fach Politik und dementsprechend schleppend verlief der Unterricht, was der Kursleiter nun gar nicht verstand. Politik war ja so interessant, nur nicht in den Köpfen der Kursteilnehmer. In Persönlichkeitstests und Einzelgesprächen wurden Stärken und Schwächen ermittelt und Praktika für alle gesucht. Doro landete im Nachbarort in einem Supermarkt, aber auch nur, weil ein anderer Heimbewohner dort an sich selbst scheiterte und rausflog, er hätte das Saufen nachlassen sollen auf der Arbeit und dann da Mist bauen, das kam nicht gut. Es kostete nichts, dass Doro dort ein Praktikum machte, sondern der Chef wurde dafür bezahlt, dass er sie beschäftigte. Ein besonderer Knackpunkt war gleich zu Anfang, dass der Chef das Heim kannte und hasste. Doro bekam die einfache Aufgabe, es besser zu machen als ihr Vorgänger. Leicht war das, da sie nicht soff, aber der Start würde schwer werden, dass wusste sie. Der Chef war einfach auf das Heim und alles was von dort kam, nicht sehr gut zu sprechen. Er war ein Koloss so breit wie groß, passte nur seitlich durch die Türen, mit einer gewaltigen Stimme. Wenn er brüllte, bekamen alle Mitarbeiter das flitzen, auch wenn sie nichts Falsches getan hatten, jeder konnte gemeint sein. Doro musste nach zwei Wochen feststellen, dass sie der persönliche Sündenbock des Chefs war und ließ sich das gefallen, um sich ja nichts zu versauen. Noch einen Absturz konnte sie sich nicht leisten. Außerdem war sie durch die Arbeit nur noch halbtags im Heim und genoss es aus vollen Zügen. Es gab sogar eine Taschengelderhöhung. Und Doros Umfeld änderte sich, da sie Leute außerhalb des Heimes kennen lernte. Im Heim ging sie nur noch in die Gruppen und zu den Gesprächen mit Frau Berger, ansonsten lebte Doro nur noch für die Arbeit und die Chance, endlich da raus zu kommen. Solange sie arbeitete, musste sie nicht in die AT und die bescheuerten Kerzen einpacken, die sie schon lange nicht mehr sehen konnte, nach über zwei Jahren Heim. Die Arbeit klappte gut, da sie sich alles vom Chef gefallen ließ, nie etwas dagegen sagte und ihn mit zuvorkommendem Respekt behandelte. Für die anderen Mitarbeiter war sie eine beliebte Sklavin, die alles machte, wozu sie keinen Bock hatten und was sie Doro auftrugen, nur weil Doro die Sympathie des Chefs für das Heim teilte und lieber Sklavin war, als im Heim sein zu müssen. Es gab ihr die nötige Kraft durchzuhalten und sie hätte dem Chef auch den Staub zu seinen Füßen geküsst und ihm den Hintern abgewischt, wenn er es verlangt hätte, da er sie wenigstens halbtags aus dem Heim holte. Dafür war sie ihm dankbar, auch wenn er es aus purem Eigennutz tat und nicht, um ihr zu helfen. Dass wusste sie und es war egal. Alles war besser, als im Heim zu sein, sogar die miesen Launen des Chefs ließ sie sich gefallen, den ständigen Ärger, den sie bekam, wenn irgendwas falsch lief. Doro hatte sogar Spaß dabei, nein, sie war keine Masochistin, nur, weil sie dadurch dem Ziel aus dem Heim zu kommen näher rückte. Es war auch die Zeit, in der Doro ihren Freund kennen lernte. Manfred hieß er und kaufte immer an ihrem Regal ein, um das sie sich zu kümmern hatte. Er war nicht schön, aber total lieb und irgendwann kamen sie ins Gespräch zwischen Joghurt, Wurst und Milch. Auch wenn der Chef nach ihr brüllte und sie seine Dinge erledigen musste, Manfred kam immer wieder, um sich mit Doro zu unterhalten, jeden Tag fand er ein paar Minuten Zeit für sie. Auch wartete er in ihrer Pause, mit seinem Hund, der Toni hieß und ein Mischling aus Rottweiler und Schäferhund war, auf Doro. Von ihrem Taschengeld kaufte Doro immer Leckerli für Toni. Durch die beiden gewann Doro irgendwann auch den nötigen Abstand zum Heim, den sie brauchte und der ihr gut tat. Sogar Frau Berger fiel irgendwann auf, das Doro sich positiv veränderte, ließ sie gewähren in dem falschen Glauben, die Arbeit machte Doro soviel Spaß. Sehr oft hatte Doro ihr vorgelogen, wie toll die Arbeit wäre, um weiterhin aus dem Heim herauszukommen, obwohl der Chef sie quälte und alles besser war, als das Heim und das konnte sie Frau Berger natürlich nicht sagen. Am liebsten war sie auf dem Supermarktparkplatz bei Manfred und Toni, fernab vom Heim. Auch als der Kursleiter und Frau Berger kontrollierten, dachte sie, alles wäre aus, weil der Chef das Heim hasste. Doch der ließ sich nicht lumpen und log, dass sich die Balken bogen, wie toll sie arbeitete und dass sie bleiben musste. Doro wurde von dem Kursleiter und Frau Berger gelobt dafür, dass sie so toll arbeitete und sollte dort ihr Praktikum fortsetzen. Soviel Edelmut hatte sie ihrem egoistischen Chef gar nicht zugetraut, wahrscheinlich wollte er nur seine persönliche Sklavin nicht verlieren, das war wohl eher der Grund warum der Chef gelogen hatte.

Es war für Doro wie das Paradies auf Erden, die Arbeit lief nebenbei und der Chef konnte sie noch so sehr quälen, an Doro, die wieder an sich glaubte, kam er nicht mehr ran mit seinen miesen Launen und Quälereien, da sie jetzt über den Dingen stand.

Doro nutzte jede freie Minute, um abzuhauen und zu Manfred zu gehen, um ihren Chef auszuweichen. Dem fielen immer wieder neue Dinge ein, um seinen Hass auf das Heim an ihr auszulassen. Letztens hat er sie sogar die Leergutkästen, die hinter dem Lager auf der Rampe für den LKW standen viermal hin und her sortieren lassen, weil die seiner Meinung nach immer im Weg standen. Sogar die großen Metalltische, die zu den Regalen gehören und dort schon standen, als sie bei ihm anfing, vor fast einem dreiviertel Jahr, musste sie mit ihm zusammen umstapeln. Dazu waren normalerweise drei Mann nötig, da die Teile sauschwer waren. Erst mussten die ins Lager, dann wieder raus auf die Rampe, bis sie dort perfekt standen, genauso wie zuvor. Doro sortierte die Kisten solange hin und her, bis sie auf einem Rolli für den LKW standen und nur fünf Kisten in der Ecke neben den Metalltischen zurückblieben. Hauptsache war, dass er zufrieden war, auch hatte sie sich die Schulter gezerrt, beim Anheben der schweren Tische, doch das war egal. So eine perfekte Ordnung verlangte der Chef auch jeden Tag im Lager, in das die Sachen einfach hereingeschmissen wurden. Doro war ja da zum aufräumen, was dem Chef immer erst kurz vor ihrem Feierabend einfiel. Des Öfteren hatte sie deswegen schon den Bus verpasst und musste zurück ins Heim laufen, da der nächste Bus erst zwei Stunden später wieder am Heim vorbeifuhr. Einmal die Woche war Schule, fünf Stunden lang, das war immer Erholung pur und Doro war die einzigste im Kurs, die immer noch am gleichen Praktikumsplatz war, wie zu beginn des Kurses. So etwas gefiel dem Kursleiter, weil der doch annahm, dass sie die Arbeit sicher hätte. Doro konnte ihm nicht sagen was (!) für eine Verbindung sie zu ihrem Chef hatte, obwohl es besser gewesen wäre. Nach der Schule besuchte Doro immer heimlich Birgit, da sie immer mehr als eine Stunde auf den Bus warten musste und Birgits Wohnung nicht weit entfernt von der Haltestelle lag. Birgit war es doch gewesen, die ihr die Arbeit ermöglicht hatte, weil sie dafür sorgte, das Doros Endometriose behandelt wurde. Hätte Birgit sie nicht in die Klinik gebracht, würde Doro immer noch von Schmerzen gequält in der AT des Heimes sitzen, weil sie zu mehr nicht in der Lage wäre. Birgit freute sich über Doros Besuche, nach dem Wochenendurlaubsverbot hatte Doro ihr gefehlt. Doro sorgte dafür, dass ihre Freundschaft nicht zu kurz kam wegen dem Heim. Sogar wurde im Heim das Wochenendverbot aufgehoben als Belohnung für ihre gute Arbeit. Sie war glücklich, das Blatt wendete sich für sie und Doro sah sich schon außerhalb des Heimes. Sogar den Italienurlaub hatte Doro nicht mitmachen dürfen, obwohl ihre Eltern ihr den geschenkt hätten, nur weil sie im Krankenhaus war, ohne Betreuererlaubnis. Das alles hatte Doro sich gemerkt und durch den Heimaufenthalt veränderte sich ihr sonst so freies und fröhliches Wesen und wurde ernst und realistisch; Doro war erwachsen geworden. Auch war das Heim nicht mehr ihre Welt und sie nutzte die Chance, wenn sie die bekam um abzuhauen, einen freien Tag auf der Arbeit zum Beispiel, verbrachte sie bei Birgit oder Manfred. Ja Manfred hatte sie schon zu sich nach Hause eingeladen, wenn sie wollte, konnte sie vorbeischauen zum Reden und Spaß haben. Er kannte das Heim aus Erzählungen von seinen Kumpels und das Doro dort wohnte, konnte er sich nicht vorstellen, da er nichts Gutes gehört hatte. Sein Haus, in dem er wohnte, war sehr alt Baujahr anno 1903 und sehr renovierungsbedürftig. Dafür wohnte er sehr billig und heizte mit Holz im Ofen, wie man es aus Kriegszeiten kennt. Seine Wohnung war nicht besonders groß, eine Zwei-Zimmer-Wohnung: Wohnküche, mit dem Klo draußen auf dem Flur, neben der Treppe. Hier lebte er allein mit seinem Hund, der seinen Schlafplatz auf dem Sofa hatte. Hier versteckte sich Doro, wenn sie nicht im Heim sein wollte und Birgit mal nicht da war. Es war Manfred nur recht, da er sehr einsam war und ihre Gesellschaft ihm gut tat, wie er es Doro mal erzählt hatte. So half sie Manfred seine Einsamkeit zu vergessen und sie konnte zu ihm flüchten, da hatten beide was davon. So wie sie Manfred half, machte Doro es jetzt mit Birgit, die seit dem Umstieg auf Sozialhilfe gar nicht mehr klarkam. So steckte Doro ihr, wenn Birgit kein Geld mehr hatte, welches zu, damit Birgit keine Not leiden musste. Das Taschengeld vom Heim gab sie eh nicht ganz aus, da sie keine Zeit mehr dazu hatte, nun half es Birgit. Doro war dabei gut zu machen, was Birgit für sie getan hatte. Auch fand Birgit eine neue Freundin, die besser für sie da sein konnte, als Doro, die aus dem Heim nicht weg durfte. Leider hatte Doro nur am Wochenende für Birgit da sein können, wegen dem Heim und so. Dann tat sie eben das, was sie konnte, sie half mit Geld aus. Nun lebten beide unfreiwillig in fremden Welten, da das Heim sie entfremdet hatte und ihre Freundschaft zerbrach nicht daran. Birgit ist bis heute bei Doro in guter Erinnerung, als einer der Menschen, die man nicht vergisst und aber sehr vermisst. Doro wüsste echt gerne, was aus Birgit geworden ist in den vergangenen Jahren und was sie heute macht. Ich werde dich nie vergessen Gitti und wünsche Dir hiermit alles Gute auf deinem weiteren Lebensweg....!!!! Dieser Abschied hat noch lange sehr wehgetan, aber war nicht zu ändern, da Doro an das blöde Heim genagelt war. Auch brach ihr auf der Arbeit das Heim das Genick, da sie deswegen nicht in der Lage war, zu dem Chef ein normales Verhältnis aufzubauen, weil dieser das Heim hasste und damit auch sie. Da Birgit nun mit ihrer Freundin ein eigenes Leben lebte, musste Doro loslassen und sie ihrer Wege gehen lassen. Birgit zuliebe wollte Doro auch nicht im Wege stehen und ließ los, ohne Rücksicht auf die eigenen Gefühle, die Doro sehr damit verletzte, war Birgit ihre große Schwester gewesen, die Doro sonst nie hatte. Durch den Abschied von Birgit hatte Doro niemanden mehr, dem sie so vertrauen konnte wie Birgit, die jahrelang ihre beste Freundin gewesen war. Oh, dieses verdammte Heim, Doro hatte nichts in ihrem ganzen Leben so sehr gehasst, wie dieses Heim, an dem auch die Freundschaft zu Birgit zerbrach. Auch die Endometriose hasste Doro. Das sie es war, die Doro dahin gebracht hatte, wo sie jetzt war. Die Arbeit musste sie einfach schaffen, damit sie daraus kam und ihr eigener Herr sein konnte und nicht irgendwelche Betreuer über sie zu bestimmen hatten. Vielleicht meinten die Betreuer es nur gut, aber sie schadeten ihr nur mehr damit, als sie vielleicht gewollt haben, weil sie einfach nur auf die psychische Schiene fixiert waren. Birgit fehlte Doro sehr und sie musste sich neue Freunde außerhalb des Heimes suchen, die sie auf der Arbeit fand. Manfred besuchte sie immer noch bei der Arbeit und sie ihn manchmal zu Hause. Sie ergänzten sich gegenseitig und hatten beide etwas davon. Irgendwann kannte Doro Manfred schon eine ganze Weile und er sagte ihr, dass er sie gern hatte und bot sich an, als neuen Vertrauten, der sie nicht im Heim verriet, und so musste er herhalten, als ihr bester Kumpel, mit dem man über alles reden kann. Auch hatte Doro Glück, das Frau Berger einen guten Tag hatte und sie auch am Wochenende zu Manfred ließ, der sich sehr darüber freute. Als Doro am Freitagnachmittag bei ihm ankam, stand er noch bis zu den Knien in einem riesigen Holzhaufen, den er am Vormittag gesägt hatte. Damit sie nicht frieren würden und zeigte ihr stolz seine blitzsaubere Bude, die er nur für sie sauber gemacht hatte, sowie er ihr zwei Päckchen Tabak gekauft hatte. Anschließend gingen sie mit Toni eine Runde um den Block und einkaufen für das Wochenende. Endlich hatten die beiden einmal Zeit, sich besser kennen zu lernen. Sie erzählten sich ihre Geschichten vom Leben, vor ihrer Zeit. Dadurch erfuhr Doro das Manfred geschieden, einsam und auch körperlich krank war, er hatte ein paar Kumpels und war nach einem schweren Unfall trotz Schlosserberuf arbeitslos, sowie er von seiner Familie nur noch die Mutter hatte, die schwerkrank in einem Altenheim lebte. Auch Doro war ehrlich und erzählte ihre Geschichte von der Endometriose und dem Heim, mit der Manfred anscheinend kein Problem hatte, wie ihr Chef zum Beispiel. Manfred und Doro entwickelten eine feste Freundschaft, die auf Gegenseitigkeit beruhte. Sie hatte sich bei der Arbeit gut gemausert und die Zeit verflog, sogar im Heim ging es endlich bergauf für sie, nur durch die guten Leistungen bei der Arbeit und den Gruppen, sowie beim Zimmerputz. Sie bekam ihr Einzelzimmer wieder, das war der Fortschritt nach fast drei Jahren Heim, ruck zuck war sie umgezogen und hatte fortan ruhe vor Tina. Es war eine Belohnung, die schöner nicht sein konnte, Frau Berger hatte beim Kursleiter angerufen und nur positive Rückmeldungen über sie erhalten, die Doro nach der Qual auch echt verdient hatte. Doro sagte auch nichts mehr über ihre Endometriose, eine Hormontherapie hielt alles einigermaßen im Rahmen des Erträglichen und die Schmerzen, die sie trotzdem hatte, ignorierte sie wieder. Dieses eine Mal würde sie sich nicht wieder alles kaputtmachen lassen, dieses Mal nicht!!! Sie war schon so weit gekommen, und würde alles dafür tun

um aus diesem Heim rauszukommen, wirklich alles. Ihr fester Wille war stärker als die Schmerzen und irgendwie klappte das auch. Doro spielte weiterhin die Marionette im Heim und bei der Arbeit verwirklichte sie sich selbst, dabei kam sie sich blöd vor, doch das Wohlwollen der Betreuer brauchte sie auf dem Weg nach draußen. Fast sechs Wochen vor Kursende kam der nächst Knick, der fast alle Träume von Doro zerstören sollte, die sich schon mit einem festen Job außerhalb des Heimes sah. Verhandlungen des Kursleiters mit ihrem Chef waren gescheitert und Doro sollte die letzten sechs Wochen noch anderswo Praktikum machen, weil der Chef sie nicht einstellen wollte. Rums, da war er, der nächste Stein der ihr im Weg lag, für Doro brach die Welt zusammen. Sie wusste, woran das lag, nicht an ihr, sondern am Heim, das der Chef nicht abkonnte. War jetzt alles umsonst gewesen??! Ein ganzes Jahr hatte sie sich für den Chef und was er wollte, aufgeopfert und alles sollte für die Katz gewesen sein?! Doro heulte sich erst mal bei Manfred aus, so nah am Ziel und kurz davor wieder gescheitert, das war zuviel für Doro. Sie ergab sich ihrem Schicksal und ließ die Dinge einfach laufen, ihr war jetzt alles egal. Der Kursleiter vermittelte sie einfach weiter und zog sie einfach dort ab, es missfiel dem Chef, der sie doch brauchte, seine billige Arbeitskraft. Doro wurde gefragt, warum es so ist und sie meinte nur: „Sie müssten am besten wissen warum das so ist Chef." Dann packte sie ihre Sachen und fuhr mit dem nächsten Bus zurück in das Heim. In ihrem Zimmer saß sie nun auf der Bettkante und weinte wieder, sie war traurig und beleidigt darüber, dass sie so fies ausgenutzt wurde und wusste nicht, wie es mit ihr weitergehen sollte.
Die Betreuer erfuhren es vor ihr durch den Kursleiter. Dieser war vom Chef angerufen worden was der Blödsinn sollte, ihm seine „Beste" Arbeitskraft wegzunehmen…?! Eine super Diskussion folgte und am Ende hatte er Doro doch übernommen.
Als Frau Berger plötzlich vor ihr stand, sah Doro nicht mal hoch, zu tief saß die Entäuschung darüber,

wieder an sich gescheitert zu sein, so kurz vor dem Ziel. Frau Berger sagte ihr, dass sie ab dem folgenden Tage wieder zur Arbeit sollte und Doro meinte noch: „Vergessen sie es." „Nein wirklich.", bestätigte Frau Berger und verließ das Zimmer. Doro sah ihr verwirrt nach, dass konnte sie nicht glauben. Am Nachmittag machte sie die Probe auf das Exempel und fuhr zur Arbeit, unter dem Vorwand, noch etwas einkaufen zu wollen, das musste sie genau wissen. Der Chef fing sie an der Kasse ab und schleppte sie in sein Büro. „Das mache ich bestimmt nicht wegen dem Typ vom Arbeitsamt oder bestimmt nicht wegen dem Heim, sondern weil ich keinen Bock habe, noch mal einen einzuarbeiten, wenn eine gute Kraft zur Verfügung steht. Sie sind gut genug, weiter so.", erklärte er ihr wichtig und klopfte Doro anerkennend auf die Schulter. Ja, Doro hatte es geschafft und jetzt wusste sie, dass es stimmt und freute sich darüber. Sie bedankte sich bei ihrem Chef für seine Güte und nahm ihre Einkäufe und rannte nach dem Bezahlen aus dem Supermarkt zu Manfred. Jetzt mussten sie Doro aus dem Heim raus in die WG lassen, das musste sie Manfred erzählen.

Elke 7

Etliche Zeit war vergangen und Elke hatte das sechste Kapitel beendet. Sie legte das Buch beiseite und sah sie die Lücke, die im Zimmer klaffte, an der einmal Doros Bett stand. Dann sah sie auf die Uhr. Doro war schon lange weg. Ob sie immer noch operiert wurde? Elke überlegte, ob sie nachfragen sollte, wie es Doro geht. Als sie gerade aufstehen wollte um zu fragen, da ging auch schon die Tür auf und Lars schob das Bett mit einer schlafenden Doro in das Zimmer. Anschließend begutachtete er noch ihre Wunden und regelte an dem Tropf rum, um danach den Blutdruck zu messen. Alle Ergebnisse hielt er auf einem Zettel, der orange war fest, um dann mit einem „Alles in Ordnung" das Zimmer zu verlassen. Elke war erleichtert, dass es ihr den Umständen entsprechend gut ging. Nun wendete sie sich wieder dem Buch zu, um mit wachen Ohren in Doros Richtung, weiterzulesen. Doro war noch ganz weggetreten von der Narkose und schlief, während Elke aufpasste. Nichts passierte während sie weiter las...

Kapitel 7 Versuchter Neubeginn – Endlich raus!

Es war vollbracht, eines Morgens kam Frau Berger in Doros Einzelzimmer und teilte ihr mit, dass sie im Laufe der Woche in die WG umziehen könnte, die zum Heim gehörte. Doro fehlten die Worte, so sehr freute sie sich darüber. Als Frau Berger längst gegangen war, wartete sie immer noch auf jemand, der kommen und sie wecken würde, wie ein Traum kam ihr das vor. Sie konnte es nicht glauben, dachte an die Zeit zurück, die sie im Heim verbracht hatte, waren es doch drei Jahre ihres Lebens gewesen, die sie verloren hatte. Sie dachte auch daran, warum sie in dem Heim gelandet war und was sie dort alles erleben musste. Und sie dachte an den Abschied, der ihr leicht fallen würde, außer das sie dort Freunde hatte. Die anderen Bewohner waren erst fremd gewesen und jetzt waren sie gute Freunde, die zusammenhielten wie Pech und Schwefel, ja der Abschied von ihnen würde ihr nicht so leicht fallen. Aber wegen ihnen da bleiben? Nein, das wollte sie dann doch nicht. Leider überwogen die schlechten Erfahrungen mit dem Heim, Doro machte ihren Freunden dort ein persönliches Abschiedsgeschenk und der Alki-Gruppe gab sie einen aus, hatte man doch schöne Stunden gemeinsam verbracht in der Not. Alkohol ins Heim zu bringen war echt gefährlich. Seit über einem Jahr kaufte sie mal nicht bei ihrem Chef ein, sondern bei Lidl. Dafür fuhr sie extra mit Manfreds Fahrrad in den Nachbarort und parkte auf dem Rückweg die Flaschen im Wald zwischen, die konnten die anderen sich dann abends holen, wenn die Betreuer aus dem Haus und die Nachtwache allein war. Gesagt getan, zu fünft brachen sie auf zu einem Abendspaziergang in den Wald, jeder hatte zwei leere Apfelschorle-Flaschen in den Jackentaschen. Im Wald mixten sie den Wodka mit dem Red Bull und füllten das Ergebnis in die leeren Flaschen, die sie ins Heim schmuggelten. Da feierten sie ausgelassen Doros Abschied auf Zimmerlautstärke, damit keiner was merkte. Tags darauf bekamen die Betreuer einen Fresskorb zum Geschenk und Doro ging noch einmal in die AT zum Abschied für Benni. Sie hatte extra auf der Arbeit frei bekommen für den Umzug, der am Nachmittag stattfinden sollte. Doro stand nun vor ihrem leeren Einzelzimmer mit ihren zwei Kisten, mit ihren Habseligkeiten darin und war bereit zum Umzug. Als der Hausmeister kam, um mit ihr zusammen die Kisten in den Heimbus zu stopfen, konnte sie es endlich glauben. Sie erinnerten sich gemeinsam an das letzte Heimsommerfest, bei dem Doro schick mit gelber Bluse und schwarzem Rock die Bedienung gespielt hatte, und das nur wegen einer dummen Wette. Keiner hatte es ihr zugetraut und sie gewann die Wette. Von Benni und dem Zivi waren die Hilfskräfte unter den Bewohnern bestimmt worden, Doro wollte bedienen und durfte nicht. Die anderen lachten sie aus, weil sie der Meinung waren, sie könnte es nicht. Da hatten sie aber die Rechnung ohne sie gemacht: „Wetten das doch?!", sagte Doro bestimmt und forderte Einsätze. Alle wollten sie es sehen, Doro als Kellnerin, die Einsätze stiegen. Einen großen Pott voll, den Doro bekam, wenn sie gewann, sogar der Zivi packte da 5 DM rein und der Hausmeister würde eine Kiste mit Getränken aus dem Automaten opfern; das waren zwölf Flaschen á 0,5 l á 1 DM. Von den Bewohnern wurden Chipstüten, Duschgel, Tabak usw. beigesteuert. Doro sollte, wenn sie verlor, die Dinge zurückgeben und dem ganzen Heim mit Koch, Hausmeister und Zivi sowie der Putzfrau, Getränke aus dem Automaten ausgeben. Es würde Doro das Heimtaschengeld von einer Woche mit Arbeitserhöhung kosten, im Heim waren schon 47 Personen. Sie willigte ein: „Top die Wette gilt!" Doro hatte diese Wette angenommen. Am Tag des Sommerfestes machte sich Doro extra schick und stand pünktlich um 14 Uhr zu Beginn des Getränkeverkaufs vor dem Hausmeister. „Au Weia.", war sein erstaunter Ausruf, als er ihr den großen Kellnergeldbeutel und die Schürze gab. Die hatte der Zivi extra für Doro ausgeliehen und auch die anderen

Bewohner schauten, weil keiner daran auch nur gedacht hätte, dass sie es wirklich tun würde. Freiwillig arbeiten an so einem Tag, alle feierten und Doro arbeitete, das konnten sie einfach nicht glauben. Doro war am Ende des Festes total müde und kaputt und hatte die Wette haushoch gewonnen. Sie gaben ihr den Pott mit einem riesen Lob. Darüber amüsierten sie sich jetzt, der Hausmeister und Doro auf dem Heimhof, in ihren letzten Minuten im Heim, vor dem Umzug in die WG. Anschließend stiegen sie in den Bus, um in den Nachbarort zu fahren, in dem die WG und Doros Supermarkt, in dem sie arbeitete, waren. Sie winkte noch aus dem Fenster: „Tschüß Heim!" Im Rückspiegel wurde das Heim immer kleiner und verschwand, schön war es, wegzufahren und nicht wiederzukommen; nur zu Besuch vielleicht. Gute drei Stunden später war auch der Heimbus verschwunden und sie stand wieder vor ihren Kisten, die nun leer waren. Die Sachen waren eingeräumt in ihrem neuen Zimmer und es fehlte nur noch sie, da mittendrin stand sie und überlegte, ob nun alles Traum oder Wirklichkeit war. Es war eine tonnenschwere Last von ihr abgefallen und sie begann sich wohl zu fühlen. Doro dekorierte das Fenster mit kleinen Bildchen und dachte zurück, wie sie im Heim das auch mal gemacht hatte, mit der großen Balkontür. Das hatte sie mal gemacht, anstatt ihr Zimmer zu putzen. Den Betreuern gefiel das. Leider hielt es nicht lange an, da die Fensterbildchen verschwanden, auf nimmer wieder sehen. Im Heim hatte wohl keiner Bock, neue zu basteln und die Betreuer waren wohl zu faul dazu und es gab nie wieder neue. Fernab vom Heim wollte Doro es gemütlich haben, da ein Stück dunkle Vergangenheit hinter ihr lag. In der WG-Küche brutzelte schon das Abendessen, als Doro sich stylte. Als sie nach dem Essen wegging, war da keiner der fragte, wohin sie wollte. Sie verbrachte den Abend bei Manfred, vergaß die Zeit und wunderte sich, dass keiner sie holte. Keiner meckerte, als sie viel zu spät in der WG eintrudelte. Im Heim hätte das Ärger gegeben und die anderen erzählten, das sie bis 23

Uhr und länger fortblieben und noch nie Ärger bekommen haben. Im Bett grübelte sie noch, zu tief saß das Heim in ihren Gliedern. Erschöpft schlief sie ein. Am nächsten Morgen hatte sie einen lebenden Wecker, sie hätte noch schlafen können, aber einen gedeckten Frühstückstisch wollte sie sich nicht entgehen lassen. Im Heim hatte sie nicht Frühstücken gekonnt, da ihr sonst der Bus davongefahren wäre, hier in der WG war die Arbeit nur fünf Minuten bergab entfernt. Es war schon von Vorteil, selbst wenn sie verschlief kam sie noch pünktlich zur Arbeit. Das war was, dass ihr Chef auch schamlos ausnutzte, er gönnte ihr es nicht, dass sie sich wohl fühlte. Er sagte ihr, dass er es ermöglicht hatte und betrachtete sie weiterhin als seine Leibeigene. Zuvor war sie eine Sklavin des Heimes gewesen und nun war sie die seine, gegen Geld und WG. So tanzte sie in Wechselschicht nach seiner Pfeife und nach Feierabend begann sie wieder sie selbst zu sein. Sie genoss es, das Heim verlassen zu haben. In der WG gab es auch Zimmerputz und Betreuergespräche, das war Pflicht. Aber in ihrer Freizeit machte sie was sie wollte und wenn sie von Mittags bis Abends bei Manfred saß oder schwarz für ihren Chef Dinge erledigte. Der Chef liebte das Telefonspiel, rief bei ihr an und sie sprang. So auch eines Abends, als die Putzfrau krank war und ein Auto seine Fenster mit Schneematsch voll gespritzt hatte. Keiner konnte mehr die Sonderangebote lesen. Deswegen musste sie extra kommen, die Scheiben putzen. Sowie, als der Sturm die Fahnen zerfetzt hatte und Doro nach Feierabend die runterholen und gegen neue austauschen musste, die mit der Lieferung am Nachmittag gekommen waren. Anschließend versteckte sich Doro bei Manfred und war nicht mehr erreichbar. Die Freundschaft wurde zu einer festen Beziehung, als Manfred ihr seine Liebe gestand und auch für sie war er mehr als nur ein guter Kumpel. In der WG punktete Doro dadurch, dass sie auch für die anderen mitkochte. Am besten schmeckte es allen, wenn sie Pasta machte. Da blieb nichts übrig und Doro musste sich immer wieder etwas Neues einfallen lassen. Eine Gegenleistung war Geld zum Einkaufen oder einer putzte die Küche oder man einigte sich anders. So gab es keinen Streit unter ihnen. Wenn Manfred kam, brachte er immer eine Tüte voll Zutaten mit, die Doro dann kochte und er musste nichts bezahlen. Auch schlief Doro des Öfteren bei Manfred und Toni lag dann schmollend in der Ecke, bis Doro ihn mit Leckerli tröstete und seine Welt wieder in Ordnung war. Die Arbeit ging weiter und sie musste weiterhin parieren, wenn der Chef sie mit den unmöglichsten Aufgaben beschäftigte. So vertraute er ihr die gesamten Tageseinnahmen an, die in Bomben verpackt zur Bank mussten. Manchmal waren es 20 000 DM und mehr, Doro starb fast vor Angst, wenn sie mit soviel Geld im Rucksack durch die Stadt musste. Oft holte sie Toni, damit sie sich sicher fühlte und Manfred musste nicht mit ihm Gassi gehen abends, da Doro es erledigte. Der Winter wurde sehr kalt und Doro musste des Öfteren um sechs Uhr den Schnee vom Parkplatz kehren für die Kunden. War sie fertig, kamen auch die anderen zur Arbeit, der Chef lobte sie und der normale Arbeitstag startete. Manfred kam immer noch zu ihr, während der Arbeit und leistete ihr Gesellschaft, als sie in der Kälte auf die Rampe musste um aufzuräumen. Nach über einer Stunde war sie fertig und die Rampe super sauber, da Manfred sie unterhielt während sie arbeitete. Er ging nach Hause und Doro rein, lief dem Chef in die Arme, der auch sofort hinten kontrollierte, auf der Rampe. „Donnerwetter Feldmann!" Doro war Manfred in Gedanken dankbar, dass er ihr da in der Kälte beigestanden hatte, sonst wäre sie noch lange nicht fertig, wie vom Chef beabsichtigt. Der erwartete absoluten Perfektionismus von ihr, der schnell gehen musste, damit sie möglichst viel an einem Tag schaffte. Sie brauchte sich nicht zu sorgen, dass ihr die Arbeit ausgehen würde, ihm fiel immer etwas Neues ein, um sie zu beschäftigen. Einmal sagte Doro zu ihrem Chef, dass sie nicht fliegen konnte und er meinte nur, dass man es lernen kann, schnell und genau zu sein." Nach Feierabend holte Manfred sie immer ab und man ging in die Stadt, in die WG oder zu ihm nach Hause und verbrachte den Nachmittag gemeinsam. Auch wenn Doro wegen ihrer Endometriose nach der Arbeit im Bett lag vor Schmerzen, leistete Manfred ihr Gesellschaft oder einer aus der WG. Deswegen war ihre Zimmertür immer offen für alle, war die einmal zu, das war nicht oft der Fall, dann hatte Doro Besuch, wollte allein sein oder ein Betreuergespräch.

Eines Tages besuchte Manfred sie nicht auf der Arbeit und meldete sich den Rest des Tages auch nicht bei ihr, was ungewöhnlich war, meistens fragte er immer, ob sie vorbeikommt oder holte sie ab, seit sie zusammen waren. Irgendwie machte Doro sich Sorgen und rief auf seinem Handy an, er nahm nicht mal ab, was sie veranlasste anzunehmen, das etwas hier nicht stimmte. Nach dem Betreuergespräch würde sie nachsehen was passiert war. Als es an der Zeit war setzte sie es in die Tat um, kaum das der Betreuer zur Tür raus war. Hoffentlich war ihm nichts passiert. Mit einem miesen Gefühl in der Magengegend lief sie durch die Stadt zu seiner Wohnung. Sie erschrak, als auf halbem Wege ihr Toni allein entgegenkam und sie schwanzwedelnd begrüßte. Da nahm sie die Schnur, ihre Ersatzleine aus der Jackentasche und nahm den Hund mit zurück. Als sie bei ihm ankam sah sie, dass alle Türen offen standen, was nicht normal war, da Manfred mit Holz heizte und ging rein. „Manfred?!" Sie flitzte die Treppen rauf und fand ihn im Dunkeln sitzend vor, er war nur mit Jogginghose und Unterhemd bekleidet. Außerdem war Manfred stockbesoffen und die Wohnung war saukalt. Sie fragte nach dem rechten und er bot ihr nur eine Tasse voll Schnaps an und lallte etwas von wegen, dass es schön wäre, das sie da sei. Da schloss sie die Türen, zog ihm einem Pulli über und schmiss den Ofen an, sowie sie den Hund versorgte, der nichts mehr zu fressen hatte und eine eingefrorene Wasserschüssel. Es dauerte eine ganze Weile, bis der Ofen warm wurde, dann erst setzte sie sich zu Manfred auf das Sofa, um herauszubekommen was los war; so kannte sie ihn nicht. Manfred bedankte sich, weil Doro den Hund geholt hatte, der abgehauen war und den Ofen angemacht hatte. Er hatte das nicht hinbekommen, weil er total fertig war, er hatte einen Anruf bekommen, dass seine Mutter plötzlich verstorben sei. Da er seine Mutter über alles liebte, war er so geschockt gewesen, dass er sich besaufen musste, um mit dem Kummer klarzukommen, und war froh darüber, dass sie da war zum Trösten. Seine Mutter hätte gewollt, dass er endlich eine Frau fand, die sich um ihn kümmerte und meinte das Doro zur Familie gehörte und auch trauern sollte. Selbstverständlich tat Manfred ihr leid, da sie ihn liebte und er gab ihr eine Tasse Schnaps auf das Wohl seiner Mutter, die jetzt von ihrem Leiden erlöst war. Weil Doro sonst nie soff und Manfred in seinem Suff immer mehr nachschenkte, war sie nach kurzer Zeit genauso besoffen wie er. Beide schwankten durch die Stadt, um ihren Wecker zu holen und mit dem Hund noch mal Gassi zu gehen, Doro musste am nächsten Tag zur Frühschicht bei der Arbeit. Sie schlief bei Manfred, mit ihm zusammen in seinem großen Bett, in dem sie schon des Öfteren mit Schmerzen gelegen hatte, als sie bei ihm war. Aus dem Suff heraus vergaßen beide, dass seine Mutter gestorben war und sie schliefen, sich zärtlich liebend miteinander.

Manfred war rücksichtsvoll und zärtlich, sowie sehr vorsichtig, da sie ihm mal gesagt hatte, dass sie beim Beischlaf auch Schmerzen hätte, wegen ihrer Endometriose. Doro genoss es sehr, weil es nicht das hau ruck rein raus war, das sie von ihren vorigen Freunden erfahren hatte und das es so zärtlich sein konnte, hatte sie nicht gewusst, da sie wegen der Endometriose dabei immer Schmerzen gehabt hatte. Vielleicht spürte sie die Schmerzen auch nicht, weil sie so furchtbar besoffen war, Doro weiß es nicht mehr und an Verhütung dachten sie auch nicht im Suff und sie nahm ja eh die Pille.

Am Morgen danach war Doro total müde, quälte sich zur Arbeit und machte diese, als sei nichts gewesen, um anschließend ins eigene Bett zu fallen und den Restrausch auszuschlafen. Abends stand Manfred vor der Tür mit einer Rose in der Hand, die für Doro bestimmt war, er wollte sich für den gestrigen Beistand bedanken. In dieser Nacht schlief er bei ihr und sie schliefen nicht miteinander, da Doro Unterleibsschmerzen hatte. Am Wochenende ging Doro nicht mit zur Beerdigung, weil er allein seiner Mutter das letzte Geleit geben wollte, zum Abschied nehmen. Froh war Doro darüber, Beerdigungen waren nicht ihr Fall, die waren immer so furchtbar traurig. Das hatte sie schon bei der Oma väterlicherseits erleben müssen. Außerdem hatte sie sich durch ihre Krebserkrankung mit dem Tod mehr beschäftigen müssen, als ihr lieb war. Auch Traudel war gestorben, Doro hatte es nur erfahren, weil sie angerufen und dabei ihren Todestag erwischt hatte, vor knapp dreieinhalb Jahren war das gewesen, kurz bevor sie in dem Heim landete. Da saß Doro auf der Straße, wegen Corinna und Tobias.

Daran mochte sie jetzt gar nicht denken und räumte ihr Zimmer auf, weil sie nicht wusste, was sie tun sollte. Anschließend putzte sie die WG-Küche, hier hatte sie mit ihren Eltern Pasta gegessen, kurz nach ihrem Umzug in die WG, da waren sie zu Besuch gewesen, um zu sehen wie Doro jetzt lebte. Nur Manfred hatte sie nicht vorstellen können, da er nicht zu Hause war. Nun war es schon Dezember geworden, mit der Arbeit und Manfred war die Zeit verflogen, der Chef hatte sie zur Betriebsweihnachtsfeier eingeladen und Doro wollte das Fest bei ihren Eltern verbringen. Leider wurde nichts daraus, weil der Chef sie für den Feiertagsdienst eingeteilt hatte, da musste sie eben mit Manfred und den anderen aus der WG feiern.

Nach Weihnachten bekam Doro starke Blutungen, die sie veranlassten, zum Frauenarzt zu gehen. Dort bekam sie fast einen Herzinfarkt, weil die Ärztin (Birgits Ärztin) ihr mitteilte, dass sie „Schwanger!" war und das schon in der 14 (!) Woche. Eine eventuelle Abtreibung wäre hier schon unmöglich gewesen. Außerdem war Doro dabei das Kind zu verlieren, da ihr Muttermund zu kurz und schon geöffnet war, höchstwahrscheinlich durch ihre Krebs-OP daran. Ihre einzige Chance, wenn sie das Kind behalten wollte, sie musste in die Klinik gehen und sich den Muttermund zunähen lassen. Ob das klappte, lag in der Entscheidung der Natur. Doro hatte schweigend zugehört und in ihrem Kopf hämmerten die Gedanken, eine Katastrophe! Es konnte doch nicht sein? Sie nahm doch die Pille.

Elke 8

In dem Moment, als Elke aus dem Bad kam
und auf den Flur wollte, erwachte Doro. Elke
ging zu ihr ans Bett, vielleicht wollte Doro
etwas. „Na, endlich auferstanden von den
Toten? Kann ich irgendwas für dich tun?",
scherzte Elke, die froh war, das Doro wieder
unter den Lebenden weilte. „Nö, wie spät ist
es? War ich lange weg?", wollte Doro wissen,
die Elke aus müden Augen ansah. „Es ist jetzt
kurz vor 16 Uhr, du hast das Mittagessen
verpasst und Lars, der schon zweimal nach dir
geschaut hat, aber du hast tief und fest
gepennt.", berichtete Elke. Sie sah Doro
besorgt an. Doro versuchte sich aufzusetzen,
was ihr nicht richtig gelang. „Schmerzen?",
wollte Elke jetzt wissen und Doro winkte ab.
„Was einen nicht umbringt macht einen nur
härter.", grinste Doro und Elke brachte ihren
Morgenrock weg, um sich wieder ins Bett zu
legen. Jetzt war es besser, wenn sie bei Doro
blieb. „Doro möchtest du über das Buch reden
oder bist du noch zu müde?", fragte Elke, die
sich das Manuskript auf die Knie legte. „Warum
nicht, das lenkt ab. Was möchtest du wissen?",
meinte Doro, die sichtlich unter Schmerzen litt.
„Also, die Sache mit dem Heim, war es wirklich
so oder hast du geflunkert?", begann Elke und
Doro wurde schlagartig munter. „So etwas
kann man sich nicht ausdenken, das muss man
erlebt haben, sonst kann man nicht wissen,
was in so einem Heim abgeht!" Doro war
wieder voll mit den Gedanken bei der Sache
und begann zu erzählen, über das Heim, seine
Betreuer und seine Bewohner, da sie nicht
wusste, dass Elke dieses Kapitel schon gelesen
hatte. Elke hörte zu, weil ihr gefiel, wie Doro
aus dem Nähkästchen plauderte. „Elke kannst

du mal fragen, ob ich was zu trinken bekomme?", fragte Doro, die vom Erzählen Durst bekommen hatte. Da zog Elke los in Richtung Stationszimmer und kehrte mit Lars im Gefolge zurück, der nach Doro sehen wollte. „Wozu haben wir eine Klingel Frau Feldmann?", lächelte Lars Doro an. „Ich soll eh laufen hat der Arzt gesagt.", nahm Elke sie in Schutz, aber Lars hatte es nicht bös gemeint. Er wollte Doro nur ermuntern zu Klingeln, wenn etwas ist. Er hatte gehört, dass Doro immer meinte, sie stört, wenn sie klingelte. „Mein Gott, nun streitet euch nicht weil ich Durst habe.", rief Doro dazwischen, die nur die Hälfte mitbekommen hatte. Lars hielt ihr ein Zitronenstäbchen vor die Nase. „Damit wäre das Problem vorerst gelöst und nachher komme ich wieder zum Aufstehen.", meinte er und ging wieder raus. „Ich habe es gern getan und wenn Lars damit ein Problem hat, kann ich nichts dafür.", stellte Elke fest, als wüsste sie, was Doro dachte. Doro war müde und schlief auch schon wieder ein. Nun nahm sich Elke das Buch mit nach draußen, dort wollte sie weiterlesen, weil im Klinikgarten die Sonne schien. Zu Haus hätte sie auch im Garten gesessen um zu lesen. Draußen angekommen, setzte sie sich auf eine Bank und begann zu lesen, sie musste einfach wissen, wie es mit Doros Schwangerschaft weiterging und ob es weiterging...

Kapitel 8 Eltern werden ist nicht schwer, Eltern sein dagegen sehr!

Nein, das darf doch nicht wahr sein?! So eine Katastrophe, und das jetzt! Doro wusste nicht mehr weiter und lief ziellos durch die Stadt, ohne zu wissen, wohin sie sollte. Sie lief einfach drauflos, ohne auch nur daran zu denken, dass sie eigentlich nach Hause wollte und fand sich plötzlich in einem unbekannten Stadtteil wieder. Allein und verzweifelt. Schwanger, so eine Verantwortung, dachte sie, gerade jetzt, wo sie wieder einen normalen Weg zurück ins Leben gefunden hatte, nach drei Jahren Heim. Wie sollte sie das bewerkstelligen? Das Geld, welches sie verdiente, reichte gerade für sie zum Leben und nicht für eine Familie! Ratlos irrte sie durch die Stadt, während die Gedanken durch ihren Kopf jagten. Was sollte sie tun? Wenn sie das Kind verlor, was für sie besser wäre, würde sie wahrscheinlich nie welche haben. Da fiel ihr der Arzt ein, der nach ihrer Krebsoperation mit ihr sprach, schwanger werden, davon hatte er abgeraten, weil ihr am Muttermund ein Stück fehlte und genau das war jetzt ihr Problem. Sollte sie die Schwangerschaft kaputtgehen lassen oder würde sie wenigstens versuchen das Kind zu bekommen? Sie überlegte hin und her. Was sollte sie tun? Was war hier richtig?! Nun fiel ihr Manfred ein, der ja der Vater des werdenden Kindes war. Wie würde er reagieren auf diese Verantwortung, die plötzlich an beiden hing? Irgendwie fand sie in die WG zurück. Was würden die Betreuer sagen; das gab doch nur wieder Ärger. Doro stand am Fenster ihres Zimmers und sah raus, während ihre Gedanken sie voll in Anspruch nahmen. Bloß raus hier, so soll mich jetzt keiner sehen. Daraufhin sah sie sich in der WG um, sie war allein und räumte ihre Handtasche aus und kramte die Papiere hervor, welche die Ärztin ihr gegeben hatte. Es waren eine Krankenhauseinweisung, ein Ultraschallbild und ein Mutterpass. Sie nahm das Ultraschallbild und sah es sich genau an, nachdem sie ihre Tür abgeschlossen hatte, damit sie keiner mit dem verräterischen Material erwischte. So konnte sie da nicht bleiben, nicht das die Betreuer auf den Bolzen kamen, dass sie abtreiben sollte. Auch wenn sie auf dem Bild nicht viel erkannte, so war es ein kleines unschuldiges Wesen, auf dem Weg ins Leben, dessen Herz schon schlug, Doro begann zu weinen.

Nein, eine Mörderin war sie nicht, das Kind konnte nichts für ihre Probleme und Manfred sollte zu seiner Verantwortung stehen und ihr helfen! Jetzt wurden sie unfreiwillig eine Familie. Die Natur hatte für Doro entschieden, warum sie wollte, dass Doro schwanger wurde, weiß Doro nicht, aber sie würde zu ihrer Verantwortung stehen mit allen Konsequenzen!!! Während sie das beschloss, versteckte sie Mutterpass und Einweisung unter dem Teppich. Nur das Ultraschallbild steckte sie in die Innentasche ihrer Jacke. Gott sei dank hatte sie zwei Wochen frei bei der Arbeit, weil sie über Weihnachten gearbeitet hatte. Dann schloss sie die Tür auf und schlich sich aus der WG, um sich auf den Weg zu Manfred zu machen, der bis jetzt noch nichts von seinem Glück wusste. Er freute sich, dass sie kam und fragte sie, ob sie Hilfe bräuchte, da sie so aussah. Doro legte das Ultraschallbild vor ihn auf dem Tisch. Er nahm es hoch um es anzusehen. Dann traf ihn der Schlag der Erkenntnis und er sprang auf, um die überraschte Doro zu umarmen, die nicht wusste wie ihr geschah. „Ist das wahr?!", fragte er und Doro nickte. Sie brachte kein Wort heraus, Manfred weinte vor freute. Damit hätte Doro nicht gerechnet, dass er sich darüber freuen würde und erklärte ihm, warum er sich nicht zu früh freuen sollte, da es nur ein Versuch war, zu retten, was zu retten war. Trotzdem stand für Manfred fest, dass sie das Kind bekommen sollte und er meinte, dass er sich etwas einfallen lassen würde, das sie aus der WG zu ihm kam. Ins Krankenhaus konnte sie ja, weil sie frei hatte. Mit ihrem Chef käme er klar. Mist, da musste sie auch noch beichten und Manfred kam zum seelischen Beistand mit. Sie erledigten es gleich, damit es Doro nicht weiter belasten würde. Ihr Chef reagierte ruhig und meinte, dass es Mist wäre und sie sollte solange sie konnte weitermachen. Doro wäre die zweite Schwangere in der Firma. Auch das Krankenhaus nahm er ihr nicht übel, da sie versprach danach wiederzukommen. Damit waren sie entlassen und Doro erleichtert. Anschließend gingen sie in die WG, um Doros Sachen für die Klinik zu packen, in die Doro am folgenden Tag sollte. Den Betreuern logen sie etwas von einem Urlaub bei Manfred vor, da sie auf der Arbeit frei hatte. Es wurde geglaubt und der Chef hatte Manfred in einem Männergespräch versprochen, nichts zu sagen, weil er keinen Ärger mit dem Heim wollte und was der Chef sagte, das tat er auch. Doro ging in die Klinik, um zu retten, was zu retten war von der Schwangerschaft und Manfred stand hinter ihr. In der Klinik wurde sie gründlich untersucht und festgestellt, dass da noch was zu machen war, sowie ihr in einem Gespräch klargemacht wurde, dass es nicht leicht sein würde. Wenigstens versuchen wollte Doro es und legte diese Entscheidung in die Hände der Natur. In einer Operation wurde ihr zu kurzer Muttermund einfach zugenäht um die Schwangerschaft zu erhalten und alles lief nach Plan. Doro war erleichtert. Nur liegen musste sie, soviel sie konnte, schärften ihr die Ärzte ein. Silvester stieß sie mit Mitpatientinnen, die gleiche Probleme wie Doro hatten, auf ein gesundes Kind und ein glückliches Jahr an, in der Klinik. Manfred feierte seine Vaterschaft mit seinen Kumpels, denen er in der Kneipe einen ausgab. Am vierten Tag nach der Operation, wurde Doro erneut untersucht und festgestellt, dass die Schwangerschaft alles gesund überstanden hätte und alles in Ordnung war. Sie bekam sogar ein neues Ultraschallbild geschenkt und man wünschte ihr alles Gute, als sie nach Hause durfte. Doro zog in den darauffolgenden Tagen zu Manfred, trotz einiger Bedenken seitens der Betreuer, die endlich ausgedient hatten und sie war froh darüber, die los zu sein. Doro ging auch wieder zur Arbeit, damit sie nicht durch Fehlen auffiel. Der Chef ließ sie in Ruhe die Dinge machen, Hauptsache war, sie machte es ordentlich. Wenn Doro schlecht war, saß sie im Lager, bis es ihr besser ging und sie weitermachte konnte. Manfred hatte inzwischen eine Wohnung organisiert und drei Wochen nach ihrer Stippvisite im Krankenhaus zogen sie um in die neue Wohnung. Mit einem Kumpel von Manfred der dabei half. Nach und nach richteten sie sich ein. Doro war jetzt Ende des vierten Monats und es ging ihr gut. Eine Bekannte von Manfred gönnte den Beiden ihr Glück nicht und verpfiff Doro kurzerhand bei ihren Eltern, denen sie extra noch nichts gesagt hatte, solange nicht sicher war, dass sie das Kind auch bekam. Ihre Mutter rief bei Doro an, sie bekam eine Standpauke über den Lauf der Dinge und das ihre Mutter es am liebsten von ihr erfahren hätte. Sie klärte das mit ihrer Mutter, die sich dann doch auf das Enkelchen freute. Die Ärztin zog Doro aus dem Verkehr, zur Arbeit durfte Doro nicht mehr und lag im Bett, wie ihr gesagt wurde.

Auch der Hund lag ständig neben Doros Bett und schob Wache, das ihr nichts passierte. Manfred leistete ihr ebenfalls Gesellschaft, in dem er den Computer, den er von einem Kumpel geliehen hatte, ins Schlafzimmer baute, um dann dort seine Spiele zu spielen. Doro las oder unterhielt sich mit Manfred, sowie sie mit dem Hund Gassi ging. Die Hausarbeit wurde aufgeteilt, nachdem Doro Ärger mit der Ärztin bekam, dass sie zuviel machte. Die meiste Zeit musste sie im Bett liegend verbringen. Oft kam ein Kumpel von Manfred mit dem Auto vorbei und fuhr gegen Spritgeld zum Einkaufen oder spielte mit ihnen Karten. Romme, Mau-Mau und Mensch ärger dich nicht. Doro lag im Bett und bastelte Dinge wie Fensterbilder und Schmuck aus Perlen oder zeichnete Bilder, um sich zu beschäftigen. Lag dann zuviel davon rum, musste Manfred das dann verkaufen auf dem nächsten Flohmarkt. Das verdiente Geld wurde dann in neue Materialien umgesetzt oder dringend benötigte Dinge wurden angeschafft. Sie bekamen auch des Öfteren Geld von der

Schwangerenberatung, bei der Doro zu beginn der Schwangerschaft gewesen war. Irgendwie kamen sie über die Runden, da Doro ihren Arbeitslohn weiterhin bekam, obwohl sie nicht mehr arbeiten durfte. „Risikoschwangerschaft" nannte die Ärztin das und schrieb Doro krank, damit die nicht auf die Idee kam zu arbeiten und sich zu übernehmen. Die Schwangerschaft verlief einigermaßen normal und Doro ging es gut, bis auf das sie immer schwerfälliger wurde. Mit dem Bauch wuchsen auch ihre Gefühle für das Kind, um dessen Wohlergehen sie sich sorgte. Manfred lästerte, wenn sie noch dicker wurde, wollte er sie zum Einkaufen rollen. Es amüsierte ihn schon, wie sich alles veränderte. Auch lag er stundenlang bei Doro im Bett, mit der Hand auf ihrem Bauch, damit er fühlen konnte, wie das Kind sich regte. Ihr Bauch war nun nicht mehr zu übersehen und Doro passte in ihre Klamotten nicht mehr rein. Manfred freute es, wenn das Kind nach ihm boxte. Einmal hat der Hund gegen die Tür gepullert, weil Manfred in seinem Eifer nur auf Doro geachtet hatte und vergaß, mit ihm herauszugehen. Es tat Doro leid und sie putzte das auf und schimpfte mit Manfred, weil er nicht daran gedacht hatte. Vielleicht wollte der Hund auch nur Aufmerksamkeit haben, ansonsten lief alles gut und sie waren zufrieden. Auch ihren Geburtstag feierte Doro mit Manfred und seinem Kumpel, sie aßen gemeinsam und spielten bis in die Nacht Karten. Doro war schon im siebten Monat, als ihre Eltern sie und Manfred besuchten. Doros Oma hatte mit ihrer Mutter zusammengelegt und brachte fast eine komplette Babyausstattung mit, über die sich Doro freute. Kleidung bekam sie auch, in die sie mit Bauch reinpasste, das alles hatte die Mutter für sie gekauft. Die Familie aß zusammen und anschließend gingen sie mit den Hunden spazieren. Der Hund von ihren Eltern verstand sich mit Toni gut und sie machten einen Ausflug mit Wanderung, die Doro gut gefiel. Anschließend gingen sie gemeinsam essen und besuchten Doros Eltern auf dem Campingplatz am Wohnwagen, um nochmals mit den Hunden zu laufen.

Ein paar Tage danach ging Doro es nicht gut und Manfred schaffte sie zu ihrer Ärztin, die Doro sofort in die Klinik schickte, da sie vorzeitige Wehen festgestellt hatte. Manfreds Kumpel fuhr sie hin und Doro musste gleich da bleiben, weil eine Frühgeburt drohte.

Doro bekam einen Anti-Wehen Tropf und strenge Bettruhe verordnet, nicht mal auf das Klo durfte sie. Sie lag also in diesem Krankenhausbett und stand mitten auf dem Flur. Sie musste warten, bis sie in ihr Zimmer gebracht wurde. Manfred saß etwas hilflos am Fußende und wusste nicht, wie ihm geschah.

Dann brachten sie Doro in den Kreißsaal und er trottete wie ein geprügelter Hund hinterher, da sein Kumpel in die Stadt auf Kuchen und Kaffee gegangen war, was dauern konnte bis der wiederkam. Deshalb hing er mit Doro im Krankenhaus rum, die Angst hatte. Inzwischen hatten sie Doro an den Herztonwehenschreiber angeschlossen und der Herzschlag des Kindes tönte durch den Raum. Manfred war begeistert, dass man es hören konnte. Doro beunruhigte das, dass das Teil gleichmäßige Wehen schrieb und es zu früh war. Doro bekam die Horror Bilder von kleinsten Babys im Brutkasten, die ohne Geräte nicht lebensfähig waren, in den Kopf, die sie in einer Zeitung bei ihrer Frauenärztin gesehen hatte. Manfred streichelte ihre Schulter, da sie kalkweiß im Gesicht war und er nicht wusste, was sie hatte. Eine Hebamme flitzte hin und her, sah auf den Zettel, der aus dem Gerät neben Doro kam und verschwand, dann war plötzlich auch ein Arzt da, der an Doros Tropf rumregelte, bis er zufrieden nickte und ging. Sie sah erneut auf diesen Papierstreifen, der aus dem Gerät kam. Doro lag auf der Seite und konnte gut die Geschehnisse um sich herum verfolgen. Manfred hielt es nicht mehr aus an Doros Seite, die sich im Wehenschmerz quälte und ging raus auf eine Zigarette. Nach einer viertel Stunde ging es Doro endlich besser, die Wehen ebbten ab und ihr fielen Steine vom Herzen. Ihre Angst ließ nach. In Gedanken beschwor Doro das Kind, sich Zeit zu lassen und hielt die Hände auf dem dicken Bauch verkrampft, als wolle sie ihn festhalten. Die Hebamme ahnte was sie dachte und erklärte, dass jeder Tag, den das Kind länger im Mutterleib verbrachte, von Vorteil wäre, damit es zunehmen könnte. Es war nämlich zu leicht, obwohl es schon ausgewachsen wäre. Nun zog sie Doro ein Engelshemd an, damit sie nicht fror, weil sie so schwitzte. Das hatte Doro in ihrer Angst gar nicht bemerkt. Nach einem Blick auf Doros Bauch scherzte sie, dass bei so einem großen Bauch oft zwei drin wären, oder eines, was den Po nach oben streckt. Hauptsache dem Kind ging es gut, meinte die Hebamme noch, die vom Arzt wieder abgelöst wurde. Der begutachtete den Papierstreifen erneut, tastete Doros Bauch ab und untersuchte sie im Bett. Als er fertig war, sah er Doro zufrieden mit sich selbst an. „Das wäre geschafft. Die Notbremse sitzt, und sie bleiben noch bei uns!", meinte er und Doro sah Manfred erleichtert an, der sich darüber freute wie ein kleines Kind, dem man Schokolade geschenkt hatte. Er wusste, dass Doro nicht ganz acht Monate schwanger war und verstand ihre Angst, die er berechtigt fand; stand doch noch zuviel auf dem Spiel. Immer noch am Tropf hängend wurde Doro mit dem Bett in ein Zimmer geschafft, in dem sie die nächsten Wochen liegend verbringen sollte. Irgendwie bekam Doro Hunger, doch die Hebamme meinte, dass es nicht gut wäre zu essen, falls das Kind doch noch kommen wollte, damit ihr nicht schlecht würde. Manfreds Kumpel nahm ihn mit, um Doro Sachen zu holen. Außerdem konnte er frische Luft ganz gut gebrauchen nach all der Aufregung.

Erst war Doro allein im Zimmer und langweilte sich. Da sah sie raus auf den Klinikhof, was dort so abging, sah den Hubschrauber starten und Krankenwagen kommen und gehen. Plötzlich piepte es hinter ihr ganz laut, so dass sie aus ihren Gedanken gerissen wurde. Eine Schwester kam gleich angeflitzt, um an ihrem Tropf eine Flasche auszuwechseln. Doro sah zu. Danach fiel sie in den erleichterten Schlaf der Erschöpfung, weil alles sie so angestrengt hatte. Ihre

Nerven lagen blank, sie war einfach kaputt und schlief ein, obwohl es erst früher Nachmittag war und sie eh nicht weg konnte. Den ganzen Nachmittag verschlief sie, hörte nicht mal den Arzt, der nach ihr und dem Tropf schaute, er stand neben dem Bett und sah sie schlafen, dann regelte er ganz leise an dem hochtechnischen Gerät herum, um danach auf Zehenspitzen aus dem Zimmer zu schleichen. Auch die Schwester sah öfters in das Zimmer, nicht mal das bekam Doro mit, da sie fest eingeschlafen war. Abends kam Manfred mit seinem Kumpel nochmals vorbei und räumte Doros Sachen in den Schrank, neben der Tür und sie unterhielten sich sogar. Die Spielkarten hatte Manfred eingepackt, da er wusste, das Doro sich zu Tode langweilte, wenn sie allein war. Sogar ihre Zeichensachen hatte er mitgebracht, damit sie sich ablenkte und dann spielten sie Karten mit ihr im Bett, auf ihren Knien. Er und sein Kumpel saßen rechts und links auf der Bettkante. Sie machten es solange, bis die Nachtschwester sie rausschmiss. Doro konnte wieder lachen und ihre Angst war vorerst vergessen. Endlich schlief sie wieder ein, weil sie alles so sehr anstrengte und als sie erneut erwachte, musste sie auf die Toilette und hatte Hunger. Also klingelte sie zum ersten Mal. Ein Pfleger kam mit der Bettpfanne und als das erledigt war, suchte er die Station nach etwas Essbarem ab. Was er fand, legte er auf einen Teller, der sein eigener war. Das Essen stammte aus dem Personalkühlschrank, da man vergessen hatte, dass sie nach sechs Stunden wieder hätte essen können. So nahm Doro um etwa drei Uhr Nachts einen verspäteten Mitternachtsimbiss zu sich, um dann zufrieden weiterzuschlafen. Am nächsten Morgen war sie wieder guter Dinge, bis auf das sie immer noch liegen musste, da im Krankenhaus. Einige Zeit ist vergangen und Doro langweilt sich immer noch ohne Ende im Krankenhaus. Sie ist dabei, den absoluten Krankenhauskoller zu bekommen und das einzig aufregende ist, wenn die Hebamme den Wehenschreiber bringt und sie die Herztöne ihres Kindes hören kann und sie weiß, dass es ihm gut geht. Dafür erträgt sie es gern. Manfred kann nicht wie er möchte, sie besuchen, weil sein Kumpel auch nicht immer Zeit hat. Dafür ruft er sie regelmäßig an, denn Doro hat inzwischen ein Telefon am Bett und auch ihre Mutter meldet sich regelmäßig. Darüber freut sich Doro, die kein Mensch ist, der das Alleinsein gut tut. Sie braucht die Unterhaltung durch andere, um nicht verrückt zu werden. Wenn Manfred mal kommt, ist fast immer etwas los, in der sonst so langweiligen Bude. Inzwischen hat sie drei Mitpatientinnen kommen und gehen sehen, eine hatte sogar trotz Tropf entbunden, fast acht Wochen zu früh. Eine andere war nur vier Tage, da weil sie den Zucker eingestellt bekam und die dritte im Bunde ist verlegt worden, auf die Intensivstation, weil ihre Nieren versagten. Doro ist nun wieder allein im Zimmer und schreibt Hoftagebuch, wer kommt und geht, wann der Hubschrauber einen bringt und so ähnlich. Sie kann alles aus dem Fenster beobachten. Ab und zu bekommt sie abends, besser gesagt nachts, Besuch an ihrem Fenster, auf der Terrasse davor. Eine der Frauen, die zwei Zimmer vor ihr liegt, die steht nachts heimlich auf, um zu rauchen, wenn es keiner merkt. Sie hat es zuvor schon auf dem Stationsklo versucht, doch dort wurde sie im wahrsten Sinne des Wortes vom Rauchmelder verpfiffen und hat einen riesen Ärger bekommen, von wegen wenn die Feuerwehr ihretwegen kommt, dann wird es echt teuer und so. Damit Doro sie nicht verriet, leistete sie ihr Gesellschaft, weil Doro nicht aufstehen durfte. Auch ohne hätte Doro nichts gesagt, sie musste selbst wissen, was sie tat. Bei Doro war mit dem Rauchen Schluss, als sie erfuhr, dass sie schwanger ist. Sie hatte gelesen, dass es bei Ungeborenen erhebliche Schäden hervorruft. Sie gab es nicht zu, dass sie auch so nichts sagen würde, da die Gesellschaft der anderen eine Abwechselung darstellte, die Doro Freude bereitete und ließ sie in dem Glauben von wegen, wenn sie nicht abends vorbeischaute würde Doro sie verraten. Da das Kind gerne in Doros Bauch herumtobte und sie dadurch nicht schlafen ließ, war Doro ein unfreiwilliger Nachtwächter, wie die Schwestern sie mal nannten und nachts ihre Tür aufließen, damit Doro die Geschehnisse auf dem Flur verfolgen konnte. Wenn sie nicht mehr liegen konnte, durfte sie auch schon mal auf einem Stuhl neben der Tür sitzen, musste da aber bleiben, damit nichts passierte; weiter durfte sie nicht. Einmal hat der Arzt sie dort erwischt und sie bekam eine auf den Deckel, aber die Schwester, die das erlaubte, hatte Doro nicht verraten. Daher hatte Doro einen gut und sie sagte nichts, falls Doro dort doch einmal saß, sie störte da ja keinen.

Auch das Drama mit der türkischen Asylbewerberin und der Polizei war Kino Live, im sonst so langweiligen Krankenhausalltag. Sie wurde gebracht mit einem Krankenwagen und drei Polizisten vom Zoll, da sie abgeschoben werden sollte, direkt vom Flughafen zu Doro in das Zimmer. Sie ist nämlich am Flughafen zusammengebrochen. Ein Arzt wurde geholt vom Bundesgrenzschutz, der feststellen musste, dass sie schwanger war. Also landete sie in der Klinik, in Doros Zimmer, sollte im Bett bleiben und hing auch am Tropf, wie Doro, was den Polizisten unmöglich machte, die Abschiebung durchzusetzen. Es gab eine große Diskussion mit dem Arzt im Zimmer, der sich zum Wohle für Mutter und Kind durchsetzte. Sie blieb da, ihr ging es viel zu schlecht um abzuhauen.

Die Polizisten setzten sogar einen von ihnen zur Wache vor die Tür. Es amüsierte Doro dann doch, wie der alle 15 Minuten den Kopf zur Tür rein steckte, um nachzusehen, ob sie noch dalagen. Vier ganze Tage hielten die Polizisten durch und dann gab es wohl personelle Probleme und die Türwache wurde eingestellt. Auch war sie nach den vier Tagen wieder ganz fit und rannte im Flur und im Zimmer auf und ab, nur wenn die Schwester oder der Arzt im Anmarsch waren, lag sie wie von Zauberhand im Bett und war todkrank, obwohl sie nur schwanger war. An dem Tag an dem sie zusammenbrach, hatte sie nur etwas zuwenig getrunken. Doro hatte das bei der Visite mit der Polizei mitbekommen, weil dann alle im Zimmer waren und diskutierten, was jetzt mit ihr geschehen sollte. Sie war für eine Inhaftierung nicht gesund genug, eine Abschiebehaft war ihr nicht zuzumuten in ihrem Zustand. Irgendwie so redeten die Polizisten mit dem Arzt herum und kamen auf keinen klaren Punkt. Auch lief sie in Unterwäsche herum (Unterhose und Hemdchen mit Spitze), weil sie nichts anzuziehen hatte, die Grenzschützer hatten aus gutem Grund ihre Kleidung mitgenommen, weil sie wussten, das sie fliehen würde, falls sie die Gelegenheit dazu bekam. Sie war ja illegal in Deutschland und würde irgendwann fliehen, zur Not auch in Unterwäsche. Auch konnte sie unglaublich gut deutsch und verstand alles, was im Zimmer gesagt wurde, nur für die Polizei stellte sie sich dumm, nix verstehen. Das ging solang, bis die mal mit einem Dolmetscher anrückten und dem sagte sie nicht, wo sie herkam. Doro war nicht menschenfeindlich, rechtsradikal oder so, nur als sie nach Kleidung fragte, log Doro, dass die Schwester den Schrankschlüssel hätte, weil sie keine Lust auf Ärger mit der Polizei hatte. Nicht das Doro Schwierigkeiten bekam, wegen Fluchthilfe illegaler Immigranten oder so ähnlich. Wenn es nach Doro gegangen wäre, hätte sie ihr einen Pulli geschenkt. Damit sie nicht immer halbnackt über den Flur geisterte, mit dem Tropfständer in Begleitung. Da tat sie Doro schon leid, doch es gibt in Deutschland nun mal Gesetze, die für alle gelten. Irgendwie schaffte sie es auch zu entkommen, halbnackt mit Engelshemd verschwand sie eines Nachts, auf nimmer wiedersehen, nur den Tropfständer fand man neben dem Lift abgerissen allein auf dem Flur. Es gab richtig Ärger mit der Polizei in der Klinik, da sie die suchten und der Arzt bat Doro, falls sie irgendwas wusste, es ihm zu sagen, doch sie wusste auch nicht mehr als der Arzt, dem es leid tat so wie ihr. Doro glaubt, dass der Arzt im Nachhinein noch richtig Ärger bekommen hat, nur weil er helfen wollte und das schiefgegangen war. Auch machte Doro wieder einen Abflug in den Kreißsaal, weil sie ohne Grund wieder Wehen bekam und der Arzt es noch mal schaffte, das zu stoppen, mit dem Wehentropf, was Doros Aufenthalt noch verlängern sollte. Inzwischen war sie schon über vier Wochen in der Klinik und konnte, wenn sie Pech hatte, bis zur Geburt dort bleiben. Das Kind und seine Gesundheit waren der Grund, der Doro durchhalten ließ. Manfred kam immer wann er konnte, zu Besuch und sagte Doro, wie sehr sie ihm fehlte, aber Doro konnte das nicht ändern. Sie machte schließlich auch Abstriche in ihrer Freiheit, dem Kind zuliebe. Auch das nervte Doro gewaltig, da sie nur herumlag und sich langweilte. Am liebsten wäre sie zu Hause gelegen, bei Manfred. Da hätte sie wenigstens Unterhaltung. Hier war sie wieder allein im Zimmer. Im nächsten Fall wäre sie lieber allein geblieben, da sie dieses Mal eine Drogenabhängige ins Zimmer bekam, die auch schwanger war und eine Hepatitis hatte. Und dann wollte die ihr Kind auch nicht, hatte deswegen ständig schlechte Laune und hörte nicht auf die Ärzte, die es nur gut mit ihr meinten. Auch die Hebamme, die sonst ständig im Zimmer war und sich mit Doro unterhielt, blieb fern, nachdem sie unmöglich angepöbelt wurde, dass die Schwangerschaft der anderen sie einen feuchten Dreck angehe und so weiter. Daraufhin holte sie Doro immer in den Kreißsaal, wenn sie irgendwas wollte. Sogar Doro, die viel aus der Psychiatrie und dem Heim gewohnt war, trieb sie mit ihrer unmöglichen Art zur Weißglut. Weil die sich einfach aufführte, als sei das ihr Zimmer, riss sie die Musik auf und schmiss sich mit ihrem Freund Extasy-Tabletten ein und verteilte ihre Klamotten im ganzen Zimmer. Doro bat sie höflich, ihre Drogen anderswo zu konsumieren, ansonsten sähe sie sich genötigt, das dem Arzt zu sagen. Das saß und sie verschwanden in den Klinikgarten, weil die wussten, wenn Doro das dem Arzt sagte, dass der die Polizei holen würde. Es war auch ganz gut so, mit Drogen wollte Doro nichts am Hut haben. Auch bekam die andere Ärger mit dem Arzt, wegen den schlechten Herztönen von dem Kind, doch das interessierte sie nicht sonderlich und Doro hatte den sonst so lieben

Arzt noch nie so wütend gesehen. Er erklärte ihr sogar mit viel Mühe aus medizinischer Sicht die Dinge und stieß damit nur auf Granit; sie wollte sich nicht ändern. Obwohl es ihrem Kind überhaupt nicht gut ging, hatte sie nach einer guten Woche keinen Bock mehr auf Krankenhaus und entließ sich mal eben selbst und dem Arzt platzte der Kragen. Anzeigen würde er sie wegen schwerster Körperverletzung mit Todesfolge und wenn sie so weitermachte, wäre das spätestens im siebten Monat der Fall, so etwas verantwortungsloses! Dann kam er zu Doro in das Zimmer, um sie zu fragen, wie sie das ausgehalten hat. Doro erzählte ihm unter vier Augen von Corinna und Tobias, wegen denen sie sogar auf der Straße gelebt hatte und gegen die war die andere noch harmlos gewesen. Nur das Kind tat Doro leid und das sagte sie auch. Mit dem netten Arzt, der sich aufopfernd um die Problembabys und deren Mütter kümmerte, war Doro schon fast befreundet, weil sie schon solange da war. Er konnte sie anscheinend auch gut leiden, da sie alles für ihr Kind tat, und das machten noch längst nicht alle. Auch fand er es schade, dass Doro so eine komplizierte Schwangerschaft erleiden musste. Doro freute sich trotz allem auf ihr Kind und Manfred auch, der sogar bei der Geburt dabei sein wollte. Doro die seit den vorzeitigen Wehen Angst vor der Geburt hatte, freute der Gedanke, dass Manfred mitkommen wollte. Auch einen Heiratsantrag machte Manfred ihr, da er sie echt liebte und kaufte seinem Kumpel, weil er nicht so viel Geld hatte, die Ringe ab. Eigentlich wollte dieser sie seiner Freundin zum Dreijährigen schenken, doch die Beziehung scheiterte, weil sie fremd ging und war nicht mehr zu retten. Jetzt sollten diese Goldringe die Eheringe von Manfred und Doro werden, nur mussten sie noch graviert werden. Manfred war stolz darüber, sie bekommen zu haben. Auch Doros Mutter half ihr, die Zeit in der Klinik zu überbrücken, in dem sie einen Ägypten-Roman mit fünf Bänden kaufte, die sie Doro einzeln schickt. Doro las sie durch, um das nächste zu bekommen. Nachdem Doro nun mehr als sechs

Wochen in der Klinik verbracht hatte, freute sie sich umso mehr, als der Arzt sie erlöste, nach der Untersuchung. Doro sollte laufen üben mit dem dicken Bauch, da das Kind jetzt eine Größe und ein Gewicht erreicht hätte, die eine Frühgeburt nicht mehr so gefährlich machten. Doro sollte sich noch zwei schöne Wochen zu Hause machen, im Bett zwar, aber sie durfte nach Hause. Manfred war sehr glücklich darüber und holte Doro ab, die ihm das neueste Ultraschallbild des Kindes zeigte. Er half ihr beim Anziehen und führte sie auf dem Klinikhof spazieren. Da trafen sie die Frau wieder, die Doro auf der Terrasse Gesellschaft geleistet hatte mit Zigarette. Auch sie war jetzt Hochschwanger und Doro war dicker als sie und stolz darauf, bald auch ein gesundes Kind zu bekommen, dem sie durch Beharrlichkeit den Weg ins Leben ermöglicht hatte. Die andere streichelte Doros Bauch und freute sich mit ihr. Dann musste Doro wieder in das Bett und sich hinlegen, bis Manfreds Kumpel mit dem Auto kam und die beiden abholte. Manfred freute sich, dass sein Kind so lebendig war und er sehen konnte, wo ein Füßchen eine Beule in Doros Bauch drückte. Auch freute es ihn, dass er nach über sechs Wochen nicht mehr allein zu Hause war und das Doro nach Hause kam.

Eltern

Doro war echt glücklich darüber, dass sie endlich aus dem Krankenhaus raus kam, sogar den Faden hatten sie ihr gezogen, der die vergangenen Monate ihre Gebärmutter fest verschlossen gehalten hatte. Das Kind durfte kommen wenn es wollte und sie hatte ihre Freiheit wieder. Manfred holte sie im Krankenhaus ab und war froh darüber, dass es ihr und dem Kind gut ging. Es machte Manfred auch nichts aus, das sie ab nun im Bett im Schlafzimmer wohnten. Sie verbrachten die Zeit miteinander, ob sie nun Karten oder Mensch ärger dich nicht spielten, das war egal. Es hat ja schließlich im Krankenhaus auch geklappt. Auch ließ Doro es sich nicht nehmen, mit Manfred und Toni nach all den Wochen im Bett, eine Runde um den Block zu drehen. Sonst würde sie noch einrosten wie sie meinte und der Arzt hatte das auch erlaubt, in Maßen, wenn sie sich danach wieder hinlegte. Auch die Hausarbeit erledigte sie im Sitzen mit Manfreds Hilfe. Er hatte damit ein bisschen geschludert, als Doro im Krankenhaus lag und sie wollte es wieder schön haben. Ansonsten verbrachte sie die Zeit im Bett, wie verordnet. Sogar zum Maibaumfest ging sie mit, weil Manfred es unbedingt wollte und in den vergangenen Wochen echt zu kurz gekommen war. Mit dem Taxi fuhren sie hin und zurück und Doro saß neben einem fröhlichen Manfred, der sich amüsierte und Spaß dabei hatte, mal wieder aus der Bude herauszukommen. Anschließend war Doro fix und fertig. Mit Jack und Büx legte sich wieder hin. Manfred bedankte sich sogar für den schönen Nachmittag und Doro ärgerte sich darüber, dass sie sooft auf die Toilette musste, immer kostete das 50 Pfennig. Für diese 3 DM, die sie in die Kanalisation gespült hatte, hätte sie sich zwei Brause oder ein Brötchen mit Grillsteak kaufen können. Spätabends konnte sie nicht mehr liegen, irgendwie war ihr der dicke Babybauch immer im Weg und Manfred wollte mit dem Hund raus. Da ging sie einfach mit und sie machten eine große Nachtwanderung. Arm in Arm liefen sie am Fluss entlang nach Hause zurück. Dann schliefen sie Bauch an Rücken ein, da es so am bequemsten war. Er drehte sich um und legte die Hand auf den Bauch, das Kind spürte wohl seine Nähe und gab ruhe und sie schliefen beide friedlich ein. Am nächsten Tag war Doro irgendwie nervös und wusste nicht warum, war doch alles in Ordnung. Ihr ging das ewige liegen total auf die Nerven und sie ging mit dem Hund und reagierte sich im Haushalt ab. Damit nervte sie irgendwann Manfred, der sich was einfallen ließ, sie wieder in das Bett zu bekommen. Kurzerhand lieh er das Super Nintendo aus dem Nachbarhaus aus und ging mit Doro und dem Ding ins Bett. Sie spielten damit und hatten einen super Spaß mit dem Ding. Fünf Spiele hatten sie, und Manfred schoss im Spiel Doros Raumschiff ab und sie seines, sowie sie als Gegner mit Mario und Joschi durch verschiedene Level wanderten. Abends kochte Doro und als sie nach dem Essen wieder mit dem putzen anfing, tickte Manfred völlig aus, baute das Bett auf das Sofa und Doro musste sich ein Video ansehen, welches er von einem Kumpel hatte. Auf dem Band waren drei spannende Tatortfolgen und da sie ein richtiger Tatortfan war, sah sie sich das an, während Manfred am Computer spielte. Es war nach ein Uhr Nachts, als sie das letzte Mal mit dem Hund gingen und danach im Bett verschwanden, da sie sehr müde waren. Leider währte dieser Friede nicht sehr lange. Doro erwachte so gegen drei Uhr, in der Meinung das sie ins Bett gemacht habe, hatte sie so fest geschlafen? So etwas passierte ihr sonst nicht und sie wollte sich auf die Toilette schleichen und dann das Bett neu beziehen, ohne Manfred zu wecken. Aufstehen war ihr unmöglich, denn sobald sie sich bewegte, lief es nach und das Bett war schon ganz nass. Da erst fiel ihr ein, was die Hebamme gesagt hatte auf die Frage hin, wie sie die Geburt bemerken würde. Da war Doro plötzlich hellwach, Mist das könnte ja Fruchtwasser sein. Bei ihr begann die Geburt so und mit dem Ausfließen des Fruchtwassers kamen auch die Wehen, die sie allmählich bemerkte, die wie Regelschmerzen begannen. Panik ergriff sie und sie rüttelte Manfred wach, der fest schlief und meinte sie solle sich umdrehen und weiterschlafen oder lesen. Doro ließ nicht locker: „Willst du die Geburt verschlafen oder was, du Schnarchzapfen?!", fragte sie ihn. Da stand er auch schon neben dem Bett in der Unterhose und fragte noch: „Ist das wahr?" Da war er auch schon in die Stube geflitzt, sie hörte ihn nur noch fluchen und dann kam er zurück. „Wie ist denn die Nummer von 110, ich glaube die ist mir entfallen?!" Eine erneute Wehe hielt Doro davon ab, herzhaft loszulachen, weil er dastand wie ein geprügelter Hund mit offener Hose und dem Unterhemd um den Hals, mit noch zerzausten Haaren, die zu Berge standen. Er hatte sich anziehen, telefonieren und ihr helfen wollen, alles gleichzeitig, aber es nicht geschafft. Sie sagte ihm die Nummer und Manfred rief einen Krankenwagen, so, wie der Arzt es empfohlen hatte. Mit Müh und Not gelang es Manfred, Doro das nasse Nachthemd auszuziehen und ihr Lieblings T-Shirt anzuziehen. Das mit den Kühen drauf aus aller Welt, da sie sich schon in den Wehen vor Schmerz krümmte, die schon viel stärker waren, als die Male zuvor. Der Krankenwagen kam auch sehr schnell, obwohl es Doro wie eine Ewigkeit vorkam. Die Sanitäter passten nicht mit der Trage durch das Treppenhaus und Doro bekam Angst, was noch alles schief gehen würde. Sie wurde von dem einen Sanitäter auf dem Arm, die Treppe heruntergetragen und Manfred hatte es plötzlich sehr eilig, der Hund müsse raus. So ein Feigling, dachte Doro zwischen den Wehen, wenn es darauf ankommt kneifen, dabei war es doch Manfred gewesen, der unbedingt mitwollte. Daraufhin wurde sie in den Krankenwagen geladen, der dann mit ihr durch die Nacht raste. Doro fürchtete von der Liege zu fallen, wenn der Krankenwagen in die Kurven ging. Der zweite Sanitäter gab ihr fast den Rest. „Das ist meine erste Geburt und sie melden sich wenn es nicht mehr geht, und das Kind kommt.", sprach er und saß wie ein Häufchen Elend schwitzend mit einer Uhr in der Hand neben ihr." „Wie Bitte, sie wissen das nicht?!", wollte Doro entsetzt wissen und ihre Angst steigerte sich. Der Krankenwagen raste durch die Nacht und Manfred war nicht wie versprochen mitgekommen. Der arme Hund konnte ja nicht allein bleiben angeblich. Wäre es ihr nicht so schlecht gegangen, sie wäre stinksauer auf Manfred gewesen. Doch dazu hatte sie jetzt keine Zeit, weil die Wehen jetzt regelmäßig in Abständen kamen und sie sich um das Wohlergehen des Kindes sorgte. Auch der Sanitäter neben ihr war keine große Hilfe, da er den Geburtsablauf nur Theoretisch kannte und noch in der Ausbildung war. Doro bekam fast zuviel, weil sie nicht in der Geburtsvorbereitung war, wie sie es eigentlich gewollt hatte, doch dann kam ja das Krankenhaus dazwischen. Als sie die Klinik erreichten, wurde sie ausgeladen und durch den Lift direkt in den Kreißsaal verbracht, in dem sie eine Hebamme in Empfang nahm. „Na das ist ja jetzt schon soweit was?", fragte sie und brachte Doro ins Bad unter die Dusche, das Tat gut. Anschließend brachte sie Doro, die vor Wehen kaum noch stehen konnte, in das Untersuchungszimmer und schloss sie an den Herztonwehenschreiber an. Doro gab sich alle erdenkliche Mühe, gegen die Wehen anzukommen, die ihr starke Schmerzen bereiteten. Nach der Untersuchung durch die Hebamme, die meinte dass es noch dauern noch würde, da der Muttermund erst zu vier cm eröffnet ist, und zehn cm müssen es mindestens sein, damit der Kopf durchkommt, war Doro völlig bedient. Sie dachte, der Muttermund wäre schon viel weiter geöffnet. Es konnte noch Stunden dauern, bis der Muttermund völlig eröffnet war, beim ersten Kind dauert das länger, das hatte Doro gelesen. Die Hebamme verließ das Zimmer und ließ Doro allein mit ihren Wehen zurück. Doro probierte alles, was sie über Schmerzerleichterung wusste, entspannen, Bewegung vermeiden, ruhig liegen und so weiter, aber erleichtern konnte sie die Wehen trotzdem nicht. Also quälte sie sich durch die Wehen, die immer stärker wurden und länger dauerten und ihr wurde fast schlecht bei dem Gedanken, dass sie noch Stunden so weitermachen sollte. Irgendwie kam die Hebamme auch nicht wieder und Doro blieb allein, da pulte sie ihre Uhr vom Arm, um sich abzulenken. Sie versuchte, wie zuvor der Sanitäter, die Abstände zwischen den Wehen zu bestimmen. Die Zeit wollte nicht vergehen, wenn eine Wehe kam und langsam anschwellend über sie hinwegrollte, den Bauch verkrampfte, bis der steinhart war, dann abzuebben um sie nach einiger Zeit erneut zu quälen. Anstatt der Hebamme stand plötzlich die russische Ärztin, die Doro nicht abkonnte, vor ihr um hämisch grinsend zu fragen: „Geht es noch oder muss ich nachhelfen?!", in ihrem vom Akzent gebrochenen Deutsch. „Nein Danke.", log Doro, die sich sichtlich quälte und die Ärztin ging raus, Doro war erleichtert. Die konnte Doro jetzt am allerwenigsten gebrauchen, weil sie einfach fies war und den Frauen den Schmerz gönnte, um sich darüber zu amüsieren. Das hatte Doro von Mitpatientinnen gehört und auch schon selbst erlebt. Als Doro wegen den vorzeitigen Wehen bei ihr war, bekam sie den Spruch: „Das Kind zu machen hat auch Spaß gemacht, nun stell dich nicht so an...". Dieses hatte Doro ihr übel genommen und mochte ihre fiese Art nicht. Auch hatte sie Doros Frage, wie es ist ein Kind zu bekommen mit dem Spruch: „Backsteine zu scheißen ist leichter.", kommentiert. Ihretwegen hat Doro Angst vor der Geburt. Nun war sie auch nicht freundlicher zu Doro, grinste hämisch, wenn sie kontrollierend ins Zimmer kam und Doro sich im Wehenschmerz quälen sah. Auf die Idee, das Doro Schmerzmittel brauchen könnte, darauf kam sie nicht. Die Wehen kamen schon alle fünf Minuten und Doro hätte Schreien können, doch den Gefallen würde sie der Ärztin nicht tun, ihr zu zeigen, dass sie schwach war. Es würde sie nur zu dummen Sprüchen animieren, in einem vom Akzent gebrochenen Deutsch. Wo blieb nur die Hebamme? Stattdessen war nur diese Ärztin da, die Doro schon durch ihre Anwesenheit nervte. „Es wirde nicht so schlimme sein wie du tuste.", bekam Doro zu hören, wenn sie könnte, wie sie wollte würde Doro ihr die Fresse polieren. Endlich hatte Doro sich so hingedreht, das sie mit den Wehen klarkam. Sie lag auf den Knien vornüber, fast auf dem Bauch, der entsetzlich schmerzte. Sie wünschte sich, dass die Ärztin verschwand, der würde sie nicht zeigen, dass es ihr schlecht ging, der nicht! Warum war Manfred nicht da, der hätte der Ärztin schon die Meinung gesagt über ihre blöden Sprüche, sie konnte es nicht, weil sie, falls etwas nicht klappte, sie noch brauchte. Doro ertrug sie und die Wehen, stillschweigend, vor Schmerz leise weinend. Wehen kamen und gingen, raubten ihr sämtliche Kräfte und Doro sah auf die Uhr. Fast zwei und eine halbe Stund war sie schon hier um sich zu quälen, die Ärztin interessierte das nicht sonderlich und die Hebamme war verschwunden. Nun fiel der Ärztin ein, das Doro auf der Seite liegen muss, drehte sie auf die Seite und die Sache war erledigt. Es sah echt bescheuert aus, wie Doro da lag, aber es musste sein, damit der Kindskopf besser runterrutscht, angeblich. Doro bekam die Wehen schon im Drei-Minuten-Takt und konnte so absolut nicht liegen bleiben, die Wehen machten das unmöglich. Irgendwann meinte Doro, es bricht ihr das Kreuz, wenn sie so liegen bleibt und drehte sich wieder auf den Rücken, als die Ärztin zur Tür raus war. Plötzlich war eine andere Hebamme da, die Doro fröhlich begrüßte, ihren schmerzenden Bauch streichelte und ihr den Rücken massierte, der zusätzlich schmerzte. Als sie Doro rumdrehte, um sie zu untersuchen stellte sie nur fest: „Ups, das Kind macht sich auf den Weg, wir können in den Kreißsaal." Die Hebamme zog Doro aus dem Bett, um sie in den Kreißsaal zu bringen, nicht mal beim Laufen ließen die Wehen Doro in Ruhe, ein Schritt, eine Wehe und Doro hielt sich an der Stange fest, die an der Wand langging, damit sie nicht in die Knie ging vor Schmerz. „Die Wehen kommen schon richtig gut, lange dauert das nicht mehr.", meinte die Hebamme, die Doro in das große Entbindungsbett legte, das schön weich war. Doro japste nach Luft, da die Wehen immer schneller und stärker kamen und sie an einen Punkt kam, an dem ihr jetzt alles egal war, Hauptsache es war bald vorbei. Doro schwitzte und die Hebamme zog ihr ein Engelshemd an und die Ärztin kam dazu. „Brauchte mich nun, dann ich helfen ja?" ´Bitte nicht, bitte die nicht auch noch´, dachte Doro, die plötzlich meinte zu müssen. „Biste noch lange nicht fertige, Arbeit jetzt beginnt.", grinste die Ärztin Doro an, die einen Revolver gebraucht hätte. Die Ärztin regte sie auf. Die Presswehen begannen und Doros Bett wurde zum Frauenstuhl umgebaut, Doros Beine lagen auf Stützen und die Ärztin nahm dazwischen Platz. Das Kind drängte nach unten, das tat fast noch mehr weh als zuvor. „Pressen!" kommandierte nun die Ärztin und Doro presste den Bauch nach unten, so gut sie noch konnte. „Stärker, da reichte nicht, gib dir Mühe jetzt!" Sind wir hier beim Militär oder was, dachte Doro, noch weiter kam sie nicht, da ihr jetzt ein blaues Tuch übergeschmissen wurde, sie hatte nicht mehr die Kraft. Jetzt verpasste die Ärztin ihr einen Dammschnitt, mit dem Kommentar: „Du bist zu enge, weiter jetzte!" Doro wusste schon warum sie die Ärztin hasste, die Hebamme half nun auch mit und Doro presste auf Befehl und das Kind war endlich da. Die Ärztin flitzte mit dem Kind auf dem Arm aus dem Zimmer und die Hebamme hinterher, da hatte Doro es sehr eilig hinterherzukommen. Ging das dem Kind nicht gut??? „Halt, sie müssen doch noch genäht werden." Doro sah an sich runter, war sie im Affekt aufgestanden um hinterherzulaufen und hatte daran gar nicht gedacht. Eine Blutspur folgte ihr. Upps, das war wohl nicht so gut, dachte Doro, die rot wurde. Sie hatte nur an das Kind gedacht und die Hebamme legte sie wieder hin und putzte es auf, es war Doro peinlich. Auch die Ärztin kehrte zurück und nähte Doro unten, selbstverständlich ohne Betäubung. Doros Frage nach einer Spritze wurde abgewehrt. „Nicht schlimm, hast Kind gekriegt gleich vorbei...". Als sie fertig war, fragte Doro nach dem Kind. „Eine gesunde Mädchen ist im Wärmebettchen...!" Uff! Dem

Kind ging es also gut, Doro war erleichtert. Nachdem alles vorbei war, kam auch Manfred, er hatte angeblich den Bus verpasst. Er war der erste, der das Kind zu Gesicht bekam und kam gerührt zurück. Doro hatte ein süßes kleines Mädchen, das den Namen Nina bekam. Sie schlief erschöpft ein, das war über ihre Kraft gegangen und Manfred bewunderte durch die Scheibe des Kinderzimmers seine Tochter, und weinte vor Glück. Als er wieder zu Doro ins Zimmer kam, da sagte sie ihm erst einmal die Meinung über Versprechen und nicht halten. Doro war stinksauer auf ihn. Weil er sie mit der russischen Ärztin, die bestimmt im Zoo gelernt hatte, alleingelassen hatte, das nahm sie ihm bös übel. Die Hauptsache aber war, dass sie eine gesunde Tochter hatten, die Nina hieß.

Elke 9

Was tut man nicht alles für ein bisschen
Selbstbestimmung und Freiheit, dachte Elke
entsetzt darüber, dass Doro so furchtbar
bevormundet wurde im Heim. Nur um
herauszukommen ließ sie sich quälen. Wie tief
muss ein Mensch sinken, um sich freiwillig so
etwas antun zu lassen und überhaupt, das
verstand sie nicht. „Doro", fragte sie herüber in
das Nachbarbett, in dem Doro döste. "Dein
ehemaliger Chef war ein richtiger Arsch oder?!"
„Da gebe ich dir Recht, ein Egoist, nur auf sein
Wohl bedacht und nicht ganz schussecht.",
meinte Doro, die sich erinnerte. „Dein Freund
war in dieser Zeit eine Stütze nicht?", fragte
Elke weiter von der Neugier getrieben. „Wie ich
damals ohne ihn klargekommen wäre, weiß ich
nicht, dass muss ich ihm lassen.", meinte Doro,
die sich zur Seite drehen wollte und es
nachließ, weil es ihr Schmerzen bereitete.
„Aber der ist zu dir gestanden, als du
schwanger wurdest, das haben heutzutage
nicht viele junge Männer nötig.", stellte Elke
fest und Doro wehrte ab. „Lob den bloß nicht
über den grünen Klee, wenn du weiterliest,
wird er dir sein wahres Gesicht zeigen..." Elke
zog die Augenbrauen hoch: „Ach es ist doch
immer dasselbe mit den Männern, wenn es
Schwierigkeiten gibt, ziehen sie den Schwanz
ein...", weiter kam Elke nicht, da Doro
dazwischen rief: „Das stimmt!". Elke sprach
ihr aus der Seele. Ihr Gespräch wurde von
einer Schwester unterbrochen, die Elke das
Abendessen brachte. „Guten Appetit, Frau
Becker.", und zu Doro ans Bett ging. „Wie geht
es ihnen Frau Feldmann?" „Gut bis auf das ich
vor Durst sterbe.", erklärte Doro keck, es ging
nichts über ein bisschen Galgenhumor und die

Schwester ging grinsend raus. Sogar Elke schmunzelte über Doros Spruch. Nach dem Essen ging Elke auf dem Flur spazieren, um sich die Beine zu vertreten und die Schwestern räumten das Abendessen ab, besser gesagt, was davon übrig geblieben ist. Als Elke wieder in das Zimmer ging, waren Lars und eine Schwester dabei, Doro auf die Beine zu stellen. Es gelang nicht, so wie es sollte, da ihre Drainagen und der Katheter noch vom Bett gepult werden mussten. Außerdem hing sie auch noch am Tropf, was die Sache zusätzlich erschwerte. Lars hielt Doro fest, während die Schwester das Bett richtete, dann wurde sie erlöst und wieder hingelegt. Elke, die das beobachtet hatte, musste daran denken, wie es bei ihr war vor drei Tagen, und verzog das Gesicht. „Mist, tat das weh, das konnte ich auch schon mal besser...", stellte Doro fest und Elke musste grinsen. „Schadenfreude ist die schönste Freude nicht?!", stellte Doro fest und Elke wurde rot, wehrte ab, in dem sie sich das Buch holte, um weiterzulesen. Sie musste suchen, bis sie das Kapitel fand, das sie unterbrochen hatte und begann zu lesen....

Kapitel 9 Familienleben mit Höhen und Tiefen, das hat Doro sich anders gewünscht

Nina war 48 cm groß und 2740 g schwer, nicht mal der Strampelanzug, den die Kinderschwester ihr angezogen hatte, passte ihr. Sie war sehr zierlich und ein supersüßes Baby, wie in der Fernsehwerbung. Doro hatte Bedenken sie auf den Arm zu nehmen, da sie meinte, dem kleinen Wesen, das ihre Tochter war, wehzutun. Im Vergleich zu Nina wirkten Doros Arme riesig und superstark, weil Nina so zierlich war. Die Kinderschwester drückte sie in Doros Arme und half ihr Nina anzulegen, damit Doro sie stillte. Manfred freute sich über Nina so sehr, dass er zu seinen Kumpels ging, um die Geburt groß zu feiern. Doros körperlicher Zustand nach der Entbindung ließ zu wünschen übrig, durch den Dammschnitt konnte sie nicht richtig sitzen und laufen, auch die Rückbildungsgymnastik fiel ihr sehr schwer. Nach zwei Tagen holte Manfred sie mit Nina nach Hause, mit dem Bus. Dort gab es den ersten Stress mit der Hebamme, die Angst vor Hunden hatte, weil sie des Öfteren schon gebissen wurde. Manfred verzog sich beleidigt mit Toni in die Stube. Um Doro kümmerte sich die Hebamme im Schlafzimmer, weil Doro eine Brustentzündung und leichtes Kindsfieber hatte. Auch um Nina kümmerte sie sich mit, dafür kam sie extra mit dem Auto aus der Stadt. Manfred lästerte über sie, weil sie Angst vor Hunden hatte, da wurde es Doro zu bunt. Sie lästerte zurück, dass er nicht besser sei, da er Angst vor der Geburt hatte und der Hund war doch nur eine faule Ausrede.
Doro hatte anscheinend Recht und Manfred sagte nichts mehr und sie vertrugen sich wieder. Auch die vorlaute Nachbarin aus dem ehemaligen Osten, die Manfred anschleppte und drei Kinder hatte, gab Doro den Rest. Die mischte sich überall mit ein. Manfred schien Gefallen an ihr zu finden und das stank Doro gewaltig. Andauernd hockte er bei ihr in der Küche, um mit ihr Maria Krohn Schnaps zu saufen, dann war sie die beste Freundin. Wenn Manfred bei Doro war,

lästerte er über sie und ihre Gören, die ungezogen waren, von wegen sie sei eine richtige Schlampe und so. Um Nina kümmerte sich Doro allein, Manfred spielte die meiste Zeit mit seinem Computer oder ging mit dem Hund stundenlang Gassi. Doro war oft allein mit Nina, um die sie sich aufopfernd kümmerte, da sie Doro ihre Liebe zurückgab. Nina wuchs und wurde immer schöner, größer und schwerer. Wenn sie Doro mit ihren hellblauen Augen ansah, dann vergaß Doro, dass es eine Welt und auf ihr Menschen gab. Es tröstete Doro über so manchen Kummer hinweg, den sie mit Manfred und ihrer Gesundheit hatte. Irgendwie kam Doro allein klar trotz Kind, Haushalt und Hund, den Manfred immer mehr vernachlässigte, weil das Saufen mit der Nachbarin, und der Computer, interessanter waren, als Frau und Kind daheim. Der Mann von der Nachbarin war Fernfahrer und sie war froh, wenn der nicht da war. Auch als er seinen Job schmiss, weil ihn die Nachtfahrten nervten, hatte sie es ganz schön eilig, ihn wieder mit einem Laster auf die Straße zu kriegen, damit er sie nicht nervte. Doro überlegte schon, Manfred auch in Arbeit zu stecken, damit der nicht immer mit der anderen herumsoff oder Doro ausschimpfte, weil das Essen verspätet auf dem Tisch stand oder sein Lieblingspulli noch in der Wäsche war. Doro kümmerte sich immer zuerst um Nina und Manfred warf es ihr oft vor, wenn er Bock hatte zu stänkern. Der Alkohol veränderte ihn zusehend und Doro zog sich mit Nina zurück in ihre eigene Welt. Auch als Doros Eltern zu Besuch waren, machte Manfred auf heile Welt. Ihre Eltern waren hingerissen von Nina. Doro war stolz auf ihre Tochter. An die Alltagssorgen dachte sie dabei nicht und meinte, es würde sich von allein wieder legen. Das Doro damit auf dem Holzweg war, merkte sie nicht durch die rosarote Brille der Liebe, zu Mann und Kind. Auch als Doro sich mit einer Frau von den Zeugen Jehovas anfreundete, weil sie einfach Aufmerksamkeit brauchte. Und die war einfach da. Sie hieß Conny und hätte vom Alter her Doros Mutter sein können. Doro floh fast in den Glauben, den sie vermittelte, weil Doro die Schuld all ihrer Probleme bei sich suchte. Conny hatte von Anfang an Probleme mit Manfred, wie Doros Mutter, weil sie ihn jedes Mal wenn sie kam, Manfred vor dem Computer sitzen sah. Das sagte sie Doro auch, die neben dem Bibelstudium mit in die Versammlungen ging, während Manfred schlief oder Computer spielte, mit seinen Ballerspielen. Das Doro vor ihrem Zuhause floh, merkte sie nicht. Deswegen schimpfte Manfred mit ihr, wegen Conny, die er scheinheilig schimpfte. Er behauptete, dass sich Conny doch nur in die eigene Tasche log, um zu verbergen, wie falsch sie sei. Doro interessierte das nicht weiter und sagte Manfred nur, dass er in das Nachbarhaus zu seiner Freundin gehen und sich weiterhin den Verstand wegsaufen sollte. Doch Doro war zu stolz sich einzugestehen, dass Conny und ihre Mutter recht hatten mit: „Der Manfred ist nichts für eine junge Frau wie dich...". Als endgültiges Drama zeigte sich, dass sie wegen Manfred und dem Hund die Wohnung gekündigt bekamen, weil Manfred die Vermietung angepöbelt hatte, wegen dem Schimmel in der Wohnung, die ehemals eine Scheune war und zur Wohnung ausgebaut wurde. Alles blieb wieder einmal an Doro hängen, auch das Kind, welches das kleinste Problem war. Sie regelte alles, suchte eine neue Bleibe, regelte den Umzug und alles was dazugehörte, sowie sie Manfred allein die alte Wohnung renovieren ließ. Da hätte Doro eigentlich merken müssen, dass die Beziehung zu Manfred und ihre Liebe zu ihm endgültig im Eimer und nicht mehr zu retten war. Warum sie es lange nicht merkte, dass weiß Doro bis heute nicht. Conny half ihr. Mit dem Auto fuhr sie mit Doro zum Baumarkt, da Doro Wandfarbe kaufen wollte. Conny redete Doro erneut in das Gewissen, ihrem Kind gegenüber und sich selbst sollte Doro Verantwortung zeigen und sich von Manfred trennen. Sie würde Doro dabei helfen. Leider glaubte Doro immer noch an das Gute in Manfred und machte weiter wie zuvor. Erstmalig gab es ihr zu denken, dass sie nicht mit in den Umzugslaster passte und

Manfred allein umzog, sogar den Hund ließ er zurück. Doro konnte sehen, wie sie allein mit Kind und Hund in die neue Wohnung kam, die in der Nachbarstadt lag. Es war fast die einsamste Nacht ihres Lebens. Doro kam nebenan bei Manfreds Freundin unter, die sein Verhalten unverschämt fand. Zum Dank schenkte Doro ihr Manfreds Weinkisten, die er im Keller vergessen hatte. Sie war es auch, die Doro zu Manfred brachte, mit Kind und Hund in ihrem Auto. Die Nachbarin verabschiedete sich von Doro, mit dem Guten Rat, sich allein durchzuschlagen ohne ihn. Warum Doro die neue Wohnung überhaupt noch einrichtete, kann sie nicht sagen. Manfred sagte nur „Hallo" und zog los, sich neue Kumpels zu suchen, die er in der nächsten Kneipe fand. Einer hieß John, der hatte auch Frau und Kinder, mit dem hing Manfred in der folgenden Zeit nur noch rum. Am meisten saßen die beiden vor Manfreds Computer, deswegen hatten Manfred und Doro kein eigenes Leben mehr. Leider hatte John auch einen Hund und soff genauso gerne wie Manfred. Man könnte glauben, dass sie siamesische Zwillinge wären, denn fortan machten sie alles gemeinsam und Doro lebte praktisch ihr eigenes Leben mit Nina. Dann war Conny wieder da, bei der heulte sich Doro aus und Conny blieb dabei, Doro musste, wollte sie glücklich werden, sich von Manfred trennen. Doro zweifelte an sich selbst und ihrer Liebe zu Manfred und als Jutta, die Frau von John nebenbei erzählte, dass sie sich auch von John trennen wollte, stand Doros Entschluss fest. Zur Vernunft kam Manfred eh nicht mehr, er hatte Zeit genug gehabt. Heimlich rief Doro ihre Mutter an, beichtete und bat sie um Hilfe. Die reagierte sofort und schickte Bahnkarten mit der Post, Doro sollte wieder nach Hause kommen. Manfred log sie vor, sie wollte Urlaub bei ihrer Mutter machen...(ohne Rückfahrschein, das verschwieg Doro).
Sie fing den Brief mit den Bahnkarten ab, als Manfred mit John und den Hunden unterwegs war zum saufen. Den trug sie am Körper, nicht dass Manfred, dem die Urlaubsgeschichte überhaupt nicht gefiel, aus Wut die

Bahnkarten zerriss, er war unberechenbar geworden durch den übermäßigen Alkoholgenuss. Als Manfred Nina eine scheuerte, weil sie zu seinem Computer gekrabbelt, und das CD-Fach geöffnet hatte, waren bei Doro die letzten Gefühle für ihn gestorben. Ihr Entschluss zu gehen stand fest! Dieses teilte Doro Conny per Telefon mit und man traf sich am Tag vor Doros Abreise in der Stadt zum Abschiednehmen. Es war eine Reise ins Ungewisse. Danke Conny, für deine Hilfe, auf ewig, wo auch immer du jetzt sein magst...

Am darauf folgenden Tag stieg Doro in den Zug nach Hause, zu ihren Eltern, mit Nina im Gepäck, die Doro einfach mitnahm. Darüber hatte sie sich noch mit Manfred heftig gestritten, kurz bevor sie losfuhr, da log sie erneut, dass sie zurückkäme zu ihm, ganz bestimmt. Nun setzte sie sich in den Zug, der sich langsam in Bewegung setzte, mit Nina und ihr an Bord. Doro hatte jetzt nichts mehr, außer ihrem Leben, Nina und die Klamotten, die sie am Leib trug. Darüber war Doro auch noch froh. Je mehr Bahnhöfe sie verließen und dadurch immer dichter an Doros frühere Heimat rückten, desto fröhlicher wurde Doro. Sie zeigte Nina die Bahnhöfe von Fulda, Hannover, Hamburg, Kiel und Flensburg, an dem schon ihre Mutter mit Anhang auf sie wartete und sich freute. Endlich war Doro wieder zu Hause, wo sie hingehörte und heimisch war, sie hätte nie weggehen sollen, das hätte ihr viel erspart. Aber weiß man das?

Elke1o

Ein herzhaftes Lachen weckte Doro, die bis dahin fest geschlafen hatte. Sie hielt sich den Bauch, der wehtat vom Lachen, Doro beobachtete sie dabei. „Was gibt es da zu lachen?", wollte Doro nun wissen, die sich das denken konnte. Entweder die Flucht in Unterwäsche oder der Lehrlingssanitäter, der eine Geburt aus dem Lehrbuch kannte, aber noch nie erlebt hat. „In Unterwäsche auf und davon und die Polizei hat keinen blassen Schimmer.", erklärte Elke, die sich beruhigte. „Das ist geil. Stimmt das?", fragte Elke nun. „So wahr ich hier liege.", meinte Doro, die dabei war. Damals war´s nicht lustig, aber heute im nach hinein schon. „Übrigens, die Ausrede mit dem Hund war spitze und die Frage nach der 110, du hast es echt drauf.", grinste Elke, die das Kapitel schnell zu Ende las und das Buch beiseite legte. „Der russischen Ärztin hätte ich auch in den Hintern getreten. Wie kann man nur so gemein sein und Spaß dabei haben?", stellte sie noch fest. Doro meinte: „Ich kannte ganz lange keinen Hass in meinem Leben, es gab aber drei Dinge, die ich wirklich gehasst habe, die Endometriose, das Heim und diese Ärztin. Diese Dinge würde ich nicht mal meinen Feinden wünschen..." „So etwas möchte ich nie erleben müssen.", stellte Elke nun fest, die recht müde war und das Licht löschte. Doro bekam noch Schmerztropfen von der Nachtschwester und dann schliefen sie beide. Irgendwann mitten in der Nacht wachte Doro auf, weil sie ausgeschlafen hatte und lag eine ganze Weile wach, bis sie wieder einschlief. Das nächste was Doro registrierte war, dass Lars und die Schwester von gestern sie weckten. Doro wurde auf einen Stuhl vor dem Waschbecken gesetzt, während sie ihr Bett machten. Es war für Doro anstrengend mitzulaufen, da die Bauchnarbe schmerzte, auch als sie sich vornüber beugte zum Waschen und Zähneputzen. Lars wusch Doro den Rücken und schaffte sie danach wieder mit einem sauberen Nachthemd ins frisch gemachte Bett. Doro war froh wieder zu liegen und fummelte an einer ihrer Flaschen rum, wo die Aufhängung aufgegangen war. Diese sollte auch seitlich am Bett bei den anderen hängen, aber die Schwester hatte die nicht angehängt. Während Doro an dem Teil herumfummelte, um es wieder anzuhängen, stellte sie fest, dass sie davon sogar zwei hatte. „Elke, war der gestern eigentlich da? Oder war der noch nicht da?", wollte Doro nun von Elke wissen, die frühstückte. „Letzteres Doro.", antwortete sie mit vollem Mund. „Aber nachher kommt doch die Visite.", ergänzte sie und aß ihr Käsebrötchen auf. Doro rührte in ihrer Suppe rum, die geschmacklich nicht zuzuordnen war und nicht sonderlich schmeckte. Anschließend holte Elke Doros Zeichensachen vom Tisch und legte sie Doro auf die Knie, Doro konnte wieder zeichnen, während Elke lesen würde, was beide nachdem das Frühstück abgeräumt wurde, auch taten...

Trennung – Plötzlich allein

Es wäre Doro wirklich vieles erspart geblieben, wenn sie nicht weggegangen wäre. Sie bereute es wirklich, hatte sie doch alles verloren, aber sie hatte auch etwas gewonnen. Ihre Tochter Nina und eine Menge Lebenserfahrung, die ihr bestimmt einmal was bringen wird. Da standen ihre Mutter Heike und Vater Volker am Bahnhof und warteten auf sie. Das sah Doro aus dem Zugfenster, als er einfuhr und hielt. Doro stieg aus und die Begrüßung fiel dementsprechend herzlich aus. Sie war erleichtert, dass ihre Eltern sie nach alldem was war, mit offenen Armen wiederaufnahmen. Auch Nina war gleich ein Objekt der Begierde, welches abgeschmust und geherzt wurde. Von ihren Großeltern, die froh waren, das Nina und Doro nicht mehr bei Manfred waren, der immer noch glaubte, sie würden nach fünf Tagen zurückkehren. Sogar einen Kindersitz für das Auto hatte ihre Mutter aufgetrieben und so fuhren sie alle zusammen nach Hause. Es hatte sich nicht viel verändert in den Jahren, als Doro nicht daheim gewesen war. Als sie ankamen, wurden sie auch gleich begrüßt mit viel Gequietsche, von dem Hund ihrer Eltern, auch Doros Bruder freute sich, das sie wieder da waren. Nina war gleich der Goldschatz der Familie Feldmann. Die folgenden Wochen gestalteten sich schwierig, da soviel geregelt werden musste. Doro brauchte einen Anwalt brauchten wegen der Wohnung und Manfred, der stinksauer alles zurückgelassen hatte, war einfach abgehauen. Alles kostete viel Geld, das Doros Vater bezahlen musste, weil Doro selbst kein Geld hatte. Ihres ging für Manfreds Schulden drauf; sie hatte ja sonst nichts mehr. Ihre Mutter kaufte für Doro und Nina fast alles was sie brauchten, Kleidung, Essen, Spielzeug. Sie waren den Umständen entsprechend glücklich. Doch das Schicksal schlug wieder mit voller Härte zu, zuerst stürzte Nina, die auf den großen Wasserball klettern wollte, so unglücklich gegen den Schrank, dass alle einen gewaltigen Schreck bekamen. Nina hatte einen Schutzengel, nichts war passiert, außer das sie ein blau-lila Feilchen schmückte. Auch musste Doro zum Arzt wegen ihrer Hormontherapie, die sie wieder machte, ihre vier-wöchentliche Spritze war dran. Da sie in der Frauenarztpraxis neu war, fiel der zuständigen Ärztin ein, sie spontan untersuchen zu wollen. Dabei stellte sie zu Doros Erstaunen fest, das sie eine Entzündung am Nabel hatte und schickte Doro weiter zum Hausarzt, mit dringender Überweisung. Es war nicht so schlimm, wie die Ärztin meinte, da es nicht mal wehtat. Doro zeigte noch ihrer Mutter die besagte Stelle, welche da auch nichts sehen konnte und genervt meinte: „Dann gehst du halt zum Hausarzt und deine Ärztin hat ihre Ruhe." Doro tat, wie ihr geheißen, beim Hausarzt musste sie über zwei Stunden warten, weil sie keinen Termin hatte und Nina wurde von ihren Eltern betreut. Als sie endlich drankam, war es ihr unangenehm, wegen so einer Kleinigkeit den Arzt von wichtigeren Dingen abzuhalten. Doro berichtete dem Arzt, was die Frauenärztin gesagt hatte, und meinte, es wäre besser wenn er sich das ansieht, was er dann auch tat. Weit kam er nicht dabei den Nabel abzutasten, ihm kam Eiter entgegen und Doro musste wieder in die Klinik. Sofort ohne Umweg mit etlichen Papieren. Auf einem stand Notfall... . Doro wusste nicht, wie ihr geschah und rauchte vor der Arztpraxis eine Panikzigarette. Ja sie rauchte wieder, der Stress mit Manfred hat sie dazu gebracht, wieder damit anzufangen. In der Klinik wartete man schon auf sie, da der Arzt auch gleich dort angerufen hatte. Zuerst bewunderte eine Ärztin ihren Bauch, um dann herauszugehen und mit zwei anderen Ärzten zurückzukehren, welche sich das auch ansahen und recht seltsam fanden. Sie behielten Doro gleich da und Doro bat die Ärztin diese Geschichte ihren Eltern zu erklären, die zu Hause mit Nina auf sie warteten. Sie hatte den letzten Bus eh schon verpasst, weil sie solange bei dem anderen Arzt gewartet hatte und dann in die Klinik musste. Ihre Eltern bekamen einen riesigen Schreck und ihr Vater brachte ihr noch eine

Tasche, die ihre Mutter notdürftig gepackt hatte, mit ihren eigenen Nachthemden und so, weil Doro ja nichts Eigenes hatte. Einige Untersuchungen folgten und Doro war immer noch ganz verwirrt. Bis ein Arzt auf die Idee kam, Doro ein Kontrastmittel direkt in den entzündeten Nabel zu spritzen und sie zu röntgen. Das Ergebnis hatte er dann weiß auf schwarz und Doro musste dringend operiert werden. Damit retteten die Ärzte ihr das Leben, es war ein dicker Abszess, den sie da hatte und es hätte tödlich geendet, wäre Doros Frauenärztin nicht so hartnäckig gewesen. Doro wäre wegen dem roten Fleck am Bauch nicht (!) zum Arzt gegangen, sie dachte daran, das ihre Hose gedrückt hatte, weil sie etwas zu eng war und Doro vollschlank. Die Hose gehörte ihrer Mutter, die schmaler als sie war. Zwei Tage nach der Operation erzählte der Professor Doro dann, was es damit auf sich hatte. Sie hatte vor der Operation noch ca. sechs Stunden zu leben gehabt, der Abszess wäre geplatzt und der Eiter in den Bauchraum gelaufen, Bauchfellentzündung, Blutvergiftung und Tschüss.... . Doro war geschockt. Hatte sie doch ein verdammtes Glück gehabt. Wäre sie bei Manfred geblieben, hätte sie das ihr Leben gekostet. Sie hätte Nina nicht allein bei Manfred gelassen und wäre auch nicht in die Klinik gegangen, es wäre zu 100% ihr Ende gewesen. Auch ihre Mutter, die überhaupt nicht gläubig oder so ist, und mit Kirche und Ähnlichem nun gar nichts am Hut hat, sprach sogar von einer höheren Macht, die sie zurückgebracht und ihr damit das Leben gerettet hatte. Es hieß wirklich was, wenn ihre Mutter so anfing. Wenn man es genau betrachtet, waren wirklich Dinge im Spiel, die unglaublich waren. Deshalb fing Doro an zu glauben, dass der Schicksalsweg vorgegeben ist, man muss ihn nehmen wie er ist, ändern und verbessern kann man die Dinge, doch sollte man den Weg gehen, den das Schicksal vorgibt. Auch Doro ist nicht abergläubig oder so, aber es musste einen Grund dafür geben, warum alles so lief und sie die Dinge erleben musste, die sie erlebt hat. Darüber hat sie nach dieser Operation noch oft und lange nachgedacht, während Nina kurz vor ihrem ersten Geburtstag angefangen hat zu laufen. Nachdem Doro aus der Klinik entlassen wurde, feierte die ganze Familie Ninas Geburtstag und ihre Rückkehr ins Leben. Anschließend suchten sie eine Wohnung für Doro und Nina, damit sie ihr eigenes Leben führen konnten. Nebst ihren Eltern wohnten auch noch ihr Bruder mit Freundin in ihrem Elternhaus und es war ein bisschen eng in dem großen Haus. Auch hatten ihre Eltern und Doro es geschafft die Probleme zu regeln, die sie nach ihrem Weggang noch wegen Manfred bekam. An den Schulden zahlte sie noch zwei Monate nach der Trennung. Auch mit der neuen Wohnung hatte Doro wieder Glück, weil die Vermieter Familien mit Kindern suchten. Sie war die einzige Bewerberin mit Kind für besagte Wohnung. Die freudige Nachricht bekamen sie beim Mittagessen, während die Familie über die Wohnung diskutierte, die am Vortag besichtigt wurde. Doro wollte die Wohnung und es gab eine Bewerberliste. Die Vermieter, eine Baugenossenschaft, konnte sich daran ihre Mieter aussuchen. Die Freude war groß bei Doro und sie konnte von der Vormieterin der Wohnung sogar einige Möbelstücke abkaufen. Sie selbst besaß ja nichts mehr, damit war Manfred durchgebrannt. Doro renovierte die Wohnung, selbst während Nina bei ihrer Oma war und so schuf Doro sich mit der Hilfe ihrer Eltern eine neue Existenz. Sogar ein Sofa bekam Doro von einer ehemaligen Schulkollegin, die es am schwarzen Brett im Supermarkt zum Verkauf anschlug. So trafen sie sich wieder und Doro kaufte ihr das Sofa ab, welches sie mit ihrem Vater selbst in die neue Wohnung schaffte, um Kosten zu sparen, genauso wie sie sich mit den Vermietern einigte, das Geld für die Maler zu sparen, sie würde gegen Materialkosten alles selbst streichen. Sogar den Umzug machte sie mit ihrem Vater allein. Dafür brauchte sie mit Renovierung drei Tage, dann zogen sie und Nina in ihr neues Zuhause ein. Sie hatte es geschafft, sich wieder eine neue Existenz aufzubauen, doch irgendwas fehlte Doro, sie war trotz

Nina einsam. Nina nahm sie immer in Beschlag und ihr gingen auch nie die Ideen aus, um Doro zu beschäftigen. Zeit für die Hausarbeit blieb nur abends, wenn Nina schlief. Anschließend langweilte sich Doro vor dem Fernseher. Es ist schon traurig, wenn der Fernseher dein bester Freund ist und du deiner Stereoanlage einen Gutenachtkuss gibst, so bescheuert kam Doro sich vor. Sie musste oft an das Heim oder Manfred denken, obwohl sie diese Gedanken grausten, das gute daran war, dass sie nicht allein mit sich und der Welt war. Immer wann sie wollte, konnte sie im Heim zu den anderen gehen, Manfred war auch immer da und bei ihren Eltern war sie auch nie allein gewesen. Jetzt da sie allein mit Nina war, hatte sie keinen zum reden und so. Außer ihrer Mutter, die sie täglich anrief und auch des Öfteren damit nervte. Doro ging mit Nina immer raus in die Stadt, in der Hoffnung Bekannte zu treffen, was ihr nicht gelang. Es ging eine ganze Zeit lang gut, bis sie wieder bei ihrer Familie rumhing, nur um Unterhaltung zu haben. Nina gab ihr echt viel, doch leider war sie zu klein, um sich mit Doro zu unterhalten. Drei Jahre Heim mit dem dazugehörigen Gruppenzwang gehen halt nicht spurlos an einem vorbei. Alleinsein kann eine Zeit lang schön sein, aber auf Dauer fehlt etwas: die Unterhaltung, das Interesse von den anderen, wenn sie sie fragten, was du machte oder wie es ihr ging. Denen hattest du dann berichtet, und dich dann gefreut, im unbewusst zwar, aber es hatte denjenigen interessiert und du hast gemerkt, dass du da bist und lebst. So etwas wünschte sich Doro wieder, Freunde, die ihr zuhörten. In Doros Nachbarschaft gibt es einen kleinen Park, in dem sich die Säufer aufhalten, um ihr Bier dosenweise zu saufen. Waren die mal nicht da, saß Doro auch mal dort mit Nina auf dem Schoß. An der Tankstelle gegenüber und dem Supermarkt nebenan war sie Stammkunde. Irgendwann bauten sich erste Kontakte auf, weil man sich traf und immer grüßte, dann unterhielt man sich irgendwann. Zur Not frisst der Teufel Fliegen heißt es doch, es stimmte, Doro fehlte der Kontakt zu anderen.

Dieses änderte sich erst, als Doro Pieter kennen lernte, der mit seinem Kumpel auch mal im Park saß, als sie kam und wieder gehen wollte. Er war es, der anbot: „Setz dich doch dazu, wir beißen nicht." Doro setzte sich dazu und man unterhielt sich miteinander, als würde man sich schon lange kennen. Pieter war wesentlich älter als Doro, könnte fast ihr Vater sein und hatte das Herz am richtigen Fleck. Immer wenn sie sich in der darauffolgenden Zeit trafen, unterhielten sie sich und es entstand erst eine Bekanntschaft, die später zur festen Freundschaft wurde. Wie sich herausstellte, war Pieter auch nicht der Typ für das allein sein, genauso wie Doro. Er war der Vater von drei Kindern, zwei waren erwachsen und einer Teeny. Pieter war nach langer Ehe geschieden. Seine Tochter ging einst mit Doro in der Schule. Auch sie hatte inzwischen zwei eigene Kinder. Durch Pieter haben sie sich wieder angefreundet. An Pieters Verhalten merkte man auf jeden Fall nicht, dass er schon weit über 50 Jahre alt war. Er war immer spontan, lustig und für ein Späßchen zu haben. Wo er dabei war, war immer etwas los und alle Beteiligten hatten viel Spaß mit ihm. Immer fällt ihm etwas Neues ein und mit seinen spontanen, der Situation angepassten Sprüchen, gibt es immer etwas zu lachen. Auch mit Nina hat er sich angefreundet und sie sich mit ihm.

Elke 11

„Das kenne ich auch, nach der Scheidung war ich auch sehr allein. Ich war es gewohnt, dass mein Mann immer da war. Doch dann war er einfach weg, daran habe ich lange geknabbert.", stellte Elke fest. „Außerdem war es besser so, wenn das Vertrauen fehlt, bringt es nichts mehr, man ist besser dran ohne, auch wenn das hart ist...", erklärte Elke. Nun sah Doro sie an. „Diese Ossi hat wahrscheinlich sehr viel kaputtgemacht, der Alkohol gab unserer Beziehung den Rest, soll der doch seinen Hund heiraten! Verdammt noch mal, das regt mich auf.", meinte Doro leicht verärgert. Nun legte Elke das Buch weg, Doro sollte sich nicht ihretwegen ärgern und sagte zu Doro: „Lass nur, da sagst du nichts Neues, meiner hat auch fremdgevögelt und ich blöde Kuh warte zu Hause mit dem Essen und er vergnügt sich woanders!", ergänzte Elke, um Doro zu beruhigen, aber die winkte ab. „Vergangenes kann man nicht ändern, heute bin ich froh darüber, dass ich mich von Manfred getrennt habe, jetzt bin ich frei.", wandte Doro ein und reichte Elke eine Zeichnung rüber. „Wie findest du die? Oder muss ich die neu machen?", fragte sie nun und Elke betrachtete das Bild. Darauf war Nina als Baby zu sehen. „Die ist aber süß. Ist das Nina?", fragte Elke nun. „Ja, sie ist das einzige, worauf ich stolz sein kann im Leben.", meinte Doro nachdenklich, bekam das Bild zurück, an dem sie dann weiterarbeitete. Elke beschäftigte sich wieder mit dem Buch...

Kapitel 11 Was zusammengehört sollte man nicht trennen

Doro hat die Trennung von Manfred überwunden, nachdem sie fast ein ganzes Jahr zurück war. Nina und sie haben wieder ein neues zu Hause, sowie Doro sich einen neuen Bekanntenkreis aufgebaut hatte. Sogar einen besten Kumpel hat sie wieder, der Pieter heißt. Sie kommt wieder mit allem klar, besser als sie gedacht hatte. Auch erlebte sie Höhen und Tiefen, wie sie nun mal im Leben vorkommen. So musste Doro Abschied nehmen von ihrer Oma, die nach einem Schlaganfall halbseitig gelähmt im Altersheim gelandet war. Über Nina freute sie sich immer, wenn Doro mit ihrer Mutter und Nina sie besuchten, zweimal die Woche. Ansonsten bekam ihre Oma nicht mehr viel mit von der Welt, da sie durch den Schlaganfall in ihrer eigenen Welt lebte, weitab der Realität. Ihr tat die Oma sehr leid und Doro empfand es so, als quäle sich ihre Oma. Doch ihre Mutter erklärte ihr, dass es die Oma nicht mehr merken würde, da sie geistig weit, weit weg war. Doch sie mochte das nicht sehen und Doro ging nur mit, weil die Oma gerade noch soviel mitbekam, dass sie Nina als Urenkel wahrnahm und sich über sie freute. Wenigstens diese Freude konnte Doro ihr bereiten. Als die Oma starb, rief Doros Mutter bei ihr an. Sie saß gerade mit Nina beim Mittagessen. Weinend am Telefon erreichte Doro diese Nachricht durch ihre Mutter, sie war betroffen und heulte mit. Seit sie Kind gewesen war, ist die Oma immer für sie da gewesen und nun war sie tot, das war ein derber Verlust für die gesamte Familie. Doro heulte sich bei Pieter aus, dem das nicht fremd war, da er seine komplette Familie, bis auf Bruder und Schwester verloren hat. Er tröstete Doro. Mit den Gedanken, dass es ihrer Oma jetzt gut geht, tröstete sich Doro. Es ist auch nichts Halbes und nichts Ganzes, halbseitig gelähmt im Bett vor sich hinzuvegetieren. War da der Tod nicht die Erlösung von den Qualen?

Da fiel ihr Traudel ein und Tina, von denen sie sich schon hat verabschieden müssen, sowie Tante und Onkel und die Oma väterlicherseits. Das mit Tina war ein starkes Stück, das sie mit 25 Jahren einfach so einschlief und nie wieder aufwachte. Es geschah, kurz nachdem Doro in die WG kam, bevor sie mit Manfred zusammenzog. Wirklich Schade daran war, das Tina im Heim sterben musste, wo sie unbedingt raus wollte, zu ihrer Tochter, die bei ihrer Mutter lebte, während Tina im Heim war. Obwohl Tina mit Doro drei Jahre ihres Lebens mit ihr teilte, hatte Doro sie nicht sonderlich gemocht, aber als sie starb, merkte Doro, das sie Tina doch in ihr Herz geschlossen hatte. Nun vermutet Doro, das Tina an einem gebrochenen Herzen gestorben ist, weil sie nicht bei ihrer Tochter hatte sein können. Woran sie starb, weiß niemand, nicht mal die Gerichtsmedizin, wohin sie kam, da man an Selbstmord glaubte, aber das nicht der Fall war. Auch Traudel starb einsam und verlassen an Brustkrebs, doch kurz bevor sie starb, tat sie etwas für Doro, was sonst keiner getan hätte. Sie gab Doro den Lebensmut zurück, obwohl sie wusste, das es mit ihr zu Ende geht irgendwann. Doro musste plötzlich daran denken, wie nah sie dem Tod schon gewesen war und wie ungerecht doch das Leben sein konnte. Ihre ganze Familie trug ihre Oma zu Grabe, an einem regnerischen Donnerstag. Das Grab war mit Blumen geschmückt und der Pastor erzählte aus dem Leben der Oma, die ein herzensguter Mensch gewesen war. Die ganze Familie weinte. Alle standen sie mit Blumen in den zittrigen Händen am Grab, um Abschied zu nehmen, der allen furchtbar schwer gefallen ist, da sie die Oma alle geliebt hatten. Anschließend feierten sie den Leichenschmaus zusammen mit einer Lauchsuppe, weil die Oma das gewollt hätte, dass alle zusammen waren.
Trennung und Abschied nehmen von Menschen, die Doro mochte, fiel ihr schon immer schwer. Sie war glücklich darüber, dass sie ihre Familie wiederhatte und dass Nina bei ihnen war. Was zusammengehört, sollte man nicht trennen.

Elke 12

„Ach Gott, wie ich das kenne,
Abschiednehmen, es gibt nichts Schlimmeres.
Beerdigungen kann ich nicht ausstehen.",
meinte Elke, die wusste, wovon sie sprach und
drehte sich zu Doro um. Doch die schlief und
hatte gar nicht zugehört. ˋUffˋ, dachte Elke,
ˋich und mein loses Mundwerkˋ. Erst legte sie
das Buch beiseite und stieg aus dem Bett, um
das Zimmer zu verlassen, damit sie draußen
weiterlesen konnte und Doro nicht immer
störte. Als sie mit dem Buch unter dem Arm
über den Flur lief, kam ihr Lars entgegen.
„Wohin des Weges Frau Becker?" „Och nur
nach draußen auf die Bank, Doro schläft." Lars
ließ sie gehen und Elke ging in Richtung
Stationstür davon, während Lars zu Doro in
das Zimmer ging. Er holte Doro aus dem Bett,
damit sie mit ihm über den Flur lief. Doros
Kreislauf sollte wieder in Schwung kommen.
Danach war Doro fix und fertig und froh wieder
im Bett zu sein. Elke kehrte zurück, damit sie
Kaffee trinken konnte, den brauchte sie
nachmittags einfach, ohne den fehlte ihr etwas.
Sogar Doro war wieder wach und zeichnete mit
einer Teetasse in der Hand, es war Fencheltee
mit Süßstoff und allemal besser als nichts. „Da
bist du ja wieder, dann kann ich mir die
Vermisstenmeldung ja sparen.", grinste Doro in
Elkes Richtung. Elke machte es sich am Tisch
bequem um zu lesen. Dazu kam sie aber nicht,
weil Dorothea irgendwas vor hatte. Etwas
wackelig stand sie neben ihrem Bett und zog
sich ihren Morgenrock an und verpackte ihr
medizinisches Gepäck in der Stofftüte, die sie
selbst vorgestern spazieren getragen hatte.
„Bitte Elke komm mit, ich möchte eine
rauchen, Lars hat keinen Bock und ich

schmachte. Allein traue ich mich nicht, komm kriegst auch eine ab.", bettelte Doro und sah Elke an mit einem Hundeblick, der sie erweichte. „Na gut, dann will ich mal nicht so sein, wenn du umkippst hau ich dir den Arsch voll drauf zu.", sagte Elke und hakte Doro unter, die zwar langsam, aber doch schon recht sicher neben ihr herging. So gelangten sie in das Raucherzimmer und setzten sich auf die vorhandenen Stühle. „Hier bedien dich. Danke.", sagte Doro und warf Elke die Zigarettenschachtel zu. Elke nahm sich eine Zigarette und warf die Schachtel zurück und Doro nahm sich auch eine und machte die an. Nun schmökten beide und erzählten sich die Geschichten, die sie in die Klinik befördert hatten. Mit der Zeit bekamen sie Gesellschaft, sie amüsierten sich den halben Nachmittag, bis Dorothea nicht mehr sitzen konnte und sie zurück mussten. Im Zimmer angelangt, legte sich Doro gleich wieder hin und Elke nahm am Tisch Platz, um weiterzulesen...

Kapitel 12 Irgendwie schlägt Frau sich durch – vom Leben nach der Krankheit, weit gefehlt Doro

Vorbei, endlich vorbei…. Doro war ja so glücklich, dass sie vor Freude heulte. Der Oberarzt hatte es ihr eben gerade mitgeteilt, fast zehn Tage nach ihrer hoffentlich allerletzten Operation. Er sagte: „Ab jetzt können sie sich ihre Endometriose abschminken". Zu 85% sicher wäre es, und er glaube nicht daran, dass Doro zu diesen letzten 15% gehört, die es dennoch wieder bekämen. Es war zu schön um wahr zu sein, sie wusste nicht wohin mit ihrer Freude und fiel dem Arzt um den Hals und bedankte sich. Danach ging sie, so gut sie konnte, zurück in ihr Zwei-Bettzimmer, der Arzt sah ihr noch verwundert nach. Doro war noch sehr geschwächt nach dieser schweren Operation, die sie viel Kraft gekostet hatte. Nun lag Doro wieder im Bett in der Klinik, die sie wahrscheinlich zeitlebens nie vergessen würde, da hier ihr größter Wunsch erfüllt wurde. Nie wieder würde sie Schmerzen leiden müssen, keine starken Blutungen mehr haben, die sie zuletzt alle drei Wochen ins Bett gezwungen hatten. Auch nie wieder Probleme mit ihrer Endometriose, dafür verzichtete sie gern auf ein weiteres Kind. Obwohl sie immer zwei Kinder haben wollte, das war jetzt egal. Sie war so glücklich, wie damals, als sie vom Krebs geheilt wurde. Sie könnte ausrasten vor Freude und Party machen, eine riesige. Ja, sie dachte daran zu träumen, mit offenen Augen, und ihr fiel ein, was sie in zehn Krankheitsjahren alles erleiden musste. Nun war sie stolz wie Oskar auf sich, dass sie diesen Kampf endlich gewonnen hatte. Während sie im Bett lag und sich freute, kam ihre Mutter mit Nina zu Besuch, um zu schauen wie es ihr geht. Sie hatte keine Zeit ihre Mutter zu begrüßen und bat sie zu sich ans Bett, um sie zu umarmen. Dann nahm sie Nina in den Arm die fragte: „Hast du Aua am Bauch Mama?" „Nein nie wieder mein Schatz!", sagte sie und drückte Nina an sich und ihre Mutter freute sich mit, obwohl sie nicht wusste worum es ging. Nachdem ihr alles von Doro erklärt wurde, freute sie sich für ihre

Tochter, sie wusste, was es bedeutete für Doro, dass die Endometriose ein Ende hat. Heike Feldmann fing wieder an, vom unglaublichen zu reden und war genauso glücklich wie ihre Tochter. Endlich konnte Doro leben, frei von der Angst Schmerzen zu bekommen, ja sie war frei und glücklich darüber. Nun erzählte ihre Mutter noch von Nina, Doros Vater und das sie noch einkaufen wollten. Doro begleitete ihre Mutter und Nina noch zur Stationstür, um dann wieder in ihr Zimmer zurückzukehren. Ihre polnische Bettnachbarin würde die wahrscheinlich letzte Klinikfreundin sein. Doro hatte schon einige gehabt. Die beiden unterhielten sich über alles Mögliche. Ihr ging es echt gut mit dem Gedanken, obwohl Doro noch immer Schmerzen von der Operation hatte. Sie ertrug diese gern, weil sie wusste, dass es die letzten sein würden, im Zusammenhang mit ihrer Endometriose. Irgendwie war ihr doch langweilig und Doro holte ihren Morgenrock aus dem Spind, um eine rauchen zu gehen. Dort steckte sie sich eine Zigarette in das Gesicht und zündete diese an. Langsam ging sie zum Fenster des Raucherzimmers und sah raus, der sommerliche Klinikhof war eine blühende Schönheit, die Doro genoss anzusehen. Hier stand sie nun und dachte an die Zeit zurück, als sie mit großen Idealen, Wünschen und Zielen nach ihrem Schulabschluss in das selbständige Leben starten wollte. Sie öffnete nun das Fenster und holte sich einen Stuhl. Das Stehen bereitete ihr immer noch Schmerzen nach dem Bauchschnitt, und sie setzte sich in die Sonne am offenen Fenster. Wo war sie mit den Gedanken stehen geblieben? Ach ja, das freiwillige soziale Jahr, das sie begann und Freunde fand. Dann die Arbeit, die ihr gefallen hatte, doch leider war sie an der Endometriose damit gescheitert. Ihr fiel ein, dass ein Hund es war, der sie auf dem Weg zur Klinik nach ihrem Zusammenbruch gerettet hatte und sie die Endometriose bei ihr feststellten. Nein, damals hatte sie sich nie vorstellen können, dass so eine Erkrankung ein Leben prägen konnte. Dorothea nahm sich eine neue Zigarette aus der

Schachtel und machte diese an, dann sah sie auf die Uhr an ihrem rechten Handgelenk. Auf der Hand saß noch die Nadel vom Tropf, den sie bekommen hatte, weil ihr Darm seine Arbeit eingestellt hatte. Nach so einer Operation, bei der der Darm betroffen ist, kann so etwas öfter mal vorkommen, hatte der Arzt zu ihr gesagt. Sie mussten ihr Verwachsungen am Darm entfernen. Es war erst 15:39 Uhr sie hatte noch viel Zeit, Pieter würde sie erst nach dem Abendessen besuchen, das hatte er versprochen. Also weiter, die schreckliche Krebsgeschichte, die sie fast in das Unglück gestürzt hätte, doch Traudel war da und gab ihr den Mut zurück den sie brauchte, um den Krebs zu besiegen. Ach Traudel, das du nicht mehr da bist, ich vermisse dich so und das vorbei hätte ich gern mit dir gefeiert...

Doro stand auf und ging zum Stationsklo, um sich ein Papiertuch zu holen, weil sie bei dem Gedanken an Traudel angefangen hatte zu weinen. Nachdem Doro sich die Nase geputzt und sich die Tränen abgewischt hatte, ging sie sich eine Tasse Tee holen, mit der sie wieder in das Raucherzimmer zurückkehrte. Sie setzte sich erneut auf den Stuhl, der immer noch am offenen Fenster stand. Nun dachte sie daran, wie sie die Ausbildung beginnen wollte und dafür sogar zu Hause auszog. Was hatte sie sich doch darüber gefreut, das sie diese Chance bekam. Auch diese war draufgegangen, wegen der Endometriose und ihre Arbeit hatte sie deswegen auch verloren. So eine Scheiße, das alles, es war besonders schlimm, als man sie deswegen sogar in die Psychiatrie steckte. Sie zitterte bei diesem Gedanken, so sehr grauste Doro diese Erinnerung. Vor Wut darüber hätte sie auf den Boden vor sich kotzen können, dafür findet man keine Worte, so schlimm war es gewesen. So erniedrigend und entwürdigend, sie konnte es nicht verstehen, das Menschen so extrem grausam sein konnten. Dabei hatte Doro sogar Beweise gehabt, das sie nicht verrückt war, sondern nur schmerzen hatte. Es hat aber keinen interessiert, scheiß Endometriose!!! Sie wollte sich die Gedanken daran nicht antun, dazu war sie zu gut gelaunt, sie wollte sich die gute Stimmung nicht verderben, mit miesen Gedanken. Nachdem sie das Zimmer aufgeräumt hatte, ging sie über den langen Flur zurück auf die Station. Ihr kam Frau Meier entgegen, Doro erschrak, sie hatte Brustkrebs, wie Traudel damals und war dementsprechend schlecht gelaunt, so wie Doro vor Jahren. Doro konnte sie jetzt nicht gebrauchen, doch sie sprach Doro an und fragte, ob sie mit ihr raus auf die Bank im Klinikgarten käme. Da Dorothea heute ihren guten Tag hatte ging sie mit, ganz so wie Traudel damals ihr den Zuspruch gab, den sie brauchte. So machte sie es jetzt mit Frau Meier, es gibt nichts Schlimmeres aus dem Leben heraus plötzlich an Krebs zu erkranken. Frau Meier erzählte Doro ihr Schicksal erneut zum wiederholten Male, und Doro hörte einfach zu, obwohl sie die Geschichte schon kannte. Dann berichtete Doro ihr von ihrem eigenen Schicksal, das gut ausgegangen sei und erzählte ihr von Traudel. Auch gab sie ihr den Tipp, nicht alles so schwarz zu sehen und vernünftig an diese Sache ranzugehen. Doro konnte Schwarzmalerei nicht ab, sie hatte auch immer irgendwie weitergemacht, obwohl die Endometriose sie jahrelang quälte. Frau Meier sah Doro an und meinte, dass sie Recht hätte, dann gingen sie gemeinsam zurück auf die Station und verabschiedeten sich, da sie in verschiedenen Zimmern lagen. Irgendwo war Doro froh das sie ging, sie war leider kein Arzt und konnte hier nicht helfen. Durch Frau Meier bekam Doro schlechte Laune, weil so etwas sie belastete, und ihr fiel wieder ein, wie sie in der Psychiatrie saß. Auch musste sie an Birgit denken, die soviel für sie getan hatte und ein herzensguter Mensch war. Wahrscheinlich die beste Freundin, die Doro jemals hatte, sogar die Zeit im Heim, nicht mal da hatte Birgit sie im stich gelassen. Immer wenn es ihr total dreckig ging, war Birgit da gewesen. Doro dachte gern an diese Freundschaft zurück, die ihr sehr viel bedeutet hatte. Birgit, ich

wünsche Dir auf diesem Wege alles erdenklich Gute, meine Gitti!!!
Nun fiel ihr Manfred ein, der Birgit abgelöst hatte, weil Doro sich nicht um Birgit hatte kümmern können, wie sie es gebraucht hätte. Leider hat das Heim diese Freundschaft auseinander gerissen.
Doro legte sich im Bett zurecht, sie wollte lesen, weil ihre Bettnachbarin schlief. Plötzlich stand Frau Meier in der Tür, sie bedankte sich bei Doro dafür, dass diese so ehrlich zu ihr gewesen war. Doro war überrascht, Frau Meier hatte über ihre Geschichte nachgedacht und mit ihrem Mann darüber gesprochen. Sie würde es sich zu Herzen nehmen und wünschte Doro alles Gute, weil sie nach Hause durfte. Errötend sah Doro ihr nach, wie sie das Zimmer verließ und dachte, Traudel sogar nach deinem Tod tust du noch etwas Gutes... . Das Buch kam inhaltlich nicht bei Doro an, sie musste daran denken, als sie schwanger war, da hatte sie auch wochenlang im Bett gelegen. Nina sollte nicht zu früh kommen und was in der Klinik alles los war. Die Geburt von Nina hatte ihrem doch so traurigen Leben einen Lichtblick gegeben. Heute ist Nina ein fröhliches kleines Mädchen, auf das sie ganz stolz ist. Auch Manfred, von dem sie sich getrennt hatte fiel ihr ein, sie war froh darüber, dass sie es getan hatte. Seine Sauferei hätte er nachlasen sollen und seinen Egoismus, damit hatte er alles kaputt gemacht... . Die Schwester brachte das Abendessen und unterbrach damit Doros Gedanken, sie ließ es sich schmecken.

Elke 13

Die Tür ging auf und die Visite kam in das Zimmer. Der Stationsarzt begleitet von einer Schwester und dem Oberarzt. Nun wird es spannend, dachte Doro, die sich den Zeichenstift in den Zopf steckte, um den Betttisch beiseite zu schieben, während die in den Akten lesend vor Elkes Bett standen. „Alles in Ordnung ´Frau Becker?", wollte der Oberarzt wissen und der Stationsarzt stand jetzt seitlich neben Elkes Bett. „Ja schon, aber das Teil hier nervt, weil ich immer nicht daran denke und vergesse es mitzunehmen...", erklärte Elke und hielt ihre Flasche am Schlauch hoch; diese wurde auch gleich begutachtet. Dann zog der Stationsarzt Elkes Pulli hoch und die Leggins über dem Unterleib runter, um sich die Narben von der Operation anzusehen. „Kann eigentlich ab, ist nichts nachgelaufen.", stellte der Stationsarzt fest. „Hier sieht es auch gut aus.", meinte der Oberarzt nach einem Blick auf Elkes Bauch. Sie waren zufrieden, was Elke freute, dann gingen sie zu Doro herüber. Auch wurde wieder in den Akten geblättert und gelesen. „Na, alles gut überstanden?", wollte der Oberarzt wissen und der Stationsarzt ließ Doro nicht zu Wort kommen. „Gestern OP, Sie wissen Endometriose, da mussten wir mehr machen als geplant. Kein schöner Anblick, obwohl die Gebärmutter schon fehlt, haben wir wieder Endometrioseherde und Verwachsungen entfernen müssen. Da der Darm arg betroffen war, konnten wir nicht bei der Spiegelung bleiben. Sonst hätte es irgendwann einen Verschluss gegeben.", bekam Doro erklärt, während er sie aufdeckte. Ihr Hemd wurde hochgeschoben und der Unterbauch freigelegt. Doro sah ein großes und mehrere kleine

Pflaster und die Drainagen, es waren drei; eine klebte auf dem Bauch und zwei weitere hingen am Bett. „Die hier läuft noch nach, und diese muss neu und die Pflaster auch.", sagte der Oberarzt dann und der Stationsarzt ging raus, um mit den benötigten Materialien zurückzukehren. Ihre Wunden wurden neu verbunden und die Flasche gewechselt, bis die Ärzte zufrieden nickten und das Zimmer verließen. Elke fragte: „Darf ich mal sehen?", und kam zu Doro an das Bett. „Bitte.", meinte Doro und hob ihr Hemd erneut hoch. „Sieht ja schlimm aus…", stellte Elke fest, um wieder in ihr Bett zu klettern, nachdem sie Doro wieder ordentlich zugedeckt hatte. Zum Weiterlesen kam sie nicht, da eine Ärztin kam, um sie von ihrer Drainage zu befreien. Sie war froh, das lästige Ding los zu sein und gab dann Doro die Stofftüte zurück. „Die brauchst du jetzt eher als ich." Doch Doro wehrte ab: „Behalte sie wenn du magst, ich hab noch eine zweite." Doro zog eine grüne mit blau- lila Orchideen aus der Nachttischschublade, um sie Elke zu zeigen. „Wenn ich einschlafe sei mir nicht bös.", gähnte Doro, der alles noch zuviel war. „Dann schläfst du jetzt und ich lese noch ein bisschen.", meinte Elke, die merkte, das Dorothea müde war. „Gute Idee...", ergänzte sie und drehte sich im Bett zu recht, um zu schlafen. Elke nahm sich das Buch um weiterzulesen, sie suchte die Seite auf der sie aufgehört hatte und begann...

Kapitel 13 Die Krankheit kehrt zurück, es gibt kein Entkommen

`Geht das schon wieder los??? Es darf doch einfach nicht wahr sein!!!`, dachte Doro, die vom Frauenarzt kam. Blieb ihr denn nichts erspart? Sie war zur Untersuchung gewesen, weil sie die Hormontherapie überhaupt nicht mehr vertrug und Zwischenblutungen bekommen hatte. Der Arzt meinte, sie sollte die Spritzen absetzen. Wenn sie Pech hätte, würde die Endometriose wiederkommen. `Bitte, Bitte nicht!`, flehte Doro in Gedanken. Das könnte sie nicht mehr ertragen, nachdem sie damit schon soviel durchgemacht hatte. Aus Nina war mit der Zeit ein munteres, aufgeschlossenes kleines Mädchen geworden, das mit drei Jahren in den Kindergarten kam, damit Doro wieder arbeiten konnte, halbtags. Sie hatte einen Nebenjob angenommen und trug Zeitungen aus für 10 Cent das Stück. Etwa 50 Euro verdiente sie zu ihrer Arbeitslosenhilfe dazu, damit es reichte. Irgendwie kam sie auf keinen grünen Zweig, was das Kapitel Arbeit betraf. Es lag wohl daran, dass sie nur halbtags konnte wegen Nina. Oder weil sie wegen dem Heim und der Arbeitstherapie eine Lücke von drei Jahren im Lebenslauf hatte, da das nicht als Arbeit zählte. Es ging ihr gegen den Strich, da sie Nina etwas bieten wollte und nicht konnte. Dann trug sie eben Zeitungen aus. Damit steuerte sie wenigstens etwas dazu bei, das sie gut leben konnten ohne schlechtes Gewissen.

Auch die Endometriose kehrte langsam zurück, obwohl Doro es verdrängte und es nicht wahrhaben wollte. Leider waren die Schmerzen ein sicheres Zeichen dafür. Sie ertrug die Schmerzen lange und bediente sich an den Schmerzmitteln, die es freiverkäuflich in der Apotheke gab. Damit sie nicht allzu sehr litt und Nina anständig versorgen konnte, wenn sie meinte, es geht nicht mehr. Dann ging sie wieder zum Arzt und musste Hormone nehmen. Auch die Sache mit der Sterilisation ging schief, weil Doro meinte, es wäre besser, weil sie nicht wusste, wie gut ihr Körper die Hormone annahm, die sie nehmen musste. Doro wollte für den Fall der Fälle gerüstet sein, ein zweites Kind konnte sie sich nicht leisten, ideell und finanziell nicht. Sie ging in die Klinik, um das machen zu lassen. Es wurde erledigt und noch etwas anderes kam dabei mit zu Tage, es war genau das, was sie innerlich verdrängt hatte. Nun war es offiziell, die Endometriose war wieder da. Doro wollte es nicht wahrhaben, aber sie musste sich damit anfreunden. Die Gedanken daran ließen sie verzweifeln und sie hätte ausrasten können vor Wut über das, und sich selbst. Könnte sie nicht wie ein normaler Mensch leben? Das war wohl zuviel verlangt. Gesund zu sein war wohl nur ein schöner Traum, der niemals in Erfüllung gehen sollte, wie schon so viele Dinge, die sie sich gewünscht hatte. Irgendwas machte sie wohl immer falsch und sie konnte es nicht ändern, da sie nicht wusste, was es war. Es war einfach zum Kotzen, anders konnte man es nicht mehr ausdrücken. Nun stand sie wieder am Anfang der Dinge und auch ihr Arzt, mit dem sie lang und breit die Sachlage diskutierte, ob da überhaupt noch was zu machen war oder auch nicht. Irgendwann stritt sie sich mit ihrem Arzt darüber, obwohl er nur helfen wollte und nichts dafür konnte, dass sie mit der Endometriose bestraft war für ihr ganzes Leben. Leider war das unheilbar, genauso wie die Ärzte es ihr prophezeit haben, als sie es bei ihr feststellten vor fast zehn Jahren. Niemals, auch im Traum nicht hätte Doro daran gedacht, dass es so schlimm sein konnte. Sie war immer der Meinung gewesen, das es im Laufe der Zeit vielleicht wegging und sie Ruhe davor hätte. Die Endometriose erklärte sie zu ihrem Feind, der sie irgendwann fertig machen würde. Falls das der Fall war, was sollte aus Nina werden? Unheilbar! Der Gedanke machte sich in ihrem Kopf breit und ließ sie nicht mehr los, was sollte sie da noch tun? Darauf kam sie nicht und ging in Gedanken noch mal durch, was die Endometriose ihr bis jetzt alles angetan hatte, über die letzten Jahre hinweg. Es hörte auch nicht auf sie zu quälen und ihr erneut Schmerzen zuzufügen. Damit nicht genug, was hatte die Endometriose alles zerstört, was sie sich mühsamst aufgebaut hatte. Es begann damit, dass die Ausbildung hops ging und endete mit der Trennung von Manfred, mit all ihren Folgen, diese Gedanken daran machten sie fast wahnsinnig. Weil sie einfach nicht mehr wusste, wie es weiter gehen sollte mit ihr und der Endometriose. Wahrscheinlich sähe ihr Leben besser aus, wenn sie diese verdammte Erkrankung nicht hätte. Was sie jetzt wohl wäre? Jedenfalls keine allein erziehende, kranke, arbeitslose Mutter, die auf Kosten von Vater Staat leben musste, weil sie nichts erreicht hat im Leben. Sie konnte sich mit den Lorbeeren des Versagens Schmücken! Was das Schlimmste daran war, dass sie ein Versprechen gebrochen hatte und es tat sehr weh, sich das einzugestehen zu müssen. Der sterbenskranken Traudel hatte sie ein paar Monate vor ihrem Tod versprochen, etwas aus sich zu machen im Leben, falls sie die Chance dazu bekommen würde. Die hatte sie bekommen, mehrfach, sie wurde vom Krebs geheilt und hätte sogar eine Ausbildung gehabt, doch die Endometriose war geblieben und hatte ihr folgendes Schicksal zerstört und gezeichnet.

Doro nahm es hin, weil sie es hinnehmen musste und versuchte wieder das Beste daraus zu machen. Sie machte die erneute Hormontherapie und hoffte, es würde endlich besser werden und sie endlich normal leben könnte! Doch damit hatte Doro weit gefehlt. Anstatt das es besser wurde, war genau das Gegenteil der Fall. Nach über einem Jahr Zeitungen austragen, bekam sie eine neue Arbeit. Doro fing als Postbote bei einer privaten Postfirma an, in der Stadt, in der sie wohnte. Wenn Nina im Kindergarten war, fuhr sie Post aus. Doro fuhr Rendsburg rauf und runter, um die Post zu verteilen, jeden Vormittag bei Wind und Wetter, egal zu welcher Jahreszeit. Ob nun Sommer oder Winter, immer war sie draußen und fuhr brav ihr Kilometer ab, bis der letzte Brief weg war, dann erst hatte sie Feierabend. Pro Brief bekam sie 10 Cent und die großen Briefe wurden mit 15 Cent das Stück berechnet. Im Monat brachte Doro bis zu 165 Euro nach Hause, die sie zu ihrer Arbeitslosenhilfe dazuverdiente. Eine ganze Weile ging das gut, bis Doro wieder Probleme mit Schmerzen bekam. Das bekam sie mit Schmerzmitteln in den Griff, irgendwie schaffte sie es, Arbeit, Haushalt, Kind und Krankheit unter einen Hut zu bekommen. Sie wollte es nicht wahrhaben und verdrängte es. Auch als sie bei der Arbeit in einen Autounfall verwickelt wurde, auf einer grünen Fußgängerampel. Sie war im Recht, die Straße zu kreuzen, doch das Auto, das von rechts kam, sah sie nicht und fuhr sie und einen anderen auf dem Übergang über den Haufen. Im Gegensatz zu dem anderen hatte Doro gewaltiges Glück gehabt. Nur ihr Arm war kaputt und das Fahrrad schrott, den anderen mussten sie mit einem Beinbruch in die Klinik schaffen. Auch Doro musste zum Arzt, der Arm war an Gelenk vom Ellenbogen lädiert, sechs Wochen Gips und Krankschreibung. Da sie nicht arbeiten konnte, fehlte ihr das Geld. Doro ging zur Polizei, um herauszubekommen, wer im Recht war. Nachdem sie bestätigt bekam, dass sie und der andere Vorfahrt gehabt hatten, flitzte sie zum Anwalt. Sie bekam irgendwann Schmerzensgeld, Lohnausfall und Schadensersatz, von der Versicherung des Autofahrers. Sie kaufte sich davon ein neues Fahrrad und arbeitete weiter. Solange sie konnte und die Schmerzen es zuließen. Einmal war es so schlimm, dass sie auf dem Rathausplatz zusammenbrach, weil ihr schwarz vor Augen wurde. Sie wäre fast mit dem Rad gestürzt, ihr gelang es gerade noch anzuhalten und abzusteigen. Dann saß sie auf dem regennassen Fußsteig und musste eine unfreiwillige Zwangspause einlegen, bis sie sich berappelt hatte. Dieses Mal würde ihr die Krankheit nicht die Arbeit kosten, schwor Doro sich, Nina zuliebe. Irgendwie schaffte sie es auch, sich dadurch zu zwingen, ohne Rücksicht auf Verluste. Diese Arbeit machte ihr Spaß, weil keiner

hinter ihr kontrollierend hinterher war. Sie musste nur bis 12 Uhr mittags die Post verteilt haben. Falls es ihr nicht gut ging, brauchte sie eben länger und sie schaffte es jeden Tag wieder. Ihr Chef liebte sie für ihre Zuverlässigkeit, mit der sie ihre Arbeit gewissenhaft erledigte. Hauptsache war, sie bekam ihr Geld am 15. eines Monats, aber das war das Problem, da ihr Chef eine saumäßige Zahlungsmoral hatte. Obwohl sie nie krank machte oder so, zahlte er oft verspätet oder nur teilweise. Doro hätte es sich denken können, als es einmal kein Geld gab, trotzdem machte sie weiter, obwohl es ihr stank. Im darauffolgenden Monat sollte sie vom Arbeitsamt aus ein Praktikum machen, mit Übernahmemöglichkeit in eine Festanstellung. Doro freute sich, dass sie vielleicht eine richtige Arbeit bekäme, da ging ihr Chef hin sagte alles ab, weil er Doro haben wollte, als feste Arbeitskraft und lobte sie dort über den grünen Klee. Natürlich war er es, der den Jobpoker gewann. Sie war glücklich auch mal was erreicht zu haben, künftig würde sie 600 Euro im Monat verdienen. Dafür weitete sie ihr Postgebiet aus auf das Nachbardorf, und machte Vertretungen für kranke Kollegen. So lernte sie in kürzester Zeit die Stadt auswendig und fand jeden noch so versteckten Hinterhof. Der Knall kam, als es zum zweiten Mal kein Geld gab. Der Chef versammelte sein Team, um sich ganz cool aus der Affäre zu ziehen mit: „Die Firma ist Pleite und ich auch, ihr seid zum 30. des Monats gekündigt." Der Chef hatte sie im Wissen angestellt, bevor ich pleite gehe, sicher ich mir den Rest der Zeit noch diese gute Arbeitskraft. Doro hat das hintenrum rausbekommen. Sie ist auch heute noch stinksauer auf den, weil er sie ausgenutzt, belogen und betrogen hat. Seine Schulden bei Doro musste die Insolvenzkasse des Arbeitsamtes bezahlen.
Genauso bescheuert war das mit ihrer Endometriose, die sie die ganze Zeit gequält hatte und sie hatte trotzdem gearbeitet. Sie hatte sich kaputtgemacht, aus Überzeugung und hätte sie geahnt, dass er falsches Spiel mit ihr spielte, sie wäre sofort

ausgestiegen. Von wegen, mach deinen Dreck doch alleine...
Sie war sogar in die Uniklinik gegangen, um sich behandeln zu lassen, was in einer großen Operation endete. Sie verlor dabei sogar ihre Gebärmutter und war mehr als sechs Wochen außer Gefecht, das Nina die ganze Zeit bei ihren Eltern verbringen musste. Es war so: Doro ist mal wieder der Kragen geplatzt, die Schmerzen brachten sie fast um, wenn sie ihre Regel bekam, war sie halb tot. Sie stopfte dann Schmerzmittel in sich rein, um überhaupt stehen zu können, geschweige denn arbeiten, so dreckig ging es ihr zum Schluss. Irgendwann ging sie zum Arzt, um sich überweisen zu lassen, damit sie sich wieder ordentlich um ihre Tochter kümmern konnte. Sie musste operiert werden und zog das durch, in dem Glauben, die Endometriose hätte dann endlich ein Ende. Die Operation war nicht ohne, da Doro an beiden Eierstöcken Zysten hatte und starke Verwachsungen am Darm, Blase und im kleinen Becken. Alles wurde entfernt, inklusive Gebärmutter, per Bauchschnitt. Das war schon ihr dritter. Über zwei Wochen verbrachte sie in der Klinik und ihre Eltern kümmerten sich rührend um Nina, weil Doro so krank war. Sie dankt ihrer Familie dafür heute noch und ist froh, das sie es geschafft hat, keine Schmerzen mehr vorerst. Doro war guter Hoffnung, dass jetzt alles vorbei ist für immer.

Elke 14

Doro hatte ausgeschlafen. Ihr ging es schon einen Tag nach der OP schon wieder ganz gut und sie fühlte sich fit, wenn es nach ihr gegangen wäre, aber das war nicht möglich und Doro wusste das auch. Sogar Elke, die einen Tag Vorsprung hatte und wieder rumflitzte, war auch noch nicht wieder ganz hergestellt, ihre Körper brauchten einfach Zeit, um sich zu erholen. Eigentlich hätte Doro das wissen müssen, wie oft hatte sie dieses schon durchlebt und Elke passte es auch nicht, das sie so rekonvaleszent war, aber es war halt so und sie konnten es nicht ändern und sich die Zeit zu nehmen, die sie brauchten. Nach dem Abendessen langweilten sie sich beide und wussten nicht, was sie tun sollten. Das viele Liegen hatte sie steif gemacht und dieses Mal war es Elke, die Doro mitnahm ins Raucherzimmer. Im Bett schlief Doro immer wieder ein und keine Unterhaltung war möglich. Dort war auch ein Fernseher, vielleicht gab es ja was, das beide von ihrer Langenweile ablenken würde. Sie bekamen den Fernseher nicht an und Doro war es, die ewig daran rumfummelte und versuchte das Ding in Gang zu bekommen. Elke rauchte inzwischen gelangweilt. „Ach ja Doro, dein Buch habe ich ausgelesen, es gefällt mir sehr gut. Es stimmt nachdenklich und ist ehrlich geschrieben. Aber eines finde ich, das fehlt noch...!" Elke machte eine Pause, um an ihrer Zigarette zu ziehen. „Was denn???", wollte Doro nun wissen, die neugierig geworden war. „Also...am Schluss denkt man, du bist geheilt und trotzdem sitzt du mit mir hier, wegen derselben Krankheit. Wie kommt das?",

fragte Elke und Doro ließ den Fernseher
Fernseher sein, um sich zu Elke zu setzen.
„Stimmt, das Buch ist ja auch noch nicht ganz
fertig, weil der Epilog noch fehlt und den
erzähle ich dir jetzt..."

Epilog Kapitel 14 Blicke in die Zukunft- Der Kampf geht weiter

Danach nahm Doro wieder Nina zu sich und der Alltag schlich sich wieder ein. Es war herrlich, Doro genoss es, das die Schmerzen weg waren und auch die Blutungen hatten sich erledigt. Die Zeit lief weiter und einige Monate vergingen, Weihnachten rückte immer näher und die Vorbereitungen liefen. Doro wollte unbedingt auf den Flohmarkt am ersten Advent. Den gab es nur einmal im Jahr in der Stadt und war der größte dort. Sie gab Nina zu ihrer Mutter und feierte am Vortag mit Pieter und seiner Tochter Pieters Geburtstag. Am Morgen stand Doro extra früh auf, um dorthin zu gehen. Auf dem Flohmarkt verbrachte sie einen schönen Tag. Abends hatte Doro gerade Nina zu Bett gebracht, als sie auf das Klo musste. Dort bekam sie einen gewaltigen Schreck, sie hatte wieder Blutungen...! Es wollte ihr nicht in den Kopf und Doro dachte daran, dass sie sich vielleicht überanstrengt hatte, da sie über fünf Stunden auf dem Flohmarkt nur herumgelaufen war. Als sie zum Arzt wollte, hatte sich das wieder erledigt und sie beließ es dabei. Als sich das drei Tage vor Weihnachten wiederholte, machte sie doch schon gewaltige Sorgen, und musste an etwas denken, das sich Endometriose nannte... . Nein, das konnte nicht sein und sie wollte es nicht glauben!!! Nicht schon wieder! Komisch war es aber doch, da sie keine Gebärmutter mehr hatte, Regelblutung ohne Gebärmutter!?! Also besorgte sie sich einen Termin beim Arzt, der wegen Weihnachten zu spät war, der Arzt meinte nur, dass sie abwarten sollte. Falls es noch mal kommen würde, könnte man wirklich an die Endometriose denken und Doro sollte dann wiederkommen. Für sie brach eine Welt zusammen, gehörte sie wirklich zu den mageren 15%, bei denen es trotzdem wiederkommt? Hätte sie sich die Operation sparen können? Doro wurde schlecht, da sie wusste, was wieder auf sie zukommen könnte, und nicht ohne war. Doro heulte und lief zu Fuß nach Hause, so konnte sie nicht mit dem Bus fahren. Nina war noch im Kindergarten und sie hatte noch Zeit zu Pieter zu gehen, bei dem sie sich ausheulte. Irgendwie kam sie damit klar, und als sich das Spiel im Januar wiederholte, konnte sie es nicht leugnen, sie hatte ihre Endometriose wieder. Sogar der Arzt bestätigte ihren Verdacht, weil Doro die Blutungen aufgeschrieben hatte, in einem Zykluskalender, den jede Frau führen sollte. Sie hatte es immer gemusst und es automatisch getan, 27 Tage lagen zwischen den Blutungen und sie kamen schon seit drei Monaten regelmäßig wieder. Herzlichen Glückwunsch Doro, du fängst wieder von vorne an… . Auch der Arzt war betroffen, als Doro ihn fragte, ob es nicht irgendwas anderes sei? Leider bewahrheitete es sich, dass die Endometriose unheilbar ist. Daran mochte Doro gar nicht denken. Der Kampf geht weiter. Was noch so alles passieren wird? Eines ist klar, der Arzt hat ihr eine erneute Operation vorgeschlagen. Irgendwie muss es weitergehen und wird es weitergehen...

„Och nein, wie schade.", stellte Elke fest „Ich hätte es ihr wirklich gewünscht, das es damit vorbei ist...". Doro fummelte wieder an dem Fernseher herum und bekam ihn endlich an. „Da kann man leider nicht viel machen...", ergänzte Doro, die eine Tierdokumentation eingeschaltet hatte. Danach gingen sie zurück in ihr Zimmer und in ihre Betten, es war schon

spät. „Scheiße, nicht mal eine Runde um dem Block ist hier möglich...". Elke war noch nicht müde. Irgendwann aber schlief auch sie ein. Die Uhr war weit nach Mitternacht. Am nächsten Morgen nach dem Wecken unterhielten sie sich wieder. „Die Endometriose kommt immer wieder, es muss schlimm sein.", begann Elke und gab Doro ihr Buch zurück, das sie ausgelesen hatte. „Schreibst du weiter? Weil, das Buch ist echt gut geworden. Aus dem wahren Leben gegriffen…. Ich bewundere dich dafür, dass du nicht gelogen hast, Doro." Sie hatte zugehört, was Elke gesagt hatte und ergänzte: „Danke, ich werde auch nicht aufhören zu schreiben und der Kampf geht immer irgendwie weiter, da diese Erkrankung viele Gesichter hat. Auch das Leben geht weiter, so wie ich auch weiterhin schreiben werde." Doro freute sich darüber, dass Elke das Buch gefiel und nahm sich fest vor, daraus etwas zu machen. Das Buch zeigt auf, wie so eine Erkrankung das Leben verändert. Es war inzwischen später Vormittag und die Visite kam, befreite Doro von ihren Drainagen und auch Elke ging es gut, da die Ärzte mit ihnen zufrieden waren...
Elke hatte sich mit Doro angefreundet und die beiden verstanden sich prima, weil sie Leidensgenossinnen waren. Einige Tage gingen noch in das Land, die Elke und Dorothea gemeinsam in der Klinik verbrachten. Auch war es Elke, die zuerst entlassen wurde, aber Doro folgte schon zwei Tage später. Das eigene Leben hatte sie wieder, mit allem was dazugehört und noch kommen wird...

Ende

Anhang

Prof. Dr. med. Dr. Phil. Andreas Ebert
Klinik für Gynäkologie und Geburtsmedizin
Viviantes Humboldt – Klinikum
Am Nordgraben 2
13509 Berlin

Gyn. - Gemeinschaftspraxis Müseler – Albers, Arendt,
Bühler
Dr. med. Klaus Bühler
Ostpassage 9
30853 Langenhagen

Dr. med. Edgar Dewitt
Im Mediapark 3
50670 Köln

Prof. Dr. med. Hans - Rudolf Tinneberg
Direktor des Zentrums für Gynäkologie und
Geburtshilfe
Justus Liebig Universität
Klinikstraße 32
35385 Giessen

Prof. Dr. med. Jörg Keckstein
Primarius der Landesfrauenklinik
Nikolaigasse 43
A 9500 Villach

Prof. Dr. med. Lilo Mettler
Stellv. Direktorin der Universitätsfrauenklinik Kiel
Michaelisstraße 16
24105 Kiel

PD Dr. med. Michael Müller
Oberarzt der Frauenklinik
Inselspital Universitätsspital Bern
Effingerstrasse 102, Eingang 17
CH – 3010 Bern

PD Dr. med. Pedro-Antonio Regidor
Chefarzt der Klinik für Frauenheilkunde
Klinikum Osnabrück
Am Finkenhügel 1
49076 Osnabrück

Prof. Dr. med. Thomas Römer
Chefarzt der Frauenklinik
Evangelisches Krankenhaus Köln
Weyertal 76
50931 Köln

Prof. Dr. med. K-W Schweppe
Direktor der Frauenklinik Ammerland
Lange Straße 38
26655 Westerstede

PD Dr. med. Martin Sillem
Chefarzt der Abt. Gynäkologie und Geburtshilfe
DRK – Krankenhaus
Markstrasse 74
56564 Neuwied

Prof. Dr. med. Anna Starzinski - Powitz
Biologie/Genetik
Universitätsklinik Frankfurt
Zeißelstr. 9
60318 Frankfurt

Endometriose-Vereinigung Deutschland e.V.
Bernhard–Göring–Str. 152
04277 Leipzig
Tel. 0341/3065304
www.endometriose-vereinigung.de

Auf ein Wort noch...

Immer ist es irgendwie weitergegangen mit Doro und sie wird auch weiterhin ihren Weg gehen müssen mit der Endometriose. Da bleibt ihr leider nichts anderes übrig, obwohl sie nichts weiter im Leben erreicht hat, außer, dass sie eine gesunde Tochter hat. Auch hat Doro durch ihren harten Lebensweg unfreiwillig sehr viele Erfahrungen machen müssen, die sie irgendwann Nina weitergeben wird. Nicht das Nina irgendwann dieselben Fehler macht in ihrem Leben, wie Doro sie gemacht hat. Dieser schöne Spruch, dass man aus Fehlern lernt, stimmt, es gibt nichts, was man nicht lernen kann. Auch so lernt der Mensch ständig dazu. So kam Doro auch zum schreiben, die Idee hatte sie schon ganz lange, doch an der Umsetzung haperte es. Bis Doro durch einen Zufall den Buchautoren Dieter Meyer kennen lernte. Ihn traf Doro zufällig im Buchladen eines Bekannten, da Doro selbst sehr gerne liest und des Öfteren dort Bücher gekauft hat. Zwischen etlichen Büchern kamen sie ins Gespräch über Literatur und Dieter berichtete Doro, das er Buchautor ist (Kaputte Seelen). Daraufhin erzählte Doro ihm spontan, dass sie die Idee zu diesem Buch schon lange hat und dass es an der Umsetzung hapert, weil sie noch nie geschrieben hat. Dieter fand diese Idee Klasse und hat Doro mit Rat und Tat zur Seite gestanden, als dieses Buch entstand. Für Doro war es, so etwas zu schaffen, ein Traum. Dennoch wagte sie den Versuch und setzte sich tage-, wochen- und monatelang an den Computer. Während Doro so da saß und schrieb, nahm die Zettelage allmählich Form an. Nun ist es doch ein richtiges Buch geworden und Doro freut sich darüber, das durchgezogen zu haben. Sie hat es geschafft, dieses Buch zu schreiben und hofft dass es seinen Weg findet. Damit möchte Doro andere betroffene Frauen erreichen, die an Endometriose erkrankt sind, oder Ärzten zeigen, wie diese Frauen, denen zugemutet wird, mit der Endometriose zu leben, zurechtkommen, oder auch nicht, weil sie es müssen... Dieses Buch ist so etwas wie ein Hilfeschrei an Endometriose erkrankte Frauen, weil diese Erkrankung immer noch zu unbekannt ist. Deshalb gibt es noch zu oft Missverständnisse in unserer Gesellschaft, auf dem Arbeitsmarkt und (leider!) in der Medizin. An Aufklärung hapert es weiß Gott nicht, aber das mangelnde Interesse unserer Gesellschaft an solchen Dingen, lässt betroffene Frauen zu Außenseitern werden, weil sie missverstanden werden...

Mit der Fertigstellung dieses Buches bedanke ich mich bei:

Meiner Familie, für die Unterstützung und Liebe, die sie mir immer entgegengebracht haben.

Herrn Dieter Meyer, ohne den dieses Buch nie entstanden wäre.

Janina Lütt, die bei meiner katastrophalen Grammatik und Rechtschreibung cool geblieben ist.
Prof. Dr. med. Hans-Rudolf Tinneberg, der mir im Zweifel den Mut zurückgegeben hat.

Der Endometriose–Vereinigung Deutschland e.V., für ihren Beistand im Kampf gegen die Endometriose und ihr tröstendes Zuhören in der Not.

Sowie den Machern der Internetseiten, www.Endometriose.de, www.Endometriose-sif.de sowie www.habeebee.de und www.endometriose-vereinigung.de für ihre wirklich interessanten Seiten, auf denen sich betroffene Frauen auch informieren können.

Und allen anderen, die wesentlich an dieser Geschichte beteiligt waren...
Bei dieser erfahrungsreichen Zeit, aus der ich viel gelernt habe!

Die Autorin Petra Klocke, im April 2006